LOCUS

LOCUS

LOCUS

LOCUS

to

fiction

擦除
ERASURE
作 帕西瓦・艾佛列特
Percival Everett
譯 楊詠翔

目錄

我說不出無人懷疑的謊，也說不出人人都信的事實。

——馬克·吐溫，《跟隨赤道》

第一章

我的日記記的是私事，但因為我無法得知死亡何時將臨，且很遺憾地，我從未認真考慮過自我了結，所以我擔心會有其他人讀到這些紙頁，但畢竟我到時都死了，對我來說，誰讀到了些什麼，又是什麼時候讀到，應該也不是太重要了。我名叫席隆尼斯・艾利森，是個小說家，一想到會有人找到我的故事並閱讀，這番自承就令我痛苦，因為只要故事的主角是作家，我總會覺得超解的。所以，我在此將宣稱自己是其他身分，假如這些身分不算真正的我，那也是另一面的我，即兒子、弟弟、釣客、藝術愛好人士、木工。如果真要說有什麼原因，我才選擇了這最後一個會讓人長繭的消遣，只因它讓我母親感到丟臉，她多年來總硬是要把我的小卡車叫作旅行車。我是席隆尼斯・艾利森，叫我孟克。

ｘｘｘ

我擁有深棕色的膚色、捲髮、闊鼻，我有些祖先是奴隸，而新罕布夏州、亞利桑那州、喬治亞州有著蒼白膚色的白人警察也曾經拘留過我，所以我所生活的社會，告訴我：我是黑人，這就是我的種族。即便我還算會運動，我卻不太會打籃球。我會聽馬勒、艾瑞莎．富蘭克林[1]、查理．帕克[2]、雷．庫德[3]，黑膠唱片和CD都聽。我在哈佛以最優等的[4]成績畢業，每分每秒都恨透那裡了。我數學很好，我不會跳舞。我不是在市中心的貧民區或南方的鄉下長大的，我的家族在安納波利斯附近有一座平房。我阿公是醫生，我爸是醫生，我哥和我姐也都是醫生。

讀大學時，我是黑豹黨的成員（雖然那邊跟倒了差不多），主要是因為我覺得必須證明自己夠黑。我所生活社會裡的一些人，那些所謂的黑人，說我不夠黑，而社會稱為白人的那些人，也有人告訴我一樣的事，這種說法，主要都是關於我的小說，來自拒絕了我稿子的編輯和顯然被我搞到一頭霧水的書評，有時候，則是在籃球場上，在我投丟球並碎念著**哎唷喂呀**時，以下來自某個書評：

> 這本小說精雕細琢，擁有發展成熟的角色、豐富的語言、翻轉巧妙的情節，不過讀者會無法理解，這本改編翻玩艾斯奇勒斯[5]《波斯人》的小說，跟非裔美國人的經驗有什麼關係。

某一晚在紐約的派對上，這是那種冗長的活動，寫作的人和想寫作的人，還有能夠幫助這兩種人開始或繼續寫作的人攪和在一起，那時有個又高又瘦，長得頗抱歉的作家經紀人跟我說，要是我可以不要再改寫翻玩什麼尤里比底斯[6]和諧擬法國的後結構主義文人，安安分分好好寫毫不假掰的黑人生活、真正故事的話，那我就能賣一大堆書。我回他，我在過的就是黑人生活，比他能想像得都更黑，我過去是這麼活的，未來也會這麼活下去，他於是撇下我和一名正嶄露頭角的表演藝術家／小說家聊天，她最近在州長的豪宅前，扮成草坪騎師雕像連續站了十七個小時。他還隨意撥弄著對方其中一根編成髒辮的接髮，並朝我的方向比了個讚呢。

所謂**毫不假掰**的嚴酷真相，就是我幾乎沒在思考種族的事。我真的有在好好認真思考這事的時候，完全是出於我沒在思考所帶來的罪咎，我不相信種族這檔事，我相信的是會有人開槍打我、吊死我、誆我、試圖阻擋我，因為他們確實相信種族，因為我的棕膚、捲髮、闊鼻、奴隸祖先。可是事情就是這樣子。

X X X

鋸子用以切割木頭，要嘛順紋理縱剖，要嘛橫切。縱切鋸沿著紋理可以切得相當滑順，但要是逆著紋理，就會切碎木頭，這完全取決於鋸齒的幾何設計，形狀、尺寸、排列方式，還有

---

1 譯註：艾瑞莎．富蘭克林（Aretha Franklin，1942-2018），美國靈魂樂歌后。
2 譯註：查理．帕克（Charlie Parker，1920-1955），美國知名爵士薩克斯風手。
3 譯註：雷．庫德（Ry Cooder，1947-），美國音樂人。
4 譯註：summa cum laude，源自拉丁文，許多歐美國家大學會用拉丁文來表示榮譽學位，近似於台灣大學的書卷獎。
5 譯註：Aeschylus（約 BC 525-456），希臘劇作家，有「悲劇之父」之稱。
6 譯註：尤里比底斯（Euripides，約 BC 480-406），希臘劇作家，與艾斯奇勒斯同為三大悲劇大師之一。

在鋸片上的傾斜角度。橫切鋸的鋸齒通常比縱切鋸的鋸齒還小，縱切鋸的巨大鋸齒會迅速削去木材，且鋸齒間距也較廣，可以讓刨花落下，鋸子就不會卡住，橫切鋸的鋸齒鋸道較寬，鋸齒向後傾斜形成尖角，這些尖角有助於劃開木頭表面，再乾淨俐落鋸開紋理。

×××

我來到華盛頓發表論文，是一場「新小說」[7]學會的研討會。這文章我只能說是還算喜歡，我之所以決定參加，並不是有多喜歡這個組織、成員或宗旨，而是因為我媽和我姐依舊住在華府，且距離我上次來已經三年了。

我媽原先想在機場和我會合，但我拒絕給她航班資訊，此外，我也沒告訴她我會待在哪間飯店。我姐沒提議說要來接我，麗莎八成不討厭她的弟弟我啦，但在我們很小的時候，情況就滿清楚的了，她覺得我沒什麼用處，現在也還是這樣子，我在她眼裡太虛無縹緲了，生活在抽象的漩渦之中，和**真實世界**疏遠。她掙扎著念完醫學院，我卻不知怎地，很顯然「連本書都沒打開」就輕輕鬆鬆大學畢業，這當然是假話，但她始終深信不疑。而在她每天都冒著生命危險穿越抗議警戒線，以提供貧窮女性健康照護，包括假如她們想要的話，也協助墮胎時；我卻在釣魚、鋸木、撰寫內容稠密的晦澀小說、教授一群青澀生嫩的加州知識分子俄國形式主義。但假如說她對我還算是冷淡，那對我哥就可以說是冷若冰霜了，我哥是賺大錢的整形名醫，住在亞利桑那州史考茲谷，比爾有老婆和兩個小孩，但我們都知道他是男同志。麗莎不喜歡比爾，並不是因為他的性傾向，而是因為他行醫不為別的，只為發大財。

我偶爾會幻想，我哥和我姐以我為榮，因為我的書，即便他們認為這些書根本沒辦法讀、無聊、只不過是某種奇觀。如同我哥某次指出的，當時我父母正在和一些朋友稱讚我的成就，「你他媽就算拿鵝卵石擦屁股，他們也會表現成這樣啦。」在他說這話之前，我就心知肚明了，可真正聽到還是讓人滿洩氣，他接著又補充，「也不是說他們沒有以你為榮的權利。」沒說出口，但頗為明顯的言下之意，便是他們有權利以我為榮，但沒有理由，我當時肯定還多少有點在乎吧，因為他的話激怒了我，然而，到了現在，我其實還滿欣賞比爾跟他所說的話，雖然我已經四年沒和他見面了。

研討會是在五月花號飯店舉辦，但由於我不喜歡會議，也對與會人士不怎麼感興趣，我於是另外訂了一間附早餐的小旅館，在杜邦圓環附近，叫作塔巴德旅店。對我來說，這地方最吸引人的特色，就是房裡沒有電話。我入住、拿出行李、沖了個澡，接著用大廳的電話打去我姐的診所。

「哦，你到了啊。」麗莎表示。

我並沒有對她指出，「**哦，你順利抵達啦**」聽起來會棒上非常多，只是回答，「對。」

「你打給媽了沒？」

「沒，我想說她這時候應該在睡午覺吧。」

7 譯註：新小說（Nouveau Roman），一九五〇至一九六〇年代在法國盛行的實驗性小說創作思潮。

麗莎哼了一聲，聽起來像是同意，「那，我該去接你嗎？然後我們可以繞過去接老太太去吃晚餐？」

「好喔，我住塔巴德旅店。」

「我知道那間，一小時內會到。」她掛掉電話，我都來不及說**再見**、**我會準備好的**、或是**不用麻煩了，下地獄去吧妳**。不過我是不會這樣對麗莎說的，我實在太過欣賞她了，而且在許多層面上，我都希望自己可以更像她，她奉獻一生助人，但我從來就搞不清楚，她真的有那麼喜歡那些人嗎。她這種服務精神來自我爸，不管行醫讓他變得多有錢，他總是有一半的病人是看免錢的。

我爸的葬禮在華盛頓西北區舉行，是一次簡單卻規模浩大，又有點有機的活動。當時聖公會教堂外頭的街道擠滿了人，我爸媽從不上這座教堂，卻幾乎所有人都淚眼汪汪，並宣稱自己是由偉大的艾利森醫生接生而來到這世上，即便其中大多數人顯然都太年輕了，根本就不可能是在我爸還在執業時出生的。針對這個奇景，我至今依然無法理解，或為之創造出什麼意義。

✗ ✗ ✗

麗莎在一小時後準時出現。一如既往，我們生硬地擁抱，並走到街上，我坐進她昂貴的雙門轎車，陷進皮革座椅之中，並表示，「車很讚哦。」

「你這話是什麼意思？」她問。

「車很舒服啊，」我回，「豪華、內裝很棒、不破、比我的車還好，不然妳覺得是什麼意思？」

她轉動鑰匙，「我希望你準備好了。」

我望著她，觀察著她將排檔滑到前進檔。

「媽最近有點怪。」她說。

「她在電話上聽起來還行啊。」我回答，心知肚明這麼說實在很蠢，話雖如此，我在這一切之中的角色，就是讓輕微的抱怨流暢過渡到末日將臨的報告。

「你以為在你稱為對話的那些五分鐘嘘寒問暖裡面，你能分辨出什麼啊？」

我確實就是這樣稱呼那些行為的，但我以後不會了。

「她會忘記事情，會忘記你幾分鐘前才跟她講過的事。」

「她老了啊。」

「這就是我的意思啊。」這時麗莎掌跟用力往喇叭一拍，接著降下車窗，對我們前面的駕駛大吼大叫起來，對方用一種她不喜歡的方式突然停車，「去吃屎死一死啦，你這顆結腸息肉！」

「妳應該小心一點才對，」我說，「那傢伙有可能是個瘋子還怎樣的。」

「管他去死咧幹。」她表示，「四個月前，媽把她所有帳單都繳了兩次，每一張哦，猜猜現在是誰在負責寫支票了。」她轉過頭盯著我，等待回應。

「是妳。」

「他媽的說得好，就是老娘。你遠在加州，美男佛洛伊德則在什麼屁谷地給人隨便動刀，我是唯一留在這裡的人。」

「那洛琳呢？」

「洛琳還在啦，不然她是還能去哪？她還是三不五時會偷點小東西，啊你覺得她要是重複領到薪水會抱怨嗎？我實在快被搞垮了。」

「我很抱歉，麗莎，這樣安排真的不是很公平。」除了提議要搬回華府，並去和我媽住之外，我真的不知道該說什麼。

「她甚至記不得我離婚了欸，她記得關於貝瑞所有令人作嘔的細節，卻記不得他跟他祕書跑了。你會見識到的，她脫口而出的第一句話會是，『妳和貝瑞要生小孩了嗎？』夭壽哦。」

「家裡有什麼需要我照料的地方嗎？」我問。

「是喔，好喔，你回家，修好個暖氣，然後她就會記住這件事六年，『孟西修好了那扇咿呀呀叫的門，啊妳怎麼什麼東西都修不好？還以為讀了那麼多書，起碼會修點東西。』那屋子裡的東西你碰都別給我碰。」麗莎沒伸手拿包菸，也沒有做出像是要拿一根或點一根的動作，但她現在就是在這麼做，在她腦中，她正拿著個比克牌（ＢＩＣ）的打火機，點了根萬寶路，並吐出一團煙霧，她再度盯著我看，「所以，你過得如何啊，老弟？」

「還行吧，我想。」

「你進城做什麼？」

「我要在『新小說』學會的會議上發表論文。」她的沉默似乎是在要求進一步闡述，「我正在寫一本小說，我猜妳會將這稱為小說啦，是探討羅蘭・巴特的重要文獻《S/Z》的，方法就跟他處理書中所謂的研究主題文本——巴爾札克的《薩拉辛》用的一樣。」

麗莎發出某種聽起來足夠友善的哼聲，「你懂的，我就是讀不了你寫的那些東西嘛。」

「抱歉。」

「是我的錯啦，我很確定。」

「那妳看診還好嗎？」

麗莎搖了搖頭，「我恨死這個國家了，那些反墮胎的爛人每天都聚在門口，帶著他們的標語和超大的馬鈴薯腦。他們很嚇人，我想你應該聽說過馬里蘭州的那團亂吧。」

我確實有讀到有名狙擊手從診所窗戶射殺了一個護士，我於是點點頭。

麗莎正用兩手食指不斷狂敲著方向盤，一如既往，我姐和她的問題似乎比我和我的還嚴重很多，而我卻沒辦法提供她半點解決方法、建議、甚或同情。就算在她的車裡，即便她身形嬌小，面貌柔和，她依然聳立在我面前。

「你知道我為什麼喜歡你的，孟克。」她在漫長的沉默之後開口，「我喜歡你是因為你很聰明，你懂那些我永遠不懂的事，而且你甚至都不用花力氣去思考，我是說，反正你就是屬於那種人嘛。」她的恭維中帶著一絲憤慨，「我的意思是，比爾就是個混蛋，八成是個好屠夫吧，但依然是個屠夫，他不在乎任何事，只在乎當個好屠夫，並賺動刀錢。可是你呢，你是不需要去思考這些破事的，但你還是去思考了。」她放下她想像中的菸，「我只是希望你寫些我讀得懂的東西而已。」

「我會看看我能不能做些什麼的。」

✗ ✗ ✗

我總是到小水域釣魚，溪流和小河，而且老是沒辦法在天黑前回到車子旁，不管我多早開始，回去時都已經晚上了。我會在這邊這個洞釣，接著是那邊那處淺灘，在被沖蝕過的河岸，或河道的外彎，每個地點看來都比上一個還更甜，也更有希望，直到我距離起點已經好幾公里遠。時間顯然已經很晚時，我就會一路再釣回去，而鱒魚有可能躲藏的每一個所在，看來也都比先前更令人興奮，全新的角度改變了這些地方，暮色會使魚兒飢腸轆轆的想法，在我心中嚙咬著。

✗ ✗ ✗

我們抵達她在下林街的住家時，我媽剛午睡起來，但她一如既往穿得像是要出門似的，她用古早的方式塗了腮紅，在她淺色的臉頰上清晰可見，不過她的年紀讓她可以這樣子。她似乎比以前還更矮小，且擁抱我的時候也比較沒有抱我姐姐那般僵硬，並說，「我的小孟西回家啦。」

我短暫將她抱離地面，她總是很喜歡這樣，然後吻了她的臉頰。我觀察著我姐一臉盼望的表情，這時老太太轉向她。

「所以，麗莎，妳和貝瑞要生小孩了嗎？」

「貝瑞他，」麗莎回答，接著當著我們媽媽一頭霧水的臉說，「貝瑞和我離婚了啦，媽，那個白癡跟另一個女的跑了。」

「我真抱歉，親愛的，」她輕拍麗莎的手臂，「人生就是這樣子，甜心。別擔心，妳會撐過去的，跟妳父親以前說的一樣，『不管用什麼方式』。」

「謝謝妳，媽。」

「我們要帶妳出去吃晚餐，夫人，」我說，「妳覺得如何呢？」

「我覺得很好啊，真的很好，先讓我梳洗一下，拿個包包。」

她離開期間，麗莎和我在客廳亂晃，我走到壁爐架旁，盯著十五年來始終如一的一張張照片，我爸在韓戰時穿著軍服，擺出英勇無畏的姿勢、我媽看起來更像桃樂西．丹德里奇[8]，而不是我媽、還有孩子們，看來從沒這麼甜美跟乾淨過，我往下望進壁爐，「嘿，麗莎，壁爐裡面有灰燼耶。」

「什麼？」

「妳看，灰燼啊。」我指著。

屋裡的壁爐從來都沒在用，我們的媽媽非常怕火，怕到她都堅持要用吃電的爐子，整間屋子護壁板的暖氣也都要是電的。這時媽拿著她的包包回來，臉上也撲了粉。

8 譯註：桃樂西．丹德里奇（Dorothy Dandridge，1922-1965），史上第一位入圍奧斯卡最佳女主角獎的非裔美國人女星。

「這些灰燼是怎麼跑進去裡面的啊？」麗莎問，用她的方式迂迴切入主題。

「妳燒東西，就會有灰燼啊，」媽回答，「這妳該知道的吧，憑妳讀的書。」

「燒了什麼？」

「我曾承諾妳爸，他過世時會幫他燒掉一些文件，嗯，他過世了啊。」

「爸七年前就過世了。」

「這我知道，親愛的。我只是終於有空做這件事了嘛，妳也知道我有多討厭火的。」她的論點還滿合理的。

「是什麼樣的文件？」麗莎又問。

「關妳什麼事，」媽回答，「不然妳覺得妳爸幹嘛要我燒掉？好了，我們去吃晚餐吧。」

在門口，媽邊在門鎖裡頭撥弄著她的鑰匙，邊抱怨最近鎖都很難開，我於是伸出援手，「這邊，」我說，「假如妳這樣轉鑰匙，再轉回來，就很好轉了。」

「孟西修好了我的鎖耶。」她說。

麗莎唉聲嘆氣起來，並先我們一步走下門階，坐進她的車裡。

媽用溫柔的語氣對我說，「我覺得麗莎和貝瑞之間出了問題。」

「是啊，媽。」

「你結婚了嗎？」她問，我在她走下門廊階梯時扶著她的手臂。

「還沒。」

「那你最好趕快開始，你不會想要五十歲還有小小孩的，他們會讓你累得半死。」

✗
✗
✗

我爸年紀比我媽大非常多。六月，學期結束時，我們會開車到馬里蘭州高地海灘的房子去過夏天，我們會打開所有窗戶、掃地、清理蜘蛛網、並趕走流浪貓，接著在夏天剩下的時間中，我們全都會待在海灘那，爸則是在周末時加入我們。但我記得，最初的打掃總是讓他精疲力盡，而到了晚餐前的休息時間，要玩壘球或槌球時，他會放棄並撤到門廊上的座位觀望，他會在媽打擊時替她加油，指點她，接著又坐回去，彷彿思考這回事也讓他精疲力盡似的。他在早上會更有活力，而出於某種原因，我們倆會一起早起去散步，我們會走到海灘，走到碼頭，再走回來，經過道格拉斯家的屋子，並來到潮溝處，我們會坐在那看著螃蟹在潮水中疾行。有時候，我們會帶個桶子和一張網子，他會指導我，讓我抓個幾十隻螃蟹回去當午餐。

有一次，他一屁股跌坐在沙子上，並說，「席隆尼斯，你是個好孩子。」

我從及踝深的水裡回頭望著他。

「你不像你哥哥和你姐姐，當然啦，他們也不像彼此就是了，但他們其實比自己願意承認得還更像。反正呢，你不一樣就對了。」

「這是好事嗎，爸？」我問。

「是啊，」他說，彷彿當場才想出這個答案似的，接著他指著水裡，「那邊有隻很肥的，你從更遠的地方過來抓牠。」

我遵照他的指示，一把撈起那隻螃蟹。

「好孩子，你擁有很特別的心靈，你看事物的方式啊，假如有時候，我有耐心去弄清楚你究竟在說些什麼，那我心知肚明，你會讓我變成一個更聰明的人。」

我不知道他到底在跟我說些什麼，但我理解那恭維的語氣，並欣然接受。

「而且你還這麼悠哉，要好好保持這個特質啊，兒子。比起人生中的其他一切，這點可能會為你帶來更多用處呢。」

「好的，爸。」

「在讓你的手足心煩意亂上，這也一定會很有用的。」接著他便往後倒，心臟病發。

我跑向他，他抓住我的手臂，並說，「現在，繼續保持悠哉，然後去找人過來幫忙。」

那是他這輩子四次心臟病發的第一次，之後在某個溫暖到不合時宜的二月天晚上，媽去她的橋牌社聚會時，他就這麼走了出去並舉槍自盡。我媽很顯然對他自殺一點也不意外，因為她打電話給我們每個人，按照年紀，然後說了一模一樣的話，「你們得回家參加你們父親的葬禮。」

✗ ✗ ✗

晚餐一如往常，不多不少剛剛好。我媽說了些讓我姐翻白眼的事，還得抽光她一整包想像中的菸才行，媽跟我說她和所有的橋牌牌咖聊了我的書，並一如既往問說要表示**幹**，難道除了**幹**之外沒有更好的字嗎。接著我姐在我的飯店放我下車，同時敷衍承諾明天要和我一起吃午餐。

X X X

我預定在明早九點發表論文，所以我打算早早上床，也許就直接睡過頭吧。然而，我進房時，發現門縫下塞了張紙條，叫我回電給五月花號飯店的琳達．梅洛里，我於是去大廳打電話。

「我就期待你會來參加研討會呢，」琳達表示，「是你系上的祕書跟我說你住哪的。」

「妳過得如何啊，琳達？」

「我過得更好了，你知道的，拉斯和我分手了。」

「我都不知道你們在一起呢，我想，這時候問拉斯是誰也沒意義啦。」

「你累了嗎？我的意思是，雖然還很早，可是我們還是在過加州時區的，對吧？」

「那是灣區的說法嗎？**加州時區？**」我看了看錶，八點二十分，「我明早九點要發表論文。」

「可是現在才八點耶，」她說，「那對我們來說是五點。你不可能期望我會相信你五點就要上床睡覺了吧，我十五分鐘內就可以過去。」

「不，我過去好了。」我回答，擔心要是我完全打槍，她反正還是會出現，「我跟妳約在酒吧。」

「我房裡就有個那種迷你酒吧。」

「八點四十五分約在酒吧。」我掛掉電話。

琳達．梅洛里和我一起睡過三次，其中兩次我們打了炮，兩次是我去柏克萊辦朗讀會時，一次是在洛杉磯，她過來做同樣的事。她是個高䠷，X型腿，沒什麼身材又很瘦的女人，看起來個性軟弱，人卻很機智犀利，反正只要不涉及男人和性，就很犀利啦。她專門瞄準男人的關注，就像羅威那犬瞄準豬排，而這也成了她眼中的一切，事實上呢，在她的耳朵因為男人的關注豎起來之前，她還稱得上是有魅力，深色眼珠，頭髮茂密，苗條又帶著好相處的笑容，她很愛幹炮，她是這麼說的啦，但我認為她比較愛說，而不是真的去幹。她是可以很逼人的。而且她完全欠缺文學天賦，這既令人火大，但以某種奇怪的方式來說，又很讓人耳目一新。琳達曾出過一本怪得果不其然，又刻板印象式的**創新**短篇小說（她就喜歡這麼叫），她混進的是個**創新**作家的圈子，那些人在一九六〇年代存活下來的方式，是靠著在各自的期刊上出版彼此的故事，還有集體幫彼此出書，進而累積了出版作品，並在任教的不同大學獲得終身職，然後在所謂的真實世界中建立了具公信力的表象。可悲的是，「新小說」學會的會員大多都是由這些人組成的，他們全都很討厭我，因為以下幾個理由：一是我幾年前出了本寫實主義式小說，並且還算成功；二是我坦蕩蕩，不管是在紙本媒體或電台訪問上，對他們作品的看法都沒在藏的；然而，我之所以被討厭的最後一個原因，是因為他們這麼哈的法國人，似乎對我的作品擁有很高的評價。在我看來，這對我默默無名又不興半點波瀾的文學生涯來說，只不過是個奇怪的註腳而已，但對他們而言，搞不好是打臉吧。

✗ ✗ ✗

我到的時候，琳達已經在酒吧了。她用擁抱裹住我，這讓我想起她在床上感覺起來有多麼像是一台腳踏車。

「所以，」她用那種拐彎抹角的方式使用這個字，「我們得橫跨四千八百公里才能相見啊，我們明明就住在同個州。」

「世事難料嘛。」

我們入座，我點了杯蘇格蘭威士忌，琳達則又要了杯吉布森調酒，她玩著杯裡的洋蔥，用紅色的塑膠劍戳著。

「妳也有報名研討會嗎？」我問，我先前沒看到她的名字，但話又說回來，我根本連看都沒看。

「我和戴維斯·金伯、威利斯·洛伊德、路易斯·羅森索有場論壇。」

「論壇主題是啥？」我追問。

「『布洛斯在美國小說中的地位』。」

我忍不住哀聲嘆氣起來，「聽起來還真愉快啊。」

「我看到你論文的標題了，我看不懂。」她在我們的飲料上桌時，把劍上的洋蔥吃掉，「是有關什麼的啊？」

「妳到時候就知道啦，我真他媽受夠這鬼東西了，肯定不會幫我交到半個朋友的，我跟妳保證。」我環顧酒吧，沒看到半張熟悉的臉孔，「我都能感覺到這裡有多怪了。」

「那你幹嘛還來？」她抱怨。

「因為這樣的話，就有人幫我付旅費了啊。」我吞下一些蘇格蘭威士忌，並後悔沒有要求兌水，「我寧願承認這點，而不是說我來這裡，是因為我在乎什麼『新小說』學會的活動。」

「你說得有道理，」琳達吃掉她第二塊洋蔥，「你想上樓到我房間嗎？」

「接得很順哦，」我說，「假如我們不打炮，然後嘴上說我們打了呢？」一陣尷尬之後，我又說，「所以，柏克萊如何？」

「很好，我今年要申請終身職。」

「勝算如何？」我問，卻心知肚明她不可能有勝算的。

「你家人在這。」她說。

「我媽和我姐。」我喝完我的蘇格蘭威士忌，並痛苦發覺我跟琳達無話可說，我對她的私事不夠熟，沒辦法問問題，也不想提起她最近分手的事，所以我望進我的酒杯。

女侍走過來，問我要不要再來一杯，我說不要，並給了她夠付兩杯吉布森調酒和我那杯蘇格蘭威士忌的錢。琳達看著我的雙手。

「我最好回去休息一下了，」我說，「明天見啦。」

「大概吧。」

第二章

樹木的中心是心材，那部分對維生來說沒什麼用，卻是結構上的支撐，而餵養一切的邊材，則是相當脆弱，且容易受到菌類和昆蟲的危害。這兩種木材看起來一模一樣，但你會想要心材，你永遠都會想要心材的。

XXX

我在舒適的飯店餐廳獨自吃完早餐，接著走下康乃狄克大道，前往五月花號飯店。這是個冷颼颼又灰撲撲的早晨，讓我心情賭爛起來，但我同時也只是覺得迷失，搞不懂我到底幹嘛要來這趟，我當然是不在意那場會議，而且家人我也探望夠了。在我的場次，人比我預料會看見的還多，我於是突然間有點緊張，我其實是不會有什麼危險，至少我是這樣說服自己的，只是要發表我撰寫的論文而已啊。話雖如此，我還是很認真的，也知道會得罪一些人，即便我也差不多篤定，還要再多嗆他們一下，他們才會真正感到冒犯。

第一篇發表的論文出乎意料還滿容易跟上的，雖然無聊又無關緊要啦，是在討論貝克特還有假如他活得更久，並且，整個時代對他的作品有不同的接受與理解的話，那他會寫出些什麼。接著就輪到我了，這時好幾個人清了清喉嚨，伴隨著不算低聲的咕噥，算是歡迎我吧。這至少是向我表示了，我的名聲就算沒有先我一步，也是和我一起抵達。我開始發表我的論文：

F/V：定位實驗性小說

X X X

F/V：小說摘錄

（一）《S/Z》*這個書名也許在提出任何問題之前，便已回答所有問題了，使得這在某種程度上，成為了反書名，但依然是個書名，因而提出了否定的暗示，所以，這個書名是作品的名稱嗎？亦或僅只是作品影子的名稱呢？在建立其研究主題，乍看之下是巴爾札克的《薩拉辛》時，書名便提出了一個問題：即這個文本真的是本書的主題嗎？結果當然不是，如同《S/Z》告訴我們的，其研究主題其實是那背後難以形容的模式，《薩拉辛》則可說是其再現。學學羅蘭．巴特，就讓我們將這稱為詮釋學符碼（HER）吧，即「功能是以各種方式表達某個問題、其答案、以及各式各樣偶然事件的所有單位，且這類事件要不是能闡述問題，就是能推遲回答，甚或建構出一個謎題，並導向其解答」。*書名中的「S/Z」指的無疑是不發聲跟要發聲的兩個音，但這個謎題和隔開這兩個音的斜槓一比，可說便黯然失色了。這個「／」既同時將S和Z結合成一個書名／反書名，卻又將其分開，乍看之下是對等的，實則不然，因為S先於Z，而「／」這條斜線，無論多麼平面，我們也都能接受是介於符徵和符旨之間，那個油膩又不斷變化的符號。遭到斜槓的整體，代表著受到切割的文本、是受傷的文本，也可能僅只是碎片化的文本（這要不是作者的謊言，就是讀者的必然）；遭到分開的字母，代表的則是遏止了對立，以及字母在脈絡中必須合而為一的必要性，這說明兩者既不可能個別分開考慮，兩者在定義上卻也不可能連結，因而「斜槓」或說「／」，不只是膠水，同時也是楔子。「／」本身也成了符徵，每次提及書名，都會是個不斷滑動衝突的元素，運作方式類似其在Ｓ和Ｚ之間的功能，也就是說，爽怎麼運作，或不爽怎麼運作都可以。我們因此應將這個「／」的元素，當作一種代表其背後概念的符徵、語義元素、不言自明的潛規則、真正說出的指涉，並以ＳＥＭ這個縮寫表示，用來指稱所有裡頭包含「／」意思的概念（字詞），例如生病（ＳＥＭ健康）或病態（ＳＥＭ瘋狂）。

（二）據說有特定的佛教徒，自身的道行讓他們能夠納須彌於芥子＊這個句子中存在著「特定」佛教徒，就算只有兩個也夠，讓我們不會認為指涉的是大多數的佛教徒，或是一般尋常的佛教徒。這是因為「特定」一詞所帶有的貶義嗎？就像「這個空間裡有特定人士不受歡迎」這句話一樣？抑或，「特定」一詞想要說的是，這些佛教徒無疑在信仰上相當堅定虔誠。在我們深入探討第一個句子之前，第一個謎題就困住了我們（ＨＥＲ特定），「特定」是一個字，但其語氣意涵我們卻無法肯定，除非，當然，有鑑於這個字可能的意思，我們只去關照特定的意思。

這邊先暫停一下，回到我們在第一個句子之前擁有的東西上。「Ｉ評估」，這裡的「Ｉ」

指的是羅馬數字的「一」，還是英文中的代名詞「我」呢？「I」後面加一個句點（HER句點），指的可以是一個極短的句子，或是代表最終的符號，指的是自身的終結（SEM自身），因而拋去了之後的文本責任。至於「評估」，我們是要把這個字跟前頭的「I」連在一起，還是連在後面接續的文本呢？假如是前者，那這是否是對後續文本再次卸責呢？「道行讓他們能夠」就跟乍看之下一樣耐人尋味，這是將佛教徒的修行擬人化了，並承認其擁有的功勞，彷彿道行是在修道者之外，獨立存在於世界上似的。且正是因為這些我們稱為修行的東西，才讓佛教徒能夠做到後面的事，而不是天主教徒或穆斯林，雖然此處所謂的修行，意思可說頗為模糊，我們可以合理認為這代表的是「特定修行」，所以修行（SEM佛教徒），便以那種特殊的方式，藉由「／」，連上了得道的對象（SEM修行）……納須彌於芥子。＊不管在什麼地方，能看見須彌，肯定都很壯觀吧，因為我們的目光絕對得停駐在某處，可能是在邊緣的左邊或右邊，且遠離我們自身，盯著地平線，所以，所謂須彌，是否永遠都只是更廣袤的須彌的片段呢？或者我們應該這麼理解，即所有須彌，都是以片段方式存在，而那些片段，本身便是完整的須彌？須彌，只有「納於芥子」才能完整看見，因而修行所獲得的技巧，其實也並沒有多特別。而且又為什麼是「納於芥子」，而不是納於一顆玻璃彈珠，或是納於足跡，或是納於一張臉孔的特寫照片之中呢？句子中出現了芥子，所以肯定代表著某種意思（就算這什麼意思也沒有（SEM禪意）），而我們應該將位在這個象徵領域的單位稱為SYM。芥子當然是代表種子，本身既是種子，也包含種子，所以同時身為自身，又是自身的根源，芥子就是自己的出生，完整無缺，從土裡，從地上生出，因此，就跟自身的一幅畫、自身的須彌一樣完整。像這樣從自身生出，同時又身為自身，便是最終之舉，我們應該將這樣的行為稱為ACT，且也應替組成這個行為的所有字詞，按照順序標上號碼（一顆芥子裡的ACT：〔一〕我們看見的、〔二〕種子本身、〔三〕概念本身……）到最後，我們應該要覺得有趣的，其實並非佛教徒，而是芥子（註一）。

註一：在此先暫停一下，如同研究主題文本中所作的，旨在闡明事實上已經提過的事，即所有文本符徵，都能夠劃歸其下的五個主要符碼[9]，以下順序並非依據重要性，而是按照出現的先後次序：「詮釋學符碼」包括各種暗示、建議、體現、包含、延伸、揭露、及／或解答謎題的詞彙。「意素符碼」不需和人、地、物連結即可存在，之所以列出，是為了達成某種類似主題融合的狀態，我們受到的教導，是要允許其擁有「色散般的不穩定、塵埃般的特色、若隱若現的意義」（換句話說，隨意自由組合的胡說八道，在安置或促進意義，或者更算是重點的興味上，其實算是個還不錯的方式），同理，「象徵符碼」也必須沒有結構，而是慷慨允許多元性及可逆性，相反的則恰恰就是文本的意義，因為所有正面表述，也多少都會帶著有關負面表述的理解，「行動符碼」（又稱情節符碼）則僅只是帶過，因為

9譯註：此處的五個符碼為羅蘭・巴特所提出之概念，唯學界中文翻譯仍莫衷一是，此處搭配內文進行些微調整。

所有的連串名稱，都「只不過是閱讀詭計所帶來的結果而已」，閱讀會累積一份清單，是關於情節中發生所有事的通用名稱（坐下、死亡、爆炸、打盹），而這樣的名稱，便體現出了一連串次序，連串次序之所以存在，也是因為受到命名，是藉由並在命名的這個過程中體現了自身，因而名稱並非邏輯演繹或歸納的產物，且只有在出於某種（邏輯之外）的理由而被創造的情況下，才能體驗及經驗到。最後一個，也較容易定義的「文化符碼」，指的則是某種知識系統或某一類知識（醫學、文學、歷史……），代表知識的主體，卻不用表達出其所在的文化（REF文化）。

（三）精確就是第一批敘事分析師在嘗試的：讀遍世界上所有故事。＊精確一詞其實非常不精確，因為「第一批分析師」並非試圖要納須彌於芥子，而是要定義一個故事之所以能稱為故事的必要及充分條件，所以「精確」其實頗為諷刺，隱隱宣稱研究主題文本遠遠超越「第一批分析師」單調乏味的努力（SEM精確）。提到佛教徒和第一批分析師使命的相似性，背後的用意，代表的是佛教徒實則並不屬於第一批分析師，那些盯著芥子看的胖男孩，根本就不需要建立敘事的模式，因為芥子裡早就包含著模式了。精確說來，佛教徒凝視芥子，圖的並非再現的須彌，而是裡頭本就包含的須彌。他們並不是要萃取出讓那東西之所以是那東西的重要特質，而是要盡覽綜觀。在這樣的狀況下，關注特定的特質，反而會摧毀人家告訴我們應該要去欣賞的成就。人類的第一個分析師是亞里斯多德和他對實踐及道德抉擇的關心嗎？或者我們應該要去思索的是那些史前之人，他們肯定仔細判斷分辨過兩個版本的事件描述，並決定哪個是真的，哪個又是編造虛構的，此處背後的假設，是要分辨出事實，只需記得即可，而提出虛構版本，則需要一幅圖像，想像那事實聽起來會是怎麼樣的。但或許我們只要直接選擇俄國形式主義者，這樣子就可以了（SYM分析師），他們也在嘗試（ACT嘗試）要揭露這個模式，而很明顯他們尚未成功。就像你永遠不會形容一個已經挖到主礦脈的人說「他正嘗試要淘金」（SEM嘗試）……這一切皆是為了「讀遍世界上所有故事」。*結論早已嵌入此處，即存在某種普世故事（REF故事），命名要不是造成了傷害，就是完成了工作，且無法逆轉，命名創造了事物自身，若要再去尋找是什麼造就了事物本身，就等於忽略了事物的存在一開始就應該受到驗證，而得到命名，並不等同真正存在（REF獨角獸）。

（四）……（而從古到今有這麼多）存在於單一架構之中：我們應該，他們心想，從每個故事之中萃取出其模式，接著從這之中創造出一種偉大的敘事架構，之後（為了驗證）再重新應用於任意敘事上……*彷彿有人曾經看著石碑，並問說，「這是故事嗎？」而且還是認真在問，而非要表示這故事實在是有夠爛。這樣的嘗試頂多算得上是對某種商業場景的回應，即出版商對作家說，「你把這叫作故事啊？」可是這樣的岔題，會需要整體的概念（即便只是文本的片段），且已超出本分析的範疇了。「有這麼多」（HER多、SEM多）**似乎頗為諷刺，甚至稱得上是有爭議，看似是在讚揚故事作者的多產，但這句評語卻是出現在括號之中的，因而可說區別出了故事的作者，甚至連提都沒提到他們。「他們心想」（SEM心想、HER他們、REF他們）***，這很顯然是在大聲宣揚他們無法完成使命，剩下的句子則告訴我們，他們期待從自己盯著的芥子中看見什麼，但是這句「他們心想」，便使他們的芥子變得一片空無了。讓我們接著拆解這次嘗試，針對手邊文本《薩拉辛》的分析，起初選擇時根本就不是當成模式，而是接受了其受到處理的方式，這種處理方式反過頭來成為一種模式，可以用來處理其他文本，如同在此文本中所示。對那些渾然不覺的人來說，重述明顯的重點從不多餘。

XXX

我結束時，出現了一陣猶疑試探的零碎掌聲，接著是讓神經舒緩下來的沉默，大家正試圖搞清楚他們是否受到冒犯，又是為什麼。我走回座位途中，一坨鑰匙飛過我頭上，並擊中貼了絨毛的壁紙，我朝聽眾張望，看見戴維斯．金伯，他是《黑色嚴寒》期刊的編輯。

金伯在空中揮舞拳頭，並大吼，「你這王八蛋！」

我馬上就能分辨出，我剛發表的內容，他半個字都沒聽懂，他的反應似乎不妥又極端，但他熱切想要表現得像是很快就理解了的樣子。

琳達．梅洛里也在聽眾之中，我們互看了一眼，她點頭表示她覺得我的論文還可以，並送給我唯一一陣安靜且持續的掌聲。我撿起金伯的鑰匙，扔回去給他。

「你肯定是需要這個的啦。」我說，但這些話他也當成是冒犯，然後金伯，他這個幻想自己是海明威的人，竟然朝我走來，好像要幹架一樣。不過他的隨從們很快就阻止他了，那群人由四名年輕又有抱負的作家組成，不斷新陳代謝卻始終存在，他們會蒸發，然後下一批人會再取代他們。

「我不是故意要傷害你的感受的，金伯。」我表示，我已經看得出來，這個場次將成為這次會議的話題，將擁有自己的生命，並成為這些沒才華的廢物會加油添醋、開枝散葉的那種東西，「你最困擾的是哪個部分啊？」

「就是你，你這個虛有其表的寫手。」金伯對我吐口水。

「虛有其表的寫手啊，」我重複他的話，「好喔。」我瞥向門口，看見大家已經迅速往外頭跑了，關於這次衝突，他們會在外面提供自己的版本，並表示，「一切開始時，我就坐在金伯隔壁」或「艾利森直接把鑰匙用力扔回去給他時，我還真是不敢置信」。反正，我也離開現場，而所有人都為我讓出大大的位置，不過是出於恐懼或敬畏，我就不知道了。

第三章

我回到我的飯店，卻發現死亡威脅，潦草寫在某張書籤後頭，上面寫說：**我會殺了你，你這虛有其表的俗人，署名：溫登．路易斯[10]的鬼魂**。我並不擔心這類威脅真的會付諸實踐，畢竟那些將我視為他們敵人的小丑，會真正做出什麼事的機率，就跟他們真正能寫出什麼一樣低。

X X X

故事構想，有名女子生了顆蛋。她正常進去生小孩，結果卻生出了一顆蛋，是顆兩千八百公克的蛋，醫生不知道該怎麼辦，所以他們包了個尿布上去，並把蛋放在孵蛋器裡頭。什麼事也沒發生。接著他們要媽媽坐在上頭，同樣什麼事也沒發生。於是他們把蛋交還給媽媽，她愛上那顆蛋，叫蛋是她的寶貝。蛋沒有四肢可以移動，也沒有聲音可以哭泣，就是顆蛋，也只是

10譯註：溫登．路易斯（Wyndham Lewis，1886-1957），英國作家、畫家、評論家。

顆蛋。女子把蛋帶回家，命名、洗澡、掛心，雖然沒有半點動靜，也不會成長，仍舊是她的「寶貝」，她這麼說。她的丈夫離開了，她的朋友們也不再過來了，她對蛋說話，告訴蛋她愛蛋，蛋於是裂了開來……

X X X

前往我姐在東南區的診所。華盛頓隱藏貧窮的能力，比世界上所有城市都強，就在距離國家廣場和國會山莊的幾個街區之外，每天都會有幾千名觀光客在那閒晃哦，民眾卻會用毛巾蓋住窗戶，以阻擋雨水，並在晚上鎖上門後，釘上板子封住。雖然我姐住在北邊的亞當斯摩根，她卻是在東南區，「百姓住的地方」執業，我一輩子都不可能像她一樣這麼堅強。

我走進前門，十個女人的臉孔一同轉向我，質問著想知道我在這裡幹嘛。我走向接待櫃台。

「我是席隆尼斯．艾利森，艾利森醫師的弟弟。」我說。

「你在跟我開玩笑吧。」接待員並不肥，但她還是占據不少空間，她站起身，繞過她的櫃台，並緊緊抱了抱我，我陷進她身子裡，心想擁抱感覺就該像是這樣子才對，「那個作家弟弟啊，」她說，退回去盯著我看，「還很好看呢。」她轉頭對著門廳下頭喊，「艾蓮諾，艾蓮諾。」

「幹嘛？」艾蓮諾問。

「我們這裡來了個真正的作家。」

「什麼？」

「E醫生的弟弟啊。」

艾蓮諾走過來，也抱了我，她戴著她的聽診器，但在她擠壓我時融化進她豐滿的胸部裡了，「E醫生現在有病人。」

「是啊，親愛的，」接待員說，邊忍不住微笑，「你先坐一下，我去跟她說你到了。假如你需要什麼，就叫我，我叫伊玟，好嗎？」

我坐在一張椅墊頗薄的橘色空椅子上，隔壁是個年輕女子，她擁有蜷曲的藍色指甲，大腿上還坐著個流鼻水的小男孩。

「真是個俏男孩，」我說，「他幾歲？」

「兩歲。」她回答。

我點點頭，這椅子比我預想之中的等候室椅子還更舒服，我感到我今天累積的人為壓力正漸漸消逝，在眼前喧囂的現實之中化為一縷細語。

「所以，你來華盛頓做什麼啊？」伊玟從她的櫃台那邊問我。

「來參加一場會議。」我說。

「你肯定是重要人士，才會來華盛頓參加這麼一場會議。」她表示。

我搖搖頭，並笑了出來，「沒，只不過是一場『新小說』學會的會議而已，一點都不重要。我今早發表了一篇論文，現在已經沒事了。」

伊玟望著我，彷彿我的話在我們之間的空間中迷路了，她點點頭，沒有直接看向我，便回到她在櫃台忙的工作上了。我覺得很尷尬，格格不入，好像我的人生非常沉重，好像我並不屬於這裡。

「你寫書啊？」帶著孩子的那個女人問。

「對。」

「你都寫些什麼書？」

「我寫小說，」我回答，「各種故事。」我已經覺得格格不入了，現在也不知道怎麼樣才能讓語氣聽來放鬆。

「我親戚給了我《他們眼望上蒼》[11]，她是在課堂上拿到的，她念哥倫比亞特區大學，我很喜歡那本書。」

「那是本非常棒的小說。」我說。

「她也給了我《甘蔗》[12]，」年輕女子邊說邊調整著大腿上兒子的位置，「那本是我的最愛。」

「也是很棒的書。」

「但那並不是小說，對吧？」她問，「我是說，那並不只是一個故事，裡頭還有詩，不過感覺還是像是一起的，你懂我意思吧？」

「我完全懂妳意思。」

「我會想到〈包廂座位〉那篇故事，然後覺得我無時無刻都在那間劇院裡，看著那些侏儒在打架。」她搖搖頭，彷彿是為了要回到現實，並抹了抹她孩子的鼻子。

「妳有去上大學嗎？」我問。

那女孩笑出來。

「別笑，」我說，「我覺得妳很聰明，妳至少該去試試看。」

「我連中學都沒念完。」

我無言以對，於是搔了搔頭，並望著室內其他臉孔。我自覺渺小又無地自容，因為我原先預期這名藍指甲的年輕女子，會表現出特定的樣子，會遲緩又愚蠢，但她兩者皆非。我才是蠢的那個。

「謝謝妳。」我對那女孩說。

她沒有回應這話，而且幸運的是，這時又叫她回去診間。

麗莎穿著她的白袍走出來，聽診器垂掛在脖子上。我先前從沒看過她適得其所的樣子，她感覺如此冷靜、自在、掌控全局，我以她為榮，也敬畏她。我站起身，而即便她那一半的擁抱頗為僵硬，我的卻沒有，且也成功軟化了這整件事，她相當驚訝，甚至還有點臉紅。

「我還得再看兩個病人，然後我們就可以離開了。」她說，「你很幸運，今天沒有糾察隊，他們肯定是去上教堂或是去女巫集會了。你待在外面這裡可以吧？」

「可以，伊玟在照顧我。」我回答，但接待員對我頗為冷漠，她露出機械化的笑容，並在空中搖了搖她鉛筆上的擦子，「我等妳。」

11譯註：《他們眼望上蒼》（*Their Eyes Were Watching God*），二十世紀美國非裔女性重要作家柔拉．涅爾．賀絲頓（Zora Neale Hurston，1891-1960）的經典之作。

12譯註：《甘蔗》（*Cane*），「哈林文藝復興」重要作家基恩．圖默（Jean Toomer，1894-1967）之代表作，由一連串有關非裔美國人經驗的詩作、短文、故事拼貼組成，同名的〈甘蔗〉為詩作，下文的〈包廂座位〉（*Box Seat*）則為短篇小說。

X X X

我十五歲時，我的朋友道格．格拉斯，他真的叫這名字[13]，問我想不想搭他的車一起去一個派對。當時是在安納波利斯的夏天，他比我大一歲，有自己的車。我很興奮想一起去，我們抵達時，音樂大聲又陌生，低音炮轟隆作響，空氣中充滿想要再往下低一個八度的男孩聲音和女孩的傻笑聲。我們先站在外頭的草皮上，我手上拿著一杯塑膠杯裝的啤酒，拿到都變溫了，我那時還不會喝啤酒，而且老實說，我也擔心這會害我吐出來。我們人在安納波利斯一個我從未造訪過的地區，但我能看見議會大廈的尖塔，所以我大概知道自己身在何處。

「喲，兄弟，你叫啥名字？」有個高高的男孩問我，邊吐著菸，卻沒噴到我的臉，「我是克萊文。」

「孟克。」我回答。

「孟克？」他大笑起來，「**孟克**他媽是哪款鬼名字啊？」

在那一秒，我並不想告訴他我的本名是席隆尼斯。

另一個傢伙走過來，高高的那個於是說，「嘿，這邊這位叫瑞吉，現在來認識一下這個，**孟克**。」

「他看起來有點像猴子，是吧？[14]」瑞吉表示。

「你的本名叫什麼啦？」克萊文問。

「艾利森。」我說。

「那是你的名還是姓？」

「姓。」

「啊你名字叫什麼？」

「席歐。」我說謊。

克萊文和瑞吉面面相覷，聳了聳肩，彷彿在說席歐是個還過得去的名字，並不值得取笑。

「那大家幹嘛叫你孟克啊，小老弟？」瑞吉又問。

我不喜歡「小老弟」聽起來的感覺，「就是個綽號啦。」我說。

道格走到我身旁，並說，「走吧，孟西，我們去裡面吧。」

「**孟西**。」克萊文和瑞吉把兩手圈起來重複著，一邊偷笑。

「我們回海灘吧，」我對道格說，邊跟著他朝屋子走去，「這還真無聊。」

「我們先去裡面看看嘛，你難道不想瞧瞧幾個女生嗎？」

事實上呢，我還真的想瞧瞧女生，這比一切都還更重要，但當我看到她們之後，會做出些什麼事，就誰也說不準啦。我只是希望她們沒有人會叫我**小老弟**，或是問我的名字。

裡頭燈光黯淡，且空間中央，我想應該是客廳吧，擠滿了熱舞的人群，道格開始開玩笑輕

13 譯註：道格．格拉斯（Doug Glass），姓氏可直譯為玻璃，連起來也可直接念作道格拉斯，所以才有此處的發言。

14 譯註：因為主角的名字 Monk 類似 monkey。

打著人及指著人，我們邊移動到另一頭去，我跟道格沒那麼熟，但還是頗為驚訝他竟然跟這麼多人熟。他在幾名女孩身旁停下，他們幾乎得大吼才能蓋過音樂讓對方聽見。

「開趴啦！」道格表示。

「對啊。」那女孩說。

「這妳妹哦？」道格問。

「對。」

接著他們望著舞池好一陣子，道格現在是我的英雄，他和那女孩說話的方式，讓我覺得很屌。然後播起一首慢歌，這時他轉向她，並問，「跳舞嗎？」

「好。」

於是剩下我和她妹。她很漂亮，穿著件曝露的無袖低領連身裙，露出她的雙肩。某個地方有盞旋轉燈，每隔幾秒，她的脖子和大腿就會在我的視野中清晰浮現。她的肌膚好美，她逮到我在偷看，我於是道歉。

「我叫蒂娜。」她說。

「艾利森。」我說。

「跳舞嗎？」

「好。」

在接下來三分鐘內，我擔心的事情比我這輩子全部加起來還多，我有噴除臭劑嗎？我有刷牙嗎？我的手會太乾嗎？我的手會太濕嗎？我會移動得太快嗎？我真的有在帶舞嗎？我的頭是在她的頭正確的那一側嗎？我牽她牽得頗鬆，但她將我拉近，壓在我身上，她的胸部明顯到令人擔憂；她的大腿拂過我的大腿，而因為那時是夏天，我穿的是短褲，所以可以感受到她的肌膚貼著我的。這對我的荷爾蒙平衡運作來說，實在是有點太多了。我的陰莖在整首歌期間穩定脹大，直到我發覺東西探出了我左腿褲管的底部邊緣，蒂娜也發現了，說了些什麼，我聽不懂，但包含「寶貝」和「沒事」這幾個字。接著有人打開燈，而我聽見克萊文和瑞吉的聲音說，「瞧瞧猴子的小猴子」，我於是奪門而出，跑下街道，朝議會而去。

我跑到市碼頭，發現我哥和幾個朋友在家族的船上。他問我還好嗎，我跟他說還可以，並問可不可以和他們一起混，他望著其他人，然後勉強說好。我在那裡他們很尷尬，沒說太多話，接著他們一個接一個離開，最後只剩我們兩個。

「爬出來把我們的繩子解開，」比爾說，「你是怎麼跑來這的啊？」他發動馬達，我們開始移動。

「道格開車載我的，他帶我去一個派對，我們走散了。」

「噢。」

「我是不是搞砸了你的派對？」我問。

「沒，別擔心。」我聽著艾運樂馬達熟悉的巨響，開始放鬆下來，海灣的水在我眼裡看來似乎如此平靜，我抬頭望著天空。

✗ ✗ ✗

麗莎和我開車到「國會烤肉」，並在一顆麋鹿頭下找到一個雅座，「妳為啥喜歡在這吃飯啊？」我問她。

「我哪知，跟什麼全都由男孩子作主有關吧。」她啜了啜她的茶，「好喔，我跟你說個笑話。你人在一艘船上，馬達掛了，不過你所在之處的水很淺，可是你穿著條兩百塊美金的長褲，啊載你去機場的車就要從海灘開走了，這為什麼算是個法律問題？」

我搖搖頭。

「因為這是羅訴韋德案的問題啊[15]。」她露出一個我多年沒有看過的笑容，「很烏吧，嗯？」

「這是妳瞎掰的嗎？」

「我都熬夜到很晚，我還能說什麼咧。」麗莎環顧餐廳，接著又盯回我身上，「真的很高興見到你啊，弟。」

「謝囉，我也很高興見到妳。妳知道的，我真的很以妳為榮，爸也會以妳為榮的，那間診所啊。」

「裝潢又沒多迷人。」

「我不知道那跟一切有什麼關係。」這時我注意到吧台那邊有個男的正盯著我們看，「妳認識他嗎？」我問。

麗莎轉頭去看，那男人於是別開目光，「不認識，幹嘛？」

「他好像只是出於某些理由，對妳有興趣的樣子。」

「那不錯啊。」

「妳跟貝瑞的事我很遺憾，我一直都覺得他就是個笑話。」

「你以前就狂說啦，」麗莎大笑，「還記得我對你有多火大嗎？」

服務生過來幫我們點餐，他抽走點單時對麗莎露出微笑，「最近好嗎，醫生？」

「還不錯，奇克，你呢？奇克，這我弟，孟克，他從加州過來拜訪。」

我和那人握手，「奇克，」我看著他走開，邊對我姐微笑，「他喜歡妳。」

「可能吧，但我想他以前跟比爾約會過。」

「噢。」我們坐在那想比爾的事想了好一會兒，直到我覺得我想他想得夠久了，就開口說，「我和妳其中一名病人，聊得還滿愉快的，但我沒問到她的名字，她帶著個小男孩，塗藍色的指甲。」

「我知道你在說誰，那是塔米卡．瓊斯，她其實有兩個小孩，她今天帶的那個小男孩叫作米斯特里。」

「米斯特里？」

15譯註：羅訴韋德案（Roe versus Wade），一九七三年裁定美國憲法保障墮胎權的法案（目前已於二〇二二年遭到推翻），此處玩的是諧音梗，笑話中的情境只剩下兩種選擇，即划（row）或涉水（wade）上岸，也呼應麗莎的工作。

「沒錯，她女兒叫作范特西。」

「米斯特里和范特西。」

「以他們的老爸命名的，一個是個謎團，另一個則是幻想。」

「妳在跟我開玩笑吧。」

「我也希望是。」

「我以瞎掰屁事維生，都想不出這種事了。」吧台的男子又在往這邊看了，但我逮到他的時候，他站起來，離開吧台，並朝門口走去，「有時候我覺得我離一切都好遙遠好疏離，我甚至都不知道該怎麼和大家聊天。」

「你才沒有，」麗莎說，「你從來都沒有。這又不是壞事，你只是不一樣而已。」

「跟誰不一樣？」

「別這麼防備嘛，這又不是壞事。事實上，還是件好事呢，我一直都想要跟你一樣。」

✗ ✗ ✗

我從前會去尋找一切背後更深遠的意義，自以為是某種詮釋學偵探，在人世間行走，但我在十二歲時停止這麼做。雖然我當時無法這樣子闡述，不過我後來發覺，我其實可說是放棄去探尋所謂主觀或主題式意義體系的詮釋了，並以區區個案描述取代。從這之中，我至少可以做出推論，無論是多麼下意識的推論，進而使我理解世界對我的影響。換句話說，我學會接受世界本來的模樣，再換個方式說，我就只是不在乎。

我十三歲，我姐十六歲時，她逮到我在前地下室拿著本雜誌自慰。她問我在幹嘛，我回答，「自慰啊。」

我的回答這麼不當一回事，害她停頓了一下，我在繫皮帶時，她說，「你是個變態。」

「我可能是吧，」我說，「我不知道什麼是變態。」

「嗯，你最好別讓媽和爸抓到你這麼幹。我要說的就只有這個。」

「我可沒計畫讓他們逮到，啊就算他們真的逮到了又怎樣？他們要把這從我身上奪走是嗎？」說完重點之後，我將注意力轉回雜誌中段的跨頁性感照上。

「這你是從哪弄來的？」她又問，邊瞥向樓梯上關著的地下室門。

「我買的。」接著為了讓她放鬆下來，「爸在辦公室，媽也不會下來這裡，因為有蜘蛛。」

「這樣很正常。」麗莎說，彷彿突然間擔心起我會留下心靈創傷。

「哪樣很正常？」

「自慰啊。」

「妳會嗎？」

「不會。」她邊說邊臉紅起來，並傾身準備爬上樓梯。

「謝啦。」我說。

「謝什麼？」

「謝謝妳告訴我這樣很正常。」

「好喔。」她說。

「假如妳不會，那也很正常的。」我說。

X X X

我久久盯著麗莎的起司漢堡不放，她用叉子挑掉洋蔥，並放在盤子邊。

「你還是不吃肉嗎？」她問。

「我偶爾會吃。」我回。

「吃個漢堡又不會殺了你。」

我在我的沙拉上倒上油和醋，點了點頭，「我很感謝妳負責在這照料媽的一切，」我說，「我知道這樣子不公平。」

「反正最後就是這樣啦。」

「有什麼我能幫上忙的嗎？」

「有啊，你可以搬來華府。」她直視我的雙眼，接著露出微笑，「要是我需要你，我會打給你的啦。是有件事。」我望著她時，她放下叉子，並想起香菸，「媽快沒錢了。」

「可是我以為——」

「我也以為，但反正就是快沒了。」

「我也沒多少，我的書沒賺半毛。」

「別緊張嘛，」她說，「我只是告知你而已。」

現在，我覺得糟透了，就像個魯蛇，讓我姐和我媽失望。我住在自己的小泡泡裡，從沒思考過這種事，我覺得自己正往下沉。

午餐後，我姐問我願不願意跟她去逛一下書店，說她想幫她的其中一個員工挑個東西，對方剛生小孩。我問她是不是想給她我其中一本書，麗莎回說她比較想要給那女生她讀得下去的東西，接著她大笑出聲，我猜我也跟她一起笑了吧。

麗莎閒晃到園藝書區時，我站在那間疆界書店（Borders）中間，心想我有多恨這個連鎖品牌，還有這類連鎖書店，我跟太多小型正港書店的店主聊過，他們口中所謂的書版沃爾瑪（WalMart），將他們逼入貧窮。我決定看看這間店有沒有我的書，同時信念十分堅定，覺得就算他們有，我對他們的意見也是不會改變的。我走到文學書區，沒看見我的書；我走到當代小說書區，也沒看見我的書；但當我退後幾步時，我找到一個叫作非裔美國人研究的區域，我有四本書放在那裡，按照字母排得整整齊齊、乏人問津，包括《波斯人》，不過那本書乍看之下唯一和非裔美國人有關的地方，就只有我在書衣上的作者照而已。我馬上火大起來、脈搏加速、眉頭緊皺，對非裔美國人研究有興趣的人，對我的書肯定沒什麼興趣，且書出現在這區，也會讓他們一頭霧水；而在找一齣希臘悲劇晦澀翻玩改編的人，也不會想到要來這區找，就跟不會去園藝書區找一樣。結果在這兩個案例中呢，都是不會賣。這間幹他媽的書店在斷我生路啊。

跟那個看起來像經理的可憐人表示意見，是不會改變任何事的，所以我只得放棄，保持默不作聲。接著我看見一張海報，宣傳著胡安妮塔・梅・詹金斯即將舉辦的朗讀會，她是異軍突起暢銷書《我們住在貧民窟》的作者。我從架上拿起一本，並讀了開頭段落：

我出生後我老杯就跑不見只有我和我老媽和我的小弟弟朱波伊，朱波伊早上從不刷牙，所以我得提醒他。因為這樣，老媽說我要負責並跟我說在她去幫那些白人掃家裡時我得要顧家。

我闔上書，心想我就要吐出來了。這時我姐出現在我身後。

「發生什麼事了？」她問。

「沒事。」我邊說邊把那書扔回架上。

「你覺得那書如何？」她問，「我讀到消息說要改編成電影耶，她可以拿到三百萬美元還多少的。」

「真的喔。」

X X X

流行文化的現實不是什麼新鮮事，世界的真相每天或每小時壓在我身上，也在我預料之中。但這本書真的是狠狠打臉，就像是漫步穿越一座古玩商場，心情很好，享受著晴朗的一天，結果繞過轉角，卻發現陳列著吃西瓜、彈班卓琴的黑仔雕刻，還有堆成金字塔的黑人奶媽餅乾罐。三百萬美金欸。

X X X

我姐提議說，只要我能來接她下班，下午就能借我車子。我在診所前頭放她下車，那些糾察隊又回來了，他們發現麗莎，並開始對她大吼，「殺人犯！殺人犯！」他們這麼喊著。我下車，陪她一起走過警戒線，來到門口，並在這麼做的同時，發覺她每天都獨自這麼做，而我人並不在這，擔任保護她的弟弟，且她也不需要我。話雖如此，她還是禮貌接受了我的護送，並跟我說晚點見。我開始走回車旁，邊好好細看那些狂野、病態、憤怒的臉孔，有名男子拿著張巨大的海報，上頭是遭到肢解胎兒的圖片。他對我揮舞拳頭，有那麼一刻，我以為看見了在餐廳吧台盯著我們看的那人臉孔，但隨後他就走開了。

第四章

故事構想：有個男子娶了和他第一任老婆同名的女子，一晚做愛時，他喊著她的名字，女子卻指控他叫的是第一任老婆的名字，當然他事實上確實是喊出了他第一任老婆的名字沒錯，但這也是他現任老婆的名字啊，他告訴她，他並沒有在想第一任老婆，但她回答，她心知肚明自己聽見什麼。

X X X

我開車在城裡亂晃了一陣子，並在這麼做的同時，注意到人在汽車裡，確實是有可能覺得舒服的。我姐把我對她汽車的讚美當作是冒犯，而也許，在某種層面上，我當時的意思也真的是那樣沒錯。我從來都搞不懂為什麼要在一組輪子上花這麼多錢，但我還是得承認，這還真的很舒服又安靜，而且我姐會想要在停車場另一頭，就能解鎖車子及開燈，也是合理。話雖如此，我在這東西的方向盤後頭，還是覺得格格不入，還能有什麼新鮮事嘛。我開過喬治城，上威斯康辛大道，接著回頭穿越麻薩諸塞大道，前往杜邦圓環，來到我媽家，想趕上她睡午覺前的時間。這樣的話，我就可以因為她即將到來的「躺下時間」閃人，也因為我得去接麗莎。

「我的孟西回家啦。」媽再度這麼說。

我們坐在廚房，她泡著茶，「妳看起來很不錯，媽。」

「繼續說啊，」她說，「我是個老太婆囉。這茶我不知道如何，甜心，這是有個女人，以前是你爸的病人，帶來給我的。」

「她人還真好。」我說。

「她是個友善的女人，但是，老天啊，她甚至都比我還要老呢。我似乎沒辦法讓她聽懂，說你爸已經過世啦。」她把茶杯和碟子放在桌上。

「洛琳人呢？」我問。

「她出去購物啦。」

我望著牆上的日曆，那是去年的，但月分正確，「媽，那月曆日期不對。」

「麗莎也一直這樣跟我說，但我記不得要換。」

「這樣好了，我再幫妳拿個新的來。」我邊說邊在想，我幫媽買新月曆，又會對麗莎帶來什麼樣的哀傷呢？老太**妳瞧瞧那張大峽谷的圖片，這月曆是孟西給我的，他注意到舊的日期不對。**

「喝茶吧。」媽在我們的茶杯之間放下茶壺，接著坐下，「所以，你的會議如何？」

「很好，」我回答，「論文發表很順利，我現在沒事了。」

「那太好了。」她表示，並站起身把爐子的開關轉到關，這是第二次了，之後再度坐下。

「妳在壁爐裡燒東西要多小心，」我告訴她，「那壁爐從來都沒用過，煙道八成堵死了。」

「客廳確實是會變得有點霧濛濛啦。」

「妳根本就不該用的。」

「反正我東西也燒完了。」她倒著茶。

「妳到底在燒什麼？」我問。

「就一些文件而已，你爸住院時交代我的，他說，『艾格妮絲，麻煩燒掉我書房灰色箱子裡的文件，妳願意幫我嗎？』我跟他說好，然後他拜託我千萬別讀。」

「所以，妳有讀嗎？」

媽搖搖頭，「你爸要我別讀。」

我望向流理台，看見一個藍色箱子放在那，「妳不會也要燒掉那箱子裡的東西吧，是嗎？」

「那就是我燒的東西啊，還真的讓客廳變得霧濛濛的呢。我從沒想過煙道的事。這就是為什麼，我們在這屋子裡，從來都不用火的，因為我怕火啊。」

「我知道妳怕，媽。」

「噢，我忘了給你牛奶，你想加點嗎？」

「不用，謝謝。」我吹吹茶，喝了些，「所以，妳最近有常去和社友聚會嗎？」

「不常，她們都陸續過世了，年輕女性不再對橋牌感興趣了。」

「就我猜測，反正妳們這群女士也從不打橋牌的嘛。」

「你是這麼猜測的啊？」她溫柔一笑，「我想你猜對了。」

我直視她的雙眼，看得見其中的疲憊，「也許妳該去躺一下了。」

「我確實覺得有點累，洛琳今天要做晚餐。我們七點開飯，但你可以六點先來喝雞尾酒。」

「好啊，媽。」

X X X

有跟家人講過話的人，都知道共享同一種語言，並不代表你們也共享掌控這種語言使用的規則，無論說了些什麼，代表的都是另一種意思。而我深知我媽看似語無倫次或言之無物，但她在喝茶時是有試圖想要告訴我些什麼的。她兩次提到客廳煙霧的方式、她把藍箱子說成是灰色、她輕鬆又迅速便承認了她和她的閨密們聚會時真正在做的事，可由於我並不知道規則，且規則永遠都在改變，我只能知道她試圖想說些什麼，卻不知道那到底是什麼。

X X X

對我父親來說，溝通得走最艱難的途徑，且盡可能困難才行。遺憾的是，在我矢志要認真撰寫小說時，這正是他灌輸給我的品味。而要一直等到我拿了篇故意寫得令人一頭霧水，費解不已的故事給他看時，他似乎才開始覺得刮目相看及滿意，他當時笑著說，「你讓我沒白活，兒子。」有一次，我們去逛博物館，我在抱怨某幅畫上難以辨識的簽名時，他跟我說，「你簽名並不是因為想讓人家知道這是你畫的，而是因為你愛這幅畫。」他當然是大錯特錯，但這看法如此美妙，使得我現在都想要開始相信了。我想，即便他是絕對不可能用這些詞彙去思考的，但他當時試圖想要說的，可能是藝術會找到自己的形式，且這永遠都不光只是體現了生命而已。

ＸＸＸ

洛琳早在我出生之前，就是管家了。我是孩子時她很喜歡我，我是青少年時她也很喜歡我，但是當她打開一本我的書，並發現幹這個字時，她就不再喜歡我了。從那一刻起，她雖有禮，卻絕不廢話；從不明顯因我的出現不爽，但顯然也不會因我的離去而面露半點哀傷。洛琳，就我所知，在我家之外，從未有個人生，她會休假沒錯，但我並不知道她都去哪，假如她真的有去哪的話。她在夏天時甚至會跟我們一起到海灘去，不過她並不是我們的奶媽。假如我們有問題，我們會去找媽；要是我們需要人載去哪，我們也會去找媽，可是如果我們需要吃的或洗衣服，我們就會去找洛琳。

「晚安，孟克先生。」我和我姐一起進屋時她說。

「妳過得還好嗎，洛琳？」我問。

「每天都越變越老。」

「妳看起來不像。」我說。

「謝謝。」

麗莎把我的外套拿去掛在衣帽間裡，彷彿我是真正的客人似的。我再次環顧這間房子，我小時候很愛這間房子，這是幢頗大的兩層樓房，擁有很多房間和角落，還有間完整的地下室公寓，洛琳就住在裡頭。但現在卻似乎冷颼颼的，即便暖氣已經開到很高，遮蔽窗戶的窗簾也相當沉重，階梯扶手和門框的木頭又黑又黯淡。

「E太太已經入座了。」洛琳告訴我們，並領我們進入飯廳，好像我們不知道路一樣。

我們進去時，媽依舊坐著，她的雙眼又紅又虛弱。我們彎身吻她，她輕拍我們的臉頰。

「妳還好嗎，媽？」麗莎問。

「她今天沒睡午覺，麗莎醫生。」洛琳說。

我們坐在我媽兩側，我倒酒，媽揮手表示不要。

「妳有吃藥嗎？」麗莎又問。

「我有，三千顆全都吃啦。」媽打發掉這個話題，「你的會議如何？」她問我，已經忘了我們先前的對話。

「開完了，那才是最重要的。」

「你去發表論文啊？」

「對啊，媽。」

「有關？」

「就一些有關小說和文學批評的東西啦，枯燥、無聊、沒意義的事。事實上，我下午才剛來看過妳呢。」

「你果然是我的甜心，孟西。但你怎麼沒和我一起待在這呢？」

「因為我還是在參加會議嘛，所以得待在開會地點附近。」我望著我姐，「不過我稍早確實有去麗莎的診所一趟，她真的做得非常棒。」

「有其父必有其女。」但從她說的方式聽起來，並不清楚這到底是不是好事就是了，接著她問我，「你還在開那輛旅行車啊？」

「是啊，媽。」

洛琳拿著晚餐進來，烤牛肉是瘦肉，花椰菜和白花椰都煮過頭了，米粒也粒粒分明到要用叉子叉起來堪稱是不可能的任務。洛琳進來好幾次，確認我們的狀況。

麗莎放下叉子，拿起她的酒杯，卻舉在盤子上，沒有喝，「媽，我這陣子都在細看簿子，我認為妳之後得賣掉爸的辦公室才行，維護費花太多錢了，收到的租金根本就沒意義。」

「那可是妳爸的辦公室。」

「是啊，媽，但妳還有其他房產。」麗莎說。

「妳爸是一九五〇年在那邊開業的，妳那時候還沒出生，比爾才一歲。」

「反正，我要掛牌出售辦公室就對了，我們就是得這麼做。」麗莎正用力拉著她餐巾的一角，這是她童年就有的習慣。

「那可是妳爸的辦公室啊，親愛的。」

「這我知道啦，媽。」麗莎盯著我看。

「媽，」我叫她，「妳上次去爸的辦公室是什麼時候？」她答不出來，「事實是，就算爸還在執業的時候，妳也幾乎很少去那。現在，那邊已經截然不同了，甚至連從外頭看起來都不一樣了。」我伸手握住她的手，「麗莎知道該怎麼做是最好的。」

「噢，孟西啊，」媽抽抽噎噎哭了起來，「你真是個甜美的孩子，一直以來都是，還這麼聰明。這是你爸傳給你的，你知道嗎？」

我瞥向麗莎，看見她又開始吃東西了。

「當然了，我們會賣掉辦公室。」

「每次都這樣，」麗莎表示，「孟克一幫腔，妳就上鉤了，老天啊。」

洛琳此時正好進來，聽見有人妄稱她主的名字，她收完我們的盤子，在離開時發出一種斥責的「哼、哼、哼」聲。

媽抱怨起她頭痛，我們吃甜點，期間沒說太多話。接著洛琳進來，解救般告知媽的睡覺時間快到了，我們於是親吻老太太道晚安，並目送洛琳陪她走上樓。

✗ ✗ ✗

飯店外頭，我坐在我姐的車上，為晚餐時插嘴賣辦公室的事道歉。

「沒事，你幫了忙，」她說，「謝了。」

「我很抱歉她總是對我有這樣的反應。」

「孟克，你很特別，我說的不只是媽，還有爸還在世時，對待你的方式。我一直都是這麼認為的，我只是想讓你知道而已。」

我望向窗外的街道，「我對妳也是同樣的看法，妳知道的。」

「是啊，我知道。」她露出微笑，她的笑容總是如此自信，讓我頗為嫉妒，她的笑容也總會讓我放鬆下來。

我和我姐吻別，告訴她很快就會再聯絡，接著走進我的飯店，卻發現琳達·梅洛里在大廳裡等我。

XXX

「嗨，琳達。」

「我一直在想你的論文。」

「我很抱歉。」

「你想要上樓然後幹我嗎？」

「不想，琳達。」

「我真的遇上危機了，」她說，「我真的需要打個炮，這樣才能證明自己。」

「我很抱歉，琳達。」

她氣沖沖經過我身旁，衝出門到了街上，接著我聽見外頭有人在大喊我的名字，實在是有點尷尬，因為我轉過頭發現飯店員工還有幾個住客正盯著我看。我於是走出去，而在貫穿庭院的窄道上，站著戴維斯·金伯。

「**一聲尖叫越過天空，這先前曾發生過，但現在無可比擬**[16]。」他說。

16譯註：此句出自美國作家、後現代主義巨擘湯瑪斯·品瓊（Thomas Pynchon，1937-）一九七三年的小說《萬有引力之虹》（*Gravity's Rainbow*）。

這些話對我沒什麼作用，只不過宣告金伯精神失常、神智不清、焦躁激動的後現代狀態。在這名穿著飛行外套的矮小學者身後，是琳達・梅洛里，渾身積壓著性挫折，還有另外三名在知識上無家可歸的學者，他們非常渴望看到衝突。

「這一切到底是怎麼回事啦，金伯？」我問。

「現在無可比擬。」他說。

「好喔。」我走下階梯，好讓噪音遠離門廊，「聽著，你不喜歡那篇論文，我很抱歉，但我相信你搞錯了什麼。我甚至都不會想到你們大家呢，遑論要寫你們的事了。」

這話讓他真的爆氣起來，他在這個小空間中盡可能繞著我轉圈，甚至還握拳猛拍了自己的胸膛一兩次，「你不太思考後現代小說啊，是吧？」他說，「就像所有先鋒運動一樣，我們從來都沒時間去完成我們一開始矢志要去成就的事。」

我在街燈和月光下看著他的臉，發現在這扭曲的狀態下，沒有更猙獰，也沒有更好看，還是一樣醜，「你矢志要成就的又是什麼事？」

「你明知故問，你和你的同類，你們干擾了我們。」

「我的同類？」我不再糾結這句話，「干擾了你們？因為不在意啊？」

「整個文化，你只是其中一隻羊。」

「你他媽到底是在講三小，老兄？你是喝醉了嗎？」

他繼續繞著圈，幾名無關的路人停在門口觀看，「當然啦，假如先鋒運動真的達成了目標，那也就不再先鋒了。光是憑這種運動反對或拒斥現有的創作系統這回事，就永遠都該維持在未完成的狀態才對。你是不是根本就聽不懂我在說什麼啊?我們是已死藝術的已死實踐者。」

「你知道你的問題是什麼嗎,金伯?」我邊問邊遠離他,「就是你還真的覺得自己在說些有道理的事啦。現在,容我先閃人了。」

這個嬌小的海明威娃娃就是在此刻朝我出拳,我側身閃過這次揮擊,並眼睜睜看著他栽進一叢杜鵑花裡。琳達和其他已死藝術家趕緊衝過去救他,我對一頭霧水的路人聳了聳肩,然後走開朝門口走去。

金伯現在半跪著,並大吼,「後現代小說就像風一樣來了又走了,而你錯過了,這就是為什麼你那麼尖酸刻薄,艾利森。」

我停步,不敢相信這傢伙竟然真的因為一篇我根本就不怎麼在乎的論文跑來要扁我,我站在階梯上俯視著他們所有人,並回答,「我並不是有意要輕視或貶低你在做的事的,金伯,我根本就不知道你在做什麼。」

金伯這時站起身,挺直身子,抬頭挺胸,「我的讀者都頗為不安,是我讓他們這麼不舒服的,我藉由干擾他們在文字及事物之間的舒適關係,擾亂了他們的歷史、文化、心理假設。我讓語言和現實之戰來到了轉捩點,但即便我的藝術已死,我在創作時仍是不費吹灰之力。」

他的小團體鼓起掌來。

「老兄,你得去找個人睡啦。」我邊說邊搖頭,並走進大門。

X

X

X

時值一九三三年，恩斯特．巴拉赫[17]正在拗他的指關節，他面前桌上的那杯茶則逐漸冷掉，

「我的手最近超痛的。」他說。

保羅．克利[18]點點頭，啜了啜他的茶，他自己也很難過，他才剛被逐出杜塞朵夫藝術學院，

「他們說我是個西伯利亞猶太人。」

「誰說的？《黑色軍團》[19]黨報啊？」

「還能有誰？而且他們正在焚燒含有我們作品圖片的所有書，他們說我是斯拉夫瘋子。」

「那他們對我們倆的看法都很正確。」

恩斯特大爆笑。

X

X

X

艾卡特[20]：你知道的，我有本小說，阿道夫。

希特勒：說來聽聽啊，迪特里希。

艾卡特：我把這書叫作《早晨》，主角基本上就是我本人。這個角色是個懷才不遇的文學天才，有毒癮，但對嗎啡這種甜蜜大禮，控管得十分得宜。

希特勒：我希望這就跟你的詩集一樣撼動人心，那些詩句啊，為讀者帶來了這麼大的痛苦和純粹的美麗。

艾卡特：這其實讓我一直都覺得很煩，我所有的認可，竟然都要建立在那個死挪威人的翻譯上，我其實很討厭《皮爾金》。

希特勒：噢，可是你轉換得很成功啊，現在，這直接引起德國人靈魂的共鳴，這也就是為什麼，大家會這麼喜歡。而且這成果引領你走向愛國書寫，還有你是怎麼揭露猶太人的真面目的。我會和你一起對抗那些白目的。

艾卡特：要是我們袖手旁觀，他們會摧毀德國文化的。

希特勒：那我們是不會袖手旁觀的。

X X X

艾卡特：我現在成了**猶太人的迫害者**啦。

希特勒：我也是。

17譯註：恩斯特．巴拉赫（Ernst Barlach，1870-1938），德國表現主義雕塑家、版畫家、作家，遭納粹迫害。

18譯註：保羅．克利（Paul Klee，1879-1940），瑞士裔德國畫家，屬表現主義、包浩斯、超現實主義派。

19譯註：《黑色軍團》（*Das Schwarze Korps*），納粹黨衛隊的機關刊物，免費發送，對諸多團體、族群如猶太人、天主教等多有批評。

20譯註：艾卡特，應是Dietrich Eckart（1868-1923），德國民族詩人、劇作家、社運家，納粹黨前身德國工人黨的創辦人之一，對納粹思想影響甚鉅。

艾卡特：我真不敢相信我們輸掉了戰爭，話雖如此，我的那些小冊子，將會告訴人民我們打輸的原因，且我們最該害怕的敵人，並不是在戰壕裡。

希特勒：這本叫作什麼？

艾卡特：我把這本叫作《我們裡外的猶太教》。

希特勒：我喜歡《猶大之星下的奧地利》那本。

艾卡特：大家好像都滿喜歡那本的。我把《這就是猶太人》寄給某個教授，他寄回來給我，還附了張紙條，跟我說裡面充滿仇恨，所以，我也回信，我寫說，「據說是德國的男教師打贏了一八六六年的戰爭，一九一四年的教授卻輸掉了世界大戰。」

希特勒：還要你跟他說啊。

艾卡特：我有個辦報的主意，一份周報，我預計要叫作《用良好的德語》。還有，我也一直在思考，你應該要加入圖勒學會21才對。

希特勒：我早就是會員啦。

艾卡特：那我們是不是應該一起複誦一下座右銘呢？

希特勒和艾卡特：**記住你是德國人，保持你血統的純粹。**

✗ ✗ ✗

在我飛回洛杉磯的航班上，這些寫小說用的筆記不知怎地降臨，靈感是來自我姐診所前頭那些瘋子的臉孔。不過我得承認，我頗為著迷於希特勒和藝術的關係，以及他是如何讓我強烈想起這麼多我認識許久的純粹藝術主義者的。但那些臉孔，受到仇恨和恐懼沖刷，是這麼想要控制他人，他們馬鈴薯般的雙眼如此空洞，也幾乎都要口吐白沫了。我依舊能聽見他們叫我姐姐殺人犯，他們的聲音之中帶有那種過度使用的刮擦聲，就像扭曲的金屬。

✗ ✗ ✗

在飛機上，我讀了《大西洋月刊》還是《哈潑雜誌》上的某篇書評，對象是胡安妮塔・梅・詹金斯異軍突起的暢銷書《我們住在貧民窟》。

胡安妮塔・梅・詹金斯寫出了一本非裔美國文學的傑作，讀者可以真正聽見她同胞的聲音，就在他們力爭上游，突破這可以稱為，也只能稱為美國黑人經驗的途中。

故事從雪朗妲・芙琳達・強森的視角展開，她在美國某個不知名的貧民窟過著慣常的黑人生活。雪朗妲十五歲，已經懷了第三胎，孩子也是第三個爸的，她和染上毒癮的媽媽，以及擁有心理缺陷，愛打籃球的弟弟朱波伊住在一起。在朱波伊遭到敵對幫派的人飛車槍殺，子彈射穿他最珍惜的麥可・喬丹簽名籃球之後，雪朗妲看著她媽媽以淚洗面，並決定她在這個文化中，

21 譯註：圖勒學會（Thule Society），一九一八年成立的神祕學團體，對納粹意識形成、反猶主義影響深遠，信仰「圖勒」——神話中雅利安人的故鄉。

絕對得要有些話語權才行。

雪朗妲於是成了個妓女，好賺夠多錢去社區中心上舞蹈課，而在踢踏舞課上，某齣百老匯秀的製作人注意到了她的運動能力，因此發掘了她。她崛起登頂，替她媽媽買了間房子，但她的限制迎頭趕上，使她再度墜入凡間。

小說的轉折和翻轉都相當引人入勝，但本作真正的力量，其實是餘音繞樑的栩栩如生，描繪了貧民窟所有的異國奇觀，掠食者暗中逡巡，無辜者遭到生吞活剝。不過小說最後並不黑暗，我們離開故事時，是和雪朗妲一起試著籌到夠多的錢，好從國家手上帶回她的孩子們。最終，雪朗妲可說是黑人母性力量的化身。

「出了什麼問題了嗎？」坐我隔壁的女子問。

第五章

我抵達洛杉磯時在下雨。是那種真正的南加州大雨，沖走了山坡和家園、淹沒了紐波特海灘和長堤部分地區，也讓每一條高速公路上車流堵塞。開車回家途中，我發覺自己焦躁不安，不是因為我眼前動也不動的車尾燈之海，也不是因為我這學期還剩兩周的書要教，而是因為有什麼東西正囓咬著我。我不知道究竟是什麼，我曾見到或聽到某種對我來說不對勁的事，但我卻放下了，不然還能怎麼辦呢？我終於回到聖塔莫尼卡還有我家，我刷起牙，不太用力，這是根據醫生的指示，由他的牙助告知的，因為我從來沒機會和這名大人物本人見面，力道只是剛好大到可以干擾牙菌斑的形成，這種斑正從裡到外啃噬著我，接著上床。我的頭靠在枕頭上，作了個夢。一開始，是我爸跟我說故事，有關保羅．羅伯森[22]有次是怎麼在海灘上的麥德森小姐茶室即興唱起歌來，還有保羅．勞倫斯．敦巴[23]是怎麼樣在碼頭上散步讀詩的，接著我就隻

22 譯註：保羅．羅伯森（Paul Robeson，1898-1976），美國歌手暨社運家。
23 譯註：保羅．勞倫斯．敦巴（Paul Laurence Dunbar，1872-1906），美國詩人暨作家。

身處在那同一座碼頭上，更年輕，但沒有年輕到我會害怕那麼晚還自己一個人待在那裡。月亮又圓又亮，周圍還有月暈，遠處，在水上閃耀的月光之下，我想像我能看見一群藍魚擾動著水面，接著我姐和我在一起，她正試圖要跟我說些什麼，但她一反常態地拐彎抹角。「妳是要請我幫忙嗎？」我問她，可是她就只是繼續往下說，說著我不懂的事，但這些事的性質，無疑讓她很焦慮，「是媽的事嗎？」我又問，但這問題也同樣換來了喋喋不休，她一說出口，我就忘了內容，直到她問，「你有看見他嗎？」我於是打斷她並問，「看見誰？」但她因為我問是誰而大笑了起來，且不願回到這個話題上。接著我就醒了。

ＸＸＸ

所有命題都擁有同等的值24。

ＸＸＸ

隔天早上，我先在後面那被當作木工工坊的大房間晃了一下後，我才終於抽出時間讀信，而如我所料，有一封是來自我的版權經紀人的，我已經思考了好一陣子到底要不要繼續留著他，因為他似乎很痛苦，至少在我看來啦，他不太有辦法聽天由命，接受我的作品就是不夠有市場、沒辦法真正賺到錢這回事。這點無疑千真萬確，話雖如此，他部分的職責似乎還是要為我營造出某種樂觀的假象才對。不過，他還是滿願意接受我的作品的，不管他看到的是多麼少的回報。他的信很短，僅只是要轉發他收到的信而已，即我最新的小說遭到拒絕的信：

約爾好，

感謝你讓我有機會看看T．艾利森最新的嘗試，但我這是在騙誰呢？你幹嘛還浪費時間寄給我啊？裡頭確實是展現了才華洋溢的聰明才智啦，讀來充滿挑戰性、大師手筆、結構完整，但到底是有誰想讀這狗屁啊？這對市場來說太困難了啦，尤有甚者，他是替什麼讀者寫的啊？那傢伙是住在某處的洞穴裡嗎？拜託哦，在這本小說裡頭，亞里斯多芬斯25和尤里比底斯殺掉了一個更年輕也更有才華的劇作家，接著開始思索起形上學的死亡？

再度感謝啦。

祝好，

哈克尼．胡佛

ＸＸＸ

有時候在釣魚時，我覺得自己像個真正的偵探。我研究著水面和地勢，撈著溪底，並檢視水生昆蟲的幼蟲，我觀察尋找著破殼和陸上活動，我也會挑選我的魚餌，有時我會在溪邊做餌，從我的毛衣上拔幾根纖維下來，然後混在假餌材料裡，以獲得剛剛好正確的顏色，之後我扔出

24譯註：此句應是出自維根斯坦之著作《邏輯哲學論》（*Tractatus Logico-Philosophicu*）。

25譯註：亞里斯多芬斯（Aristophanes，約 BC 446-386），古希臘劇作家，有「喜劇之父」之稱。

魚餌，自己則躲在石頭或高草中，並耐心等待。另外一些時候，我會用口袋裡的棉絮纏繞魚鉤，直接站在肥胖的巨石上，把它嘩啦丟進水裡。兩種方法都有成功，也有失敗過，這都端看鱒魚。

ｘ ｘ ｘ

課堂確實會結束，就像一切必然終結，且準時按照預定時間，還伴隨著我升等教授順利通過的好消息。但這消息並沒有抹去我因小說遭拒而感到的沮喪消沉，一點也沒有，現在這已經是第十七本了。

「老話一句，你不夠黑啦。」我的經紀人表示。

「這話是什麼意思，約爾？他們又是怎麼知道我是黑人的？這哪裡重要了？」

「這我們先前就談過啦，他們之所以知道，是因為你第一本書上的照片，他們知道是因為他們見過你，他們知道是因為你就是個黑人，真的是豈有此理哦。」

「怎樣，為了這些人，我就該讓我的角色在那梳爆炸頭，還要被叫黑鬼哦？」

「又不會少塊肉。」

我震驚到無言以對。

「看看那本胡安妮塔·梅·詹金斯的書，簡直就賣瘋了，平裝版的版權還賣了五十萬美金欸。」

在我心中，升起一種大方的想法，**對她來說很讚啊**，但我不是真心的，她就是個寫手，「她就是個寫手嘛，」我說，「她甚至連寫手都不是，寫手至少還真的會寫一點。」

「對啦，那就是坨屎嘛，這我也知道，可是賣得動啊。這是椿生意啊，席隆尼斯。」

我再也沒說半個字，就只是把話筒掛回去基座，並瞪著電話看。

✗ ✗ ✗

我瞪著電話時，電話又響了。是洛琳，而且她非常心煩意亂。

「是我媽嗎？」我問，「洛琳。」

「不是，是麗莎醫生。」

「麗莎怎麼了？」

「他們槍殺了她。」

「什麼？」

「麗莎醫生過世了。」

我放下電話，因為我不知如何是好。我的胃整個冰冷起來，我能感覺到心臟怦怦狂跳，並掙扎著記起我哥的電話號碼，然後撥號。

「比爾，我剛接到洛琳的電話。」

「嗯，我也是。」

「回家見。」

✗ ✗ ✗

時常，我就只是在切割木頭。其中的味道、其中的感覺、鋸子撕扯過木頭的聲音，不管是人力或電動。我會用起槽機練習切斜角，斜角切下，加入我那堆削尖的木腿。我很想打開桌鋸，扯開木板，但我得開車去機場。我得去看看洛琳說我姐姐過世了，究竟是什麼意思，我得去媽家裡和比爾會合，並搞清楚為什麼麗莎不在那。我會一無所知搭上飛機，假如我身旁的乘客問我此行的目的，我得告訴對方我不知道，也許我會說，「洛琳說他們槍殺了我姐」，然後我隔壁的人知道的，就會跟我一樣多了。

✗ ✗ ✗

句子竟然能夠受到理解，實在是很不可思議。某個源頭串起區區聲響，試圖要表達某種意思，但意義並不需要，也不會將自身局限在那意圖之中，那些聲響，以自身特定而怪異的順序串起，從來都不會改變，卻也只會改變。即便文法的辨認頗為簡陋，意義仍能呈現，即便字詞徹底令人一頭霧水，仍存在著意義；不管語義關係僅只是籠統還是類別性的，甚至就算不懂那個語言，意義都是內化、外顯、環繞著的，話雖如此，依然不存在命題內容這種東西。語言永遠不會真正抹消自身的存在，而是在假設意義是優先要務的狀況下，創造出這樣的幻覺。

✗ ✗ ✗

隱喻是不能換句話說的。

✗ ✗ ✗

要作出比爾是同志的結論並不難，無論這究竟是真是假，他喜歡和男人待在一起，跟異男喜歡和男人待在一起的那種方式不一樣。而女性化的行為，我年輕時就知道，是無法用來衡量性傾向的，我的健身教練，我猜他應該是吃鐵軌上的釘子當早餐的吧，他就是個男同志，而我之所以知道，並不是因為他用特定方式握手，不是因為他撩我，不是因為他會停在淋浴間旁，聽我們沖澡，而是因為某個深夜，我看到他跟另一個男人手牽手走在一塊。起先我很震驚，但我驚覺，我真正的感覺是忌妒，他感覺如此快樂，牽著他朋友的手，享受著那個夜晚。我也想牽手，雖然最好是女生的手，但有得牽就好。

比爾也會和女孩約會，但那段時間整個人都怪怪的。我不知道爸和媽是否曾有半點懷疑，假如他們真的有，我很篤定場面必定相當難堪。對於那些在我爸的辦公室附近遊行的**變裝皇后**，我父母講話頗為難聽，不過，最重要的是，光是想到性偏好，甚或性偏好這種東西真的存在，這對他們來說根本就前所未見。我爸有個詞，我曾聽過，是用來講男同志的，那個詞叫作**眼**。我從未真正了解，這個字是怎麼能代表任何事的。

✗ ✗ ✗

我正開上三九五號公路，要去柯恩河南支釣魚，在一七八號和三九五號公路交叉口，我停下來吃點東西。當時是夏天，暮色已然降臨，所以時間夠晚，而且也夠怪誕，怪人可以出沒橫行，我坐在雅座裡，中年女侍竟然叫我「蜜糖」，還有幾個傢伙在我後頭的雅座用法語彼此交談。旅行時，最好是不要顧慮健康大吃，不然你根本就不會吃東西，我正切開一份所謂的炸雞牛排，卻找不到雞或牛排，但這確實是有炸過[26]。這時有對乾癟瘦高、頭戴公司贈品帽、近親交配的中東歐佬吵吵鬧鬧走進餐廳。他們敏銳的聽力，雖然不足以讓他們聽出那是法語，卻仍是認出了某種「基佬」語言的惱人抑揚頓挫，他們坐在櫃檯，朝那群講法語的男人看了不只幾眼，直到他們再也受不了，便走了過去。

「你們這些人是怪咖啊？」兩人中比較瘦也比較高的那個問。

「怪咖？」其中一個法國人問。

「你知道的，就怪胎啊。」第二個留長指甲、來自窮鄉僻壤、簡直就是行走培養皿的人問。

「啊，酷兒啊，」法國人回答，「對啊。」

「對啊，」鄉巴佬一號說，他盯著他的兄弟，兩人一起笑了起來，「到外面去，這樣我們才能踹爆你們屁股。」

「我不懂。」第二個法國人說。

鄉巴佬二號肯定是往前走或是靠得更近了，我注意到女侍臉上驚慌的表情，她接著大叫她不想要惹上任何麻煩。

「到外頭啦，死玻璃們，你們不是膽小鬼，對吧？二打二，很公平。」

「事實上呢，是二打三才對。」我說，邊把叉子上那口食物送進嘴裡。

鄉巴佬一號走過來打量我，接著對著他的同伴笑了出來，「我覺得我們惹毛這個黑鬼囉。」

我咀嚼著食物，一面試圖記起我還是個矮小青少年時，學會的所有裝腔作勢。

「你也是臭玻璃啊？」他問。

我向他示意我還在咬食物，這讓他有點困惑，而在那麼一剎那間，我也可以看得見他的恐懼，「我有可能是哦。」我說。

「所以，你也想幹架就對了。」

我並不想幹架，但眼前的事實是，我早就已經捲入衝突之中了，我於是說，而我至今都還很驕傲我當時這麼說了，「好喔，假如我們真要這麼幹的話，那就來吧。只要記住，這會是你這輩子做過的重要決定之一就好了。」

我脫靶了。他的恐懼滋長，並變成盛怒，他蹦跳回去，大吼要我站起來。我此時很擔心，怕我可能真的得做某件我並不是很擅長的事，也就是揮拳。我站起身，而雖然我不是瘦竹竿，卻也不比他們兩個人還高大多少，鄉巴佬二號大吼要那兩個男同志也站起來。

他們照做，我真希望我當時有台相機，可以捕捉那兩個鄉下草包的表情，那兩個法國人人高馬大，超過兩百公分，看起來也很健康。土包子們這時踉蹌往後退，接著奪門而出。

那兩人邀我加入他們時，我爆笑出聲，但並不是因為鄉巴佬落荒而逃的奇景，而是由於自

26 譯註：chicken fried steak，即所謂的炸牛排，指的其實是將牛排以類似炸雞的方式油炸，因而才會有此處的發言，此處配合情節譯為炸雞牛排。

己竟然這麼有種又厚臉皮，還假設他們需要我伸出援手。

這比犯罪還糟，簡直是鑄下大錯啊[27]。

✗ ✗ ✗

我想像我姐在治療某個病人，是個小女孩，有著我姐鄙夷的名字，邊檢查著她的耳朵、和她開玩笑、問她紫色是不是她最喜歡的顏色，因為那就是她喉嚨的顏色。那孩子笑了出來，我姐對女孩的母親厲聲說了些什麼，並寫下一張抗生素的處方箋，她陪母女倆走下走廊，來到前頭，那裡有個擔驚受怕的青少女，一看見我姐就在椅子上坐立難安。接待員和我姐說了些什麼，並交給她一張表，她從外套胸前的口袋掏出筆，勾了幾處，在幾處簽了姓名首字母縮寫，然後小女孩緊拽著我姐的裙子，所有聲音都止息了，我姐抬起眉毛，瞥了小女孩一眼。這時聲音回來了，玻璃碎裂、尖叫、椅子倒地的刺耳聲響，我姐的口中嘗試吐出就連我在想像中都無法辨識出來的話語，接著她就走了。

✗ ✗ ✗

警察去按我媽家的門鈴。她以為他們是來抄瓦斯表的，他們告訴她我姐的事，那是名女警，她說，「她當場宣告死亡。」

我媽解開錶帶的鉤子，接著又繫上，然後回答，「感謝你們過來通知我，你們介意替我告訴洛琳嗎？」她把洛琳叫進房間。

洛琳一見到警察就馬上恐慌起來，她的雙手開始顫抖。

「洛琳，」媽說，「這些好人有事要告訴妳。我會在樓上，我該睡午覺了。」

X X X

我從華盛頓國家機場搭計程車到我媽家，並在車子橫越十四街大橋時，往下瞪著河面，令人心神不寧的模糊回憶湧上，有關我小時候曾出錯過的一切，我不小心害我姐受傷的那幾次、我故意讓她受傷的那幾次、某個男孩害她崩潰、她的成績達不到她要的標準、比爾無視她、我無視她、媽更關注我。我很欣賞她，但幾乎不認識她，而這全都是我的錯，肯定是我的錯，因為她已不在人世，無法責怪。但這樣的想法簡直是狗屁，我很快拋下，轉而思考我的家庭責任。

到家，我哥開門讓我進去。我們的擁抱唯一的功用，只是擴大了我們之間的距離而已，即便我們的悲慟無比真實。

我們往後退，望著彼此。

「媽還好嗎？」我問。

「她在睡覺，」比爾回答，「我給了她點東西。我是幾小時前到的，洛琳才是焦躁不安的

27譯註：此句典故應是出自拿破崙處死波旁王朝的成員路易．安托萬（Louis Antoine，1772-1804）時，旁人的反應。原文為法文。

那個，我也給了她點東西。」
「也許等下你也可以給我點東西，」我說，「你弄清楚究竟發生了什麼事了嗎？」
「有人朝診所內開槍，殺了麗莎。」他回答，「我三十分鐘前跟警方談過，是把步槍。」
我走進客廳，坐在沙發上，「他們有抓到是誰做的嗎？」我問，這感覺是個蠢問題，是無意義的擔心，這真的無所謂，麗莎過世了，不管怎樣都無法改變，「那他們知道原因嗎？」
「某個狂熱分子吧，他們認為，其中一個反墮胎蠢蛋。」
「我之前過來時，麗莎才提過馬里蘭的那樁謀殺案，」我說，「我的天啊，我真不敢相信，我還半是期望我到的時候會是麗莎幫我開門。」
「我也是。」
「我應該上去看看媽。」我說。
「我想應該的，她還滿昏昏沉沉的。在那之後，我們應該過去麗莎那，看看她的文件，看她有沒有留下什麼囑咐。」

✗ ✗ ✗

媽確實如同比爾剛才所說，昏昏沉沉的。她穿過她的迷霧抬頭望向我，並大聲問說我是不是我爸，「是你嗎，班？」她問，「他們帶走了我們的小女孩。」
「不是的，媽，是我，孟克。妳就休息吧，好嗎？」我幫她躺回枕頭上，「睡一會吧。」
「我的寶貝過世了，」她說，「我的小麗莎不在了。」

X X X

克利：妳在想些什麼啊？

珂勒維茨[28]：為什麼頑固的男人總是都這麼大驚小怪啊？他們為什麼會對性慾和身體的意象這麼有敵意？

克利：妳在說的是那個小鬍子男孩嗎？

珂勒維茨：你當時能離開很幸運，我就是沒辦法拋下我的家鄉。但回到正題，那個怪物和那些跟他一樣的人，覺得穆勒[29]畫的那些愚蠢撩人少女對他們的威脅，就跟克希納[30]帶給他們的一樣大。

克利：「豬崽藝術」。

珂勒維茨：不好意思？

克利：他就是這麼稱呼我們在做的事的。

珂勒維茨：我在一戰中失去我的兒子，而我擔心會在這一場失去我孫子。全都是因為一個害怕自己小雞雞的男人。

28 譯註：珂勒維茨（Käthe Kollwitz，1867-1945），德國表現主義版畫家暨雕塑家，遭納粹迫害。
29 譯註：穆勒（Otto Mueller，1874-1930），德國表現主義畫家暨版畫家。
30 譯註：克希納（Ernst Ludwig Kirchner，1880-1938），德國表現主義畫家暨版畫家，遭納粹迫害，最終自殺身亡。

克利：還有其他人的小雞雞。

珂勒維茨：他們成立了一個新的單位，「沒收頹廢藝術作品鑑價委員會」，他們在把我們的作品賣給外國人，根本沒賣幾塊錢，然後燒掉剩下的。我想要拿那堆營火的灰燼來混在我的顏料裡。

克利：這個主意還真不錯。

珂勒維茨：想像一下那些灰燼的味道就好。

克利：確實。

X X X

我姐的公寓充滿生活的痕跡。在她長大成人之後，我從來都不知道她對一切的品味，她喜歡粉蠟筆，她會聽 R&B，她熱愛馬匹和鳥兒的彩色照片，她的床鋪得整整齊齊，她的廚房乾乾淨淨，她的浴室聞起來甜甜的。在水槽旁，是我四年前幫她做的戒指盒，頂部嵌著層木頭，我清楚記得製作那個盒子的過程，還有在那段期間，我一直都希望她能夠如我喜歡打造盒子般，那麼地喜歡。我掀起盒蓋，仔細打量鑲嵌的那層虎斑楓木，木頭已隨著時間暗沉，不過還是比黑檀木盒子還淡很多。盒子裡有枚戒指，我猜那應該是麗莎之前的婚戒。

X X X

麗莎想要火葬，我們於是照做。我們燒掉她的遺體，並將骨灰蒐集到一個甕裡帶回家，就擺在那座從來沒在用的壁爐架上。媽哭了，洛琳也哭了，病人、同事、同行、麗莎沒帶新老婆來的前夫，全都在葬禮上齊聚一堂，就在那座我家從來不會去上的聖公會教堂，而他們也哭了。年輕時，我鄙視宗教，後來，我則是不在乎，用模糊的興味觀察著相關的一切，且幾乎總是會發現信徒多多少少無精打采、腦袋空空。他們對他們的神說了該說的話，而至少洛琳也因此變得稍微容易放鬆了點。接著我們回家，並坐在廚房的桌旁。比爾和我坐在桌旁，他先給了媽和洛琳一點東西，好協助她們入睡。

✗ ✗ ✗

比爾問我是不是還有在做椅子。

我說還有，最後終於也開口問他珊蒂和孩子們人呢。

他回說他們在亞利桑那州。

比爾問說我是不是快出新書了。

我說我正試著要賣掉一本。

他沒問我是有關什麼的。

我問比爾他的老婆和孩子們人呢。

比爾回說他向珊蒂坦承他是同志，她於是上法院告他，並拿走了孩子、房子、錢、一切。

他說他的生意現在一落千丈，因為現在大家都知道他是男同志了。

我問說怎麼可能發生這種事。

他說他住在亞利桑那州，他說的是：「其實珊蒂值得拿走一切啦，畢竟我騙了她十五年，還把她的生活置於險境，或者說她是這麼相信的，反正法官也相信她。我也讓我的孩子們感到困惑，他們得花上好一陣子，才能理解到底發生了什麼事，假如這真有可能的話。我也得到了我應得的，基本上呢，就是一無所有，我無法直視孩子們的雙眼，我欠的錢比我賺的還多，而且我住在亞利桑那州。」

✗ ✗ ✗

我為我哥感到難過，而且說真的，我也頗為佩服他能理解他老婆的憤怒和孩子的困惑。但遺憾的是，在這番罪咎和失敗的大坦白中，最重要的資訊，卻是他欠的錢比他賺的還多，媽需要照顧，而我不相信比爾應付得來。洛琳也差不多快跟媽一樣老了，或許也會需要同樣的照顧，畢竟從來都沒有人跟我說過她有任何家人。聚光燈因而正對在我身上，我的雞皮疙瘩、頭痛、脖子發癢，在我眼看著我所知的人生，在面前天翻地覆時，全部症頭一起發作。和比爾坐在那張廚房桌邊期間，我早已開始在打包我在聖塔莫尼卡的公寓了。

我真是可憐哪！我這個人沒有宗教信仰，也沒有屬於我自己的像樣謊言，為了人生放棄人生，如我所知的那樣去愛人，還有，也許最重要的，是試著去追上我姐那樣的標準。時間似乎不是我的，彷彿我拿著顆碼表在睡覺、走路、吃喝，在我的想像中，我跟媽說我會回來，向學校請假，把家當移到出租倉庫，打包，搭著架 L1011 往東飛，並坐在某個女士身旁，她跟我媽一樣大，八十二歲，正要去參加喬治亞州的玫瑰花大會，然後搬進來和媽跟洛琳一起住。

我坐在客廳裡，空氣滯悶過熱，我幫自己泡了壺茶，並試圖控制我的焦慮和我的想像力。我聽著這座老房子的種種聲響，這是我童年的老家，是我認識我姐的地方。比爾睡著了，媽和洛琳也早就睡著了，屋子的嘎吱聲擁有韻律，我數算著各種唉聲嘆氣、抱怨和硬梆梆的抑揚頓挫。我思索著，關於說服自己會搬回來華府、搬進這間房子，是否還操之過早，但我就是無法驅散這些想法，徒勞無功。隨著我哥揭露了他悲慘的個人景況，**法理上**的缺席已讓位給**事實上**的罪惡感，所以我差不多也可以說是走到這一步了。

第六章

在文本的段落、字裡行間、字句之間，可能會出現空白的間隔。　而這些空格在敘事上具備某種　重要性　或責任，可說是無庸置疑的，即便這類意義可能是，且大多數時候也都是無足輕重的。更有趣的其實是，敘事總是會往同一個方向前進，所以這些空格，這些否定　或說　空白的　空間，也會朝相同方向前進。我們永遠不會掉進空格之中，並回到先前在敘事上的位置，也不會陷入空無裡頭　。

x x x

請事假似乎是最合理的決定。和我媽聊過，並確定她真的不太知道現在究竟發生了什麼事，只有個大致的概念之後，我就是沒辦法就這麼隨便把她丟在某個地方。她習慣她的家，熟悉她的家，也認識洛琳，而且他媽的不然洛琳是要去哪啦。而這一切最哀傷的部分是我的冷酷無情，也就是我認為只需要離開一年就好，因為我媽八成也會過世。當我仔細追索，並認出了這個想法時，我覺得自己爛爆了，就像坨屎。

✗ ✗ ✗

有個脫口秀主持人歡迎了胡安妮塔．梅．詹金斯，她叫作肯雅．鄧斯頓，之前將詹金斯小姐的書選入了她的讀書俱樂部書單中。兩人擁抱，觀眾微笑，詹金斯小姐在肯雅身旁入座。

「小妞，這書真的很猛。」肯雅表示。

「謝謝妳。」詹金斯小姐回答。

「已經賣出三十萬本了。」肯雅邊說邊搖頭，嘴裡嘖嘖稱奇。

觀眾鼓起掌來。

「我知道，我也不敢相信。」詹金斯小姐說。

「小妞，妳會發大財的。嗯，妳知道我很愛這本書，但還是請告訴我，妳是怎麼學會這樣子寫的？」

「這是天賦吧，我猜。」

「想也知道啦。」肯雅對觀眾作了個鬼臉，他們再度爆笑，「在開始聊書之前，我們想聽點有關妳的事。妳不是來自南方的，對吧？」

「不是，我的家鄉是俄亥俄州，艾克朗。十二歲時，我到哈林區去拜訪一些親戚好幾天，這本小說就是這麼來的。」

「其中的語言非常真實，角色也相當逼真。小妞，我真不敢相信這竟然是妳的第一本小說，妳是上哪間大學的啊？」

「我在歐柏林學院念了幾年，接著搬到紐約。」
「因為男人嗎？」
「不都是這樣子的嗎？」
觀眾又笑了。
「嗯，但無疾而終啦。」詹金斯小姐表示。
「永遠都這樣的。」
「永遠都這樣的。所以說，我在某間出版社找到工作，看著這些稿子寄過來，書籍推出，於是心想，關於我們同胞的書在哪呢？我們的故事呢？於是我就寫了《我們住在貧民窟》。」
觀眾鼓掌，攝影機從一側推到另一側，照著他們崇拜的臉龐和微笑。
「妳撩動了大家的心弦。」
「我想是吧。」
「電影改編權呢？」肯雅再度對觀眾扮起鬼臉。
詹金斯小姐點點頭。
「好幾百萬？」
詹金斯小姐害羞打發了這個問題。
「反正是一大筆錢，對吧，好閨密？」肯雅猛拍她來賓的膝蓋。
「為什麼不是輪到**我們**分一大杯羹呢，孩子？」詹金斯小姐表示。

觀眾爆出掌聲和歡呼。

「讓我來朗讀一下小說中間的一小段。」肯雅說。

「喲，雪朗妲，妳這麼急是要去哪啊？」唐娜看到我走出家門時問我。

「甘妳屁事啊，但要是妳真的得知道的話，我要去藥房啦。」我盯回我的錢，看媽媽有沒有跟出來。

「藥房？銃三小？」她問。

「妳知道的啊。」我說。

「不可能吧，」她說，「靠北，不可能吧。小妞妳又懷孕啦？」

「有可能。」

觀眾異口同聲嘆了口氣。

「小妞，這還真會寫啊，就是這段。」肯雅說。

「謝謝妳。」

「我不想暴雷，但我最愛的部分，是雪朗妲生平第一次在一場秀裡面跳踢踏舞那段。那段真的是非常、非常、非常感人。」肯雅對詹金斯小姐露出微笑，接著舉起她的書，「這本書叫作《我們住在貧民窟》，胡安妮塔·梅·詹金斯著，感謝大家收看。」

「謝謝。」

年輕醫師都債台高築。這件事我先前不知道，但現在知道了，上學、新開業、設備，尤其是像我姐這樣子的診所。她仰賴一些輔助，還在某間醫院兼職，以協助支應這個地方。我姐領出了自己一筆保單的錢，但大多數都拿來付她的帳單了。我媽有些存款沒錯，不過她也不算有錢，可是至少付得起房子的錢，先前是我爸辦公室的地方，則是個錢坑。而且直到我能賣掉我姐的股份之前，東南區女性診所也有三分之一是屬於我的，和我姐一起在診所工作的另外兩名醫師，也都跟她一樣年輕，深怕他們是下個目標，所以不願意藉由買走我的股份，再更進一步投入這項事業。

×××

醫師一：這整個事業一直都沒什麼把握，我幾乎已經準備好要認賠殺出了。

醫師二：我們在這曾作過些好事。

醫師一：你他媽這話是什麼意思？我們發避孕藥和保險套給那些根本就不會去用的女孩，我們診治的人，表現得好像我們欠他們一樣，我們到底是在做啥？以身作則喔？這些孩子都在嘲笑我們。

醫師二：我們當初又不是為了要受歡迎才開始的。

醫師一：但我們很受歡迎啊，我們受歡迎的方式，就跟喝醉的叔叔很受歡迎一樣，因為他睡著時錢會從口袋裡掉出來。

醫師二：你講話也太酸了吧，你聽起來就像個共和黨人。

醫師一：這話是想要讓我內疚囉？出現了一種新的政治正確囉。我去派對時，都不敢承認我的職業，「我在女性診所行醫。」我會這麼說，「噢，你是在做墮胎的。」他們會這麼回答，然後盯著我看，彷彿我是個惡棍似的。

醫師二：是這樣沒錯啦。

醫師一：你他媽說得還真對。說你支持女性自己選擇還沒問題，只要你不要說支持墮胎就好了。（停頓）我怕死了。

醫師二：那我們的病人該怎麼辦？

醫師一：他們會分崩離析，然後去看其他診所。

醫師二：麗莎又會怎麼說呢？

醫師一：麗莎已經死了。

ＸＸＸ

手頭很緊，我於是到美利堅大學的英語系找工作，我提供他們我的履歷[31]：

履歷

席隆尼斯．艾利森

國籍：美國

社會安全碼：271-66-6961
地址：二〇〇〇九 華盛頓特區下林街一三二九號

學歷

加州大學爾灣分校藝術創作碩士，創意寫作，一九八〇年畢
哈佛大學文學士，英語系，一九七七年畢

出版著作

（書籍）
《親身經歷》，小說，塔樓出版社，紐約州：紐約，一九九三
《波斯人》，小說，勞倫斯出版社，紐約州：紐約，一九九一
《第二次失敗》，小說，瀕危物種出版社，伊利諾州：芝加哥，一九八八
《蛻皮》，短篇小說集，勞倫斯出版社，紐約州：紐約，一九八四
《迦勒底神諭》，小說，希望渺茫出版社，勞倫斯出版社，一九八三
（短篇作品）

31譯註：此處原文為拉丁文。

〈尤里比底斯的不在場證明〉，短篇小說，《實驗小說》，第五卷第三期，加州：聖塔克魯茲，一九九五
〈吐溫記憶的退化〉，小說，《理論之繩》，春季號，德州大學，一九九五
〈煙之屋〉，短篇小說，《短繩評論》，第七卷第一期，路易斯安那州：紐奧良，一九九四
〈悲慘的餘溫〉，短篇小說，《阿拉巴馬之泥》，秋季號，德州：達拉斯，一九九四
〈下爬〉，短篇小說，《黑色嚴寒評論》，第四十五期，新墨西哥州：聖塔菲，一九九三春
〈夜間存款〉，短篇小說，《黑色嚴寒評論》，第四十四期，新墨西哥州：聖塔菲，一九九二冬
〈言談方式〉，短篇小說，《非同步》，科羅拉多大學，一九九二冬
〈克萊姆的決心〉，短篇小說，《最後一站評論》，第二十卷第二期，維吉尼亞大學，一九九一
〈另一個男人的妻子〉，短篇小說，《君子》，紐約州：紐約，一九九〇九月

教職經歷

英語系教授，加州大學洛杉磯分校，一九九四至九五
助理教授，加州大學洛杉磯分校，一九八八至九四
英語系優秀訪問學人，明尼蘇達大學，一九九三秋
講師，班寧頓寫作工作坊，班寧頓學院，一九九二、一九九三

獲獎紀錄

提姆森優質文學獎，《波斯人》，一九九一

榮獲三次「手推車獎」，一九九〇、一九九二、一九九四

國家藝術贊助基金會，小說組入選，一九八九

D·H·勞倫斯文學獎學金，新墨西哥大學，一九八七

客座朗讀暨演講

一九九五，羅格斯大學

一九九三，密西根大學、班寧頓學院

一九九二，瓦薩學院、美國筆會中心，紐約州：紐約

一九八九，維吉尼亞大學

一九八八，羅格斯大學

社群會籍

「新小說」學會

現代語言學會

聯合寫作計畫

X X X

英語系的系主任是個魁梧的男子，有顆大頭，我忍不住一直盯著看。他無疑察覺到我對他頭蓋骨的著迷，不過他告訴我的一如我所料，「當然啦，我能做的，頂多就是湊合出某種訪問的職位，但系上的大家全都去放暑假了。」他望出窗外，搔搔腦袋，「秋天我們確實是需要美國文學概論的講師。」

「薪水如何？」我問。

「差不多三千九、四千還多少的吧，不太多。」他繼續瞪著我的履歷。

「這樣是一整個學期嗎？」我追問。

那顆大頭點了點。

「謝囉。」

✗ ✗ ✗

棕鱒會在春天時從產卵的砂礫上出現，並很快建立起覓食範圍，和虹鱒相比，年輕的棕鱒偏好更安靜的水域，成長速度通常也更慢。某些棕鱒一生都只會生活在溪流的上游，但大多數都會往下游遷徙，以尋找更棒的棲地，並在河流和湖中覓食。有些棕鱒的壽命可以長達二十年，棕鱒很精明，是鱒魚裡頭最小心翼翼的。

✗ ✗ ✗

洛琳人在廚房，站在爐子上的一鍋米前面，她穿著件黃色圍裙，搞不好她就只有這件吧，我心想，因為我這輩子只見過她穿深色連身裙外罩黃色圍裙。我還小時，曾想像過她擁有一抽屜又一抽屜的黃色圍裙，有她最愛的黃色圍裙、穿去婚禮的黃色圍裙、參加葬禮的黃色圍裙。

我在桌旁坐下。

「妳今天還好嗎，洛琳？」我問。

「很好，孟克先生。」她蓋上鍋蓋，沿著流理台移動，好切些芹菜，「你這麼做真是件好事，回家照顧你母親。」

我一言不發，就只是看著刀刃切過蔬菜。

「假如我的書冒犯到妳了，那我很抱歉，洛琳。」

我的直接讓她猝不及防，但她還是繼續切，現在換成在切甜椒。

「妳知道的，就只因為我筆下的角色會使用某些字，並不代表這跟我有半點關係。這是藝術。」

「是的，我懂。」

「妳這輩子有用過幹這個字嗎？」我問。

她不再切菜，似乎都準備好要爆笑出聲了，「有，我有，孟克先生。這個字自有其用處。」

「是啊女士，」我看著她再次攪拌起那鍋飯，「妳在華府這邊有任何家人嗎？」

「沒有，我之前有個阿姨，但她很久以前就過世了。這裡就是我這輩子唯一認識的家。」

「我很抱歉。」我說。

「噢，不是的，」她說，「我並不懷念我的家人，我從不認識他們。」

「不是，我是說我很抱歉妳最後落到了這個瘋狂的家庭裡。」

「你們才不瘋呢」，她回答，「不過你們全都與眾不同，這是事實。但你們還是不瘋。」
「謝啦。嘿，洛琳，假如妳沒辦法住在這裡的話，妳會去哪？」
她蓋上鍋蓋，瞪著鍋中，「我也不知道。」
「妳有朋友嗎？」
她搖搖頭，卻說，「是有幾個。」
「那妳有存錢嗎？」我知道洛琳領多少薪水，因為現在是換我在開支票，考量到她包吃包住，薪水其實還不賴，「妳有財產嗎？」
她清清喉嚨，「我有存一點，我從來都不太會存錢。你為什麼這麼問？」
「洛琳，媽年事已高，她過世之後，會發生什麼事呢？」
「我會待在這裡，換成照顧你啊，孟克先生。」
我望著這名老婦人，她幾乎跟我媽一樣老，我毫無頭緒接下來到底該說些什麼，於是起身，準備離開，接著停在飯廳門邊，回過頭說，「一切都會沒事的，洛琳。」

X X X

恩斯特．克希納：那些棕衣服在燒我的畫，我很高興，喔不，是自豪。
馬克思．克林格32：此話怎講？
克希納：想像一下要是那樣的怪物能忍受我的作品，我會作何感想就好。

✗ ✗ ✗

「孟西，你還好嗎？」我媽問，她在我身旁的沙發上坐下。

「我很好啊，」我說，「妳呢？午覺睡得如何？」

「就是個午覺。」

「妳想要我幫我們倆泡點茶嗎？」

「不用，親愛的，你坐著就好，放輕鬆。你可不能因為一個老太太就把自己給累壞啊。」

她望著壁爐，「謝謝你。」

「不好意思？」

「因為搬回來這裡住。」媽回答。

「我愛妳，媽。」我說，彷彿在說我當然會搬回來啊。

「我好想念麗莎。」她說。

「我也是。」

媽整理著她裙子在大腿處的皺褶，「我還能像這樣到處走動，實在是很幸運。我甚至還能成功爬上那些樓梯，不會喘不過氣呢。」

32 譯註：Max Klinger（1857-1920），德國象徵主義畫家暨雕塑家。

「這樣真是太棒了。」
「麗莎今天稍晚會過來嗎？」
「不會，媽。」
「因為我好想她，我是不是說了什麼讓她難過了？我知道她和貝瑞分手了。」
「我覺得應該不是，媽。」

✗ ✗ ✗

我打給我的經紀人，確認我小說目前的狀態，而他沒有好消息要告訴我，又有三名編輯拒絕了，「太紮實稠密了。」其中一個這麼表示，「不適合我們。」另一個簡短回覆，「市場是不會支持這種東西的。」第三個說。
「所以，現在要怎樣？」我問。
「我不知道該跟你講什麼，」約爾說，「要是你能再寫些像是《第二次失敗》那樣的東西就好了。」他玻璃杯裡的冰塊叮噹作響。
「你現在是在跟我講什麼？」我問。
「我什麼也沒告訴你哦。」

✗ ✗ ✗

《第二次失敗》：我的「寫實主義」小說，市場接受度不錯，賣得也還算好。是有關一名年輕黑人，無法理解為什麼他那看起來像白人的媽媽，會受到黑人社群排擠，她最後自殺，他於是發覺自己必須攻擊這個文化，所以成了名恐怖分子，專殺所有種族歧視的黑人和白人。

我痛恨寫那本小說，痛恨讀那本小說，也痛恨想到那本小說。

X X X

我來到我爸先前的書房，也許這裡至今依然是他的書房吧，現在卻成了我工作的地方。我坐下，並瞪著胡安妮塔·梅·詹金斯在《時代》雜誌上的臉孔。痛苦從我的雙腳開展，流經我的雙腿，爬上我的脊椎，進入我的大腦。我想起《危險上路》[33]、《紫色姐妹花》[34]、《艾莫斯和安迪秀》[35]的段落，而我的雙手開始顫抖，世界在我四周開展，外頭地上的樹根在顫動，街上的人們大喊著**沒、問、給、街、老杯！**[36]我則在裡頭尖叫，抱怨著我聽起來才不像那樣，我媽聽起來不像那樣，我爸聽起來也不像那樣，我想像自己坐在公園的長凳上，數著

33 譯註：《危險上路》（*Native Son*），哈林文藝復興濫觴之一理察·萊特（Richard Wright，1908-1960）一九四〇年的小說，描述一名黑人青年在芝加哥貧民區的故事，最新版電影改編為二〇一九年版，此處按照台譯片名翻譯。

34 譯註：《紫色姐妹花》（*The Color Purple*），愛麗絲·華克（Alice Walker，1944-）一九八二年的小說，非裔美國文學經典之作，曾榮獲普立茲獎及美國國家書卷獎。

35 譯註：《艾莫斯和安迪秀》（*Amos and Andy*），美國情境廣播喜劇，內容多是有關黑人文化。

36 譯註：此處原文為 *dint, ax, fo, screet and fahvre*，均為模擬黑人方言。

我的彈簧刀收藏們，有個人朝我走來，問我在幹嘛，我開口，情不自禁脫口而出：「你是在問三小問？」

我將一張紙放進我爸的舊手動打字機，並寫下這本小說，而我深知我永遠無法掛名：

我有病

史泰格・R・利伊　著

一／贏

老媽看著我和塔德崔絲並叫我們「人沼」，一切就是這麼開始的。「人沼，」她說，「你們這些小王八蛋啥也不是就是人沼。」我盯著她心想「人沼」是三小意思我也不喜歡她臉上的表情所以我從我坐的椅子上爬起來走過廚房從流理台上拿了把大刀，她說，「啊你拿這是要銃三小，人沼？」於是我捅了老媽，我把那把刀插進她肚子裡拔出來是紅色的她盯著我好像在說你幹嘛要捅我？於是我又捅了老媽，地板上和桌子上全是血，滴呀滴呀滴下她的雙腿我老妹開始尖叫我於是問，「妳是在該三小，老妹？」她盯著我看然後回答是因為我捅了老媽啊，我看著我的雙手上頭全沾滿血我發現我不知道發生了三小。所以，我又捅了老媽，我捅她因為我怕，我捅老媽因為我愛她，我捅老媽因為我恨她，因為我愛她，因為我恨她，因為我沒老爸。接著我走出廚房站在外頭，留下老媽在油地毯上到處爬邊想要抓著她的腸子，我站在外面的人行道上，滴血滴得跟個混帳一樣，我抬頭望著天想看見耶穌，卻看不見，接著我在想我要去看我的哪個孩子。

我醒來全身浸滿汗水，跟隻他媽的豬一樣狂流汗，我丟開被子套上條牛仔褲，繫緊皮帶然後把褲子用力拉到屁股下頭，我穿的T恤臭得像坨屎，但我才不屌，世界臭得要死，我憑什麼不能臭？林北就是這麼說的，所以，我憑什麼不行？這就是我的座右銘，所以，我憑什麼不行？現在是早上十一點半，走過廚房時我檢查地板看有沒有血，那真是個幹他媽超糟糕的夢，真他媽超糟。我走到外頭抬頭望著天想著我要去看我的哪個孩子。

阿斯匹琳的媽最近和某個黑鬼搞在一起大家都叫他瘋狗，所以我不需要去她的嬰兒床邊亂打聽，我也不要讓某個黑鬼請我吃慶記，才不要勒。泰勒諾拉的媽就是個瘋婊子而且已經幫自己搞了把九毫米手槍來我也知道要是我敢露臉她絕對會請我吃慶記因為我都沒在給她半毛錢她都已經連問三個月了。我的大女兒，德克絲崔娜，她的媽還愛我，我是可以偶爾過去搞一次，但要脫身啊，媽的簡直就像是要從牛奶裡搞出可樂來一樣勒。我於是決定來去看我兒子雷克索[37]，他有唐氏症，但他沒事，反正在這個幹他媽的世界，他有腦也不能怎樣啦，所以最好還是沒有。他現在都三歲了還老是到處撞倒東西，我有次扁了他一頓結果他媽叫我不要這樣幹，說他又沒辦法控制，我叫她去死一死啦，這個大頭小黑鬼在我的好褲子上打翻果汁欸，所以沒錯，林北就是要扁他。我現在要去看雷克索，因為我是他老爸，我會照顧我的孩子們。

我名叫梵・谷・詹金斯我十九歲而且我誰也不在乎，不在乎你，不在乎我老媽，也不在乎其他哪個誰，反正這世界也誰都不屌，所以憑什麼我要在乎？我接下來要做的呢不是要去那個猶太王八在中央區的倉庫工作而是要到高中去等雷克索的媽，她叫克麗歐娜，她很愛做白日夢，總愛在那說什麼要畢業去上社區大學然後當護士還三小的，但她的白日夢我是沒差啦，我真心希望她有天真的可以幫自己賺點錢，不過她常常表現得很鬧，好像她覺得我配不上她的鮑似的，幹她的勒。我知道的就只有在她媽出門的時候我可以過去她家然後爽一下，是說她也沒多會啦。

我站在學校外抬頭盯著二樓看結果看見那個之前害我被退學的混蛋，我當時只是坐在教室後頭，管好我自己的事但這王八竟然還回頭講幹話。

「有什麼問題嗎，詹金斯同學？」他問。

我只是在休息、放鬆一下、和阿黃講個話而已。我看著阿黃像在說這個蠢蛋是以為自己是哪位又是在工三小啊，就是他說的是哪國語言嘛然後我們就整個笑爛。但那個王八混蛋也笑出來，好像他在取笑我一樣，我於是變得非常安靜並死死瞪著他。

「你是在笑三小，臭白鬼？」我說。

「笑你啊，這位同學，」他回答，「我就是在笑你。你想裝硬漢，沒問題啊，但

37 譯註：此處三個女兒的姓名分別諧擬阿斯匹靈、Tylenol 止痛藥、糊精（dextrine），且應也有指涉古希臘時代的姓名（Aspireene、Tylenola、Dexatrina），兒子 Rexall 則是諧擬美國連鎖藥局。

別把這其他所有孩子跟你一起都拖下馬桶，你現在覺得很屌、很強、無所不能，可是等到你出社會哦，外頭的世界看你就跟顆塵埃沒兩樣，比如說，等到你吃到二十八歲的時候，然後你還讀不懂應徵須知，結果別人得到那個工作，到時候你就秋不起來了啦。你只不過會是另一個魯蛇，還有根太小的屌呢。」

他一口氣噴完這些話接著講到有關我屌的那部分而我聽見有幾個人在笑於是我就牙起來了，幹，我的屌是他的兩倍大好嗎。我跳起來並用膝蓋踹那廢物蛋蛋，他一個跌坐在地我本來還想逼他在大家面前幫我吹出來勒，但我就只是又繼續扁他，這次是用我的拳頭，狂扁他那張白到不行的臭白臉。我用指關節戻他的牙齒接著越來越火大，這時警察出現把我的屁股從他身上拉開，救護車也來載走他，這可憐的婊子養的，敢這樣搞我，在那講什麼我的屌怎樣。他就是害我沒辦法畢業的原因，害我沒辦法到外面找個好工作，在辦公室還哪邊發個大財，只能在倉庫那邊幫那人搬家具。

午餐鐘響之前我還有幾分鐘要打發這時那個威利．旺卡黑鬼走過街朝我的方向來，他在唱那首不是歌的歌老是會讓人神經緊張起來。他走路搖擺的樣子就像個毒蟲，整個人都撿角了要倒要倒的害我笑了出來心想要是你真的快完蛋了那你就會倒下來、爬起來、倒下來、爬起來再倒下來。他邊唱歌邊搖擺邊傳著教，對空氣、對人行道、對經過的公車。

「主啊，」他說，「讓街上這些黑鬼今天別理我吧。拜託啊，耶穌，別讓開車經過的幫派耍屌混蛋在我身上開個洞，別讓毒蟲為了我的毒品幹掉我，別讓白人把我一屁股扔進他們的牢裡。也別讓你的兒子，他是為了我這爛屁股而死的，先別讓他回到下面這裡來，先等我把我的破幹麻煩都搞定。」接著威利看到我，「嘿，我認識你，小黑鬼。」

「你的毒蟲爛屁股最好是離我遠一點。」我說。

「毒蟲？你說誰是毒蟲啊？你這可憐的小王八，我才要好好教訓教訓你的毒蟲爛屁股勒。」

「你如果想這麼做那就是大錯特錯了，臭婊子。」我邊說邊直視著他又紅又黃的雙眼。

「我認得你，」他說，「我認得你，你是克拉麗絲・詹金斯的兒子，我就知道我認得你。你現在幾歲啦？十八？還二十？」他爆笑起來並指著我，「我七〇年代時上她上了個爽勒，黑鬼，我搞不好還有可能是你老爸。」

一股寒意流過我全身我感覺到我的嘴唇在抖，「你再不閉嘴，我就踹爛你屁股。」

「幹你娘勒。」他說。

「我才幹你娘。」我回。

「真的幹過你娘。」他說。

「我才幹過你娘。」我說。

「你老媽還是一樣肥嗎？」他大笑，「她以前就很肥了，不是真的多肥，也沒有太肥，但就是很肥，你知道的，肥到很爽就對了。」接著他抓住個隱形女人並空幹起來，

「克拉麗絲，」他淫叫起來，「克拉麗絲啊啊啊啊。」

我正準備要灌他臉一拳，但午餐鐘聲這時響起，我於是遠離他，「你他媽最好小心點，老黑鬼。」

結果那毒蟲就是不放過我欸，「你看起來確實有點像我，你知道嗎？」

「閉嘴啦幹！」

「眼睛和嘴巴都圓圓的。」

「我絕對會打爆你，我對他媽的上帝發誓。」

他於是才後退，「好啦，我們沒事，我們沒事。」接著心照不宣看了我一眼，「我們沒事啦。」

這時，克麗歐娜終於走出校門她在和某個帥黑鬼說話，我走到她面前並說，「嘿，寶貝。」

她盯著我並笑了出來，然後轉向那個帥男孩說，「我們之後再聊吧，泰瑞爾。」

「嘿啊，她之後再跟你聊啦，**泰瑞噁**。」我說。

那黑鬼就只是衝著我笑然後就走下街並爬上一台鮮紅色的吉普車，原來是個有錢小王八黑鬼啊。

「還真是神奇哦。」我說。

「你叫我寶貝是什麼意思？」克麗歐娜問，「我又不是你的誰，老兄。」

「妳是我孩子的媽啊。」我回。

「所以？」
「冷靜點啦，寶貝。我們去妳家吧這樣我才能看看雷克索。」
「白癡哦，我現在人在哪？」她問。
「上學。」我說。
「啊我老媽現在人又在哪？」
「上班。」我說。
「所以你是覺得怎樣，我會把一個啟智小男孩自己留在家裡是不是？」
「那反正我們就去妳家嘛。」
「想都別想。」她邊說邊開始搖頭。
「走啦，我想給妳點錢給啟智兒啊。」
「別給我那樣叫他。」她理智斷線。
「好嘛，好嘛，我想給妳一些錢並跟妳稍微聊聊他。」
她爆笑起來，頭在肥脖子上笑到往後仰，接著盯著我看，「你講得好像你覺得我才是啟智的那個一樣。」
「妳是有啟智孩子的那個啦。」
「別跟我爭了，黑鬼，」她說，「他媽現在就把錢給我。」
「做不到。」
「為什麼？」

「就是做不到啦。」我告訴她。

「我一小時內就得回學校了。」她說。

「妳會回去的啦，擔心什麼，我保證妳會準時回去的。」我說，「我會給妳錢妳可以跟我說說雷克索過得怎麼樣還有妳有沒有需要什麼，就這樣而已。」我張望著街上，看見有個女孩在打量我於是對她微笑。

「你是在笑三小？」克麗歐娜問。

「妳剛都說我不是妳的誰了。」我說。

「好啦，走吧。」

「妳老媽會回家嗎？」

「你也知道她要很晚才會在家的。」她回答。

我愛克麗歐娜也恨克麗歐娜。我腦袋裡有兩個小黑鬼，黑鬼A和黑鬼B，黑鬼A說，冷靜點啦，老兄，你也知道你沒半毛錢，所以就讓這女孩回學校去上完數學課英文課社會研究這樣她才可以離開去闖啊，就讓她有個機會，一個去當她總是在講的那個護士的機會嘛。但黑鬼B大爆笑起來，說，幹，就帶這婊子回她家然後幹她個一次、兩次啊，她有種在你面前跟那個吉普車黑鬼講話，幹他媽的勒，要是她要像這樣子洗臉你，那她就吃不完兜著走了，之後你可以到外頭找到那個吉普車混蛋然後搞死他，現在呢，就把這個鮑帶回家爽一下啊。你記得這有多讚的吧，她叫得那麼騷包，好像在哭，好像很痛一樣，黑鬼鮑魚最好是會痛啦，去他的學校，她才不會變成什麼護士勒，她一輩子撿角啦。

我們走回她家路上我看見有幾個傢伙在打球，我好久好久都沒打球了，我心想，我一度超會打的，我可以從弧頂直接灌籃所有招我都會，我也超會跳的，可是幹，當你一開始啥屁都不是還有個王八搞到你不能繼續待在學校那你是要怎麼進大學並拿到一大筆錢啊。而且我才不要去吸教練屌換上場機會勒，我練好之後直接過去然後幫湖人隊試訓就行了，我馬上就能融入的，Showtime王朝，我和魔術強森，我甚至都不需要練球勒，林北就是這麼強。

克麗歐娜打開家門我們進去之後她轉過來對我說，「現在把錢給我吧。」

「慢點嘛，寶貝，」我換成油條的聲音說，「妳怎麼不給我看看寶寶是睡在哪的呢？」

「你明明就知道寶寶睡在哪，寶寶就睡在我房間而我們是不會進去裡面的。現在，錢給我拿出來。」

「嗯，那妳可以給我點冰水嗎？」我問。

她大大嘆了口氣並重重踩著那雙大腳朝廚房的方向走去。

我在沙發上坐下卻發現這東西是新的，我用手摸過身旁的坐墊然後心想，幹，這他媽是哪來的啊，全新的欸？

克麗歐娜拿著杯水回到客廳交給我然後就站在那裡不動。

「妳換了張新沙發。」我說。

「所以？」

「妳和妳老媽是哪來的錢可以買這東西的？」

「甘你屁事啊。」她回答。

「我覺得這還真的關我的事，」我說，「假如我孩子的媽去外面賣屁股換錢買家具，那就會是我的事了。搞不好妳根本就不需要半毛錢。」

「你應該每個月都要給我錢養雷克索的。」

「應該又不等於必須。」我邊說邊環顧客廳，「幹，你們這邊還真多好東西欸。」

我啜了口水結果是溫的，「我說要冰的啦，臭婊子。」

她就只是瞪著我看。

「我很抱歉，寶貝。」我說，「我一開口就講錯話了，過來這邊坐我旁邊嘛。」

她依然就只是盯著我看。

「坐下。」我又說了一次。

她的大屁股於是碰一聲重重坐在我旁邊我的手臂伸過去摟著她她卻全身僵硬起來。

「來嘛，克麗歐娜，放鬆一點，又沒人在家。」我用我的手指碰了她一邊大奶並說，「我的寶寶就是在這吃晚餐的啊。」

克麗歐娜不想但她還是傻笑了起來。

我又摸了摸她的奶子，「真是對大奶欸，」我說，「我想喝喝看我寶寶在喝的東西，你想要我喝喝看我孩子在喝的東西嗎？」

她的眼皮現在已經爽到閉起來了而我覺得她的意思是想於是掀起她的衣服並望著她穿的那件大得要死的奶罩，我試著從背後解開那鬼東西，可是幹，我就是解不開所以我說，「幫我一下，他媽的。」

克麗歐娜雙手伸到背後，一手從頭上穿過領子另一手則是從背後伸上衣服然後就解開了。那對巨壺就這麼重重晃出來跟大枕頭一樣，跟沙袋一樣，我握著並用力吸直到她呻吟起來而我則是低聲說了些什麼，我甚至都不知道自己在說三小呢，但我擠了又吸擠了又吸。房間另一頭的時鐘說現在是一點我想起我應該要到撞球間去跟阿黃還有提托會合才對，所以我得加快進度啦，我把她推回去並解開她的褲子，同時繼續吸著那對大奶她也繼續呻吟。要把褲子脫下她的大屁股實在是很難，但我還是成功了接著就把東西塞進去她裡面，整根，啪！就像這樣她大叫起來他媽的幹我實在覺得自己有夠屌的，我啪死她，老兄，我啪死她然後她開始哭，睜開眼睛看到我她就開始哭，說要我放開她，可是我現在正爽啊所以我對她微笑。

「我說，放開我，」她說，「放開我啦，你這沒路用的黑鬼。」

這屁話讓我有夠火大我於是拔出來並把我的洨噴得他媽整個新沙發上全都是，她現在不知道該怎麼辦了吧，她嘴巴開開像個阿呆。接著她跑過房間又回頭看我。

「老媽會殺了我的。」她說。

「妳開始在她的新沙發上幹炮之前，就應該要先想到這破事的啊。」我說。

「我恨你！」她大吼，「我恨死你了！他媽的滾出我家！」

我慢條斯理穿上褲子繫好皮帶，然後盯著她的裸體，「妳還真肥。」我說。

「滾啦！」

「輪不到妳告訴我該做什麼，小妞。」我邊告訴她邊穿鞋。

「你強姦我，黑鬼。」她說。

我衝著她的屁股笑，「我誰都沒強姦，我幹嘛強姦我孩子的媽啊？妳永遠都會是我馬子的。」

「我才不是你馬子！」

「妳是我孩子的媽。」我說。

「雷克索才不是你的孩子勒。」她說。

我就只是瞪著她看。

「你聽見了，」她繼續說，「雷克索絕對不是你的種。」

「妳他媽是在說三小？如果我不是這啟智水腦的老爸，那誰是？」

「那不重要。」她回答。

「我給妳錢養那個大頭啟智的時候，就很重要。」

「你根本從來就沒給過我錢！」她尖叫，「你只會出張嘴講講就這樣而已。」

「我本來要的，但我現在半毛都不會給妳的。」我說。

「幹你娘滾出去啦！」

我邊大笑邊用非常慢的速度往門口走，「妳就是個肥妓女。」我說。

「雷克索才不是你的種，不過他確實長得很像你沒錯。」

「他絕對是我的好嗎，」我說，我現在已經在門口了，「我每射必中啦。要是我射了，妳絕對懷孕，就是這樣子。」

「你強姦我！」她又尖叫。

我大笑然後走出去。

二／也

我從克麗歐娜家過去撞球間我應該在那和阿黃還有提托會合才對。阿黃之所以叫阿黃是因為他皮膚很淡還有頭紅髮，女孩子總是對那黑鬼的頭髮大驚小怪，但阿黃很讚，他是我的夥伴，他和提托。我們叫提托提托則是因為他一直都想去唱歌卻不會唱，他就像那個留蓬蓬頭的傑克森兄弟38。我看見提托站在外頭抽菸。

「嘿，兄弟。」我說。

「安怎？」提托說。

「你站在這外頭幹嘛？」我問。

「胖子說我要抽菸就得來這，他說裡面禁菸了。」

「三小？哪款撞球間會要你在外頭抽菸的啊？」

「他開的那款。再說，胖子很酷嘛。」

「是啦，他是很酷。」我說。

提托扔掉他的企鵝仔菸（Kool）並踩了踩，接著我們走進裡頭，室內跟往常一樣暗胖子坐在櫃檯後面的凳子上。他對我點點頭我也點回去。

「這邊。」阿黃從遠處一張球桌邊大叫，他在和一個戴著帽子，看起來很油條的高個子黑鬼打，另一個黑鬼站在一旁看，邊拿銼刀磨著指甲。

「打得如何？」我問阿黃。

「踹爆這傢伙的屁股啦，就是這樣。」阿黃回答。

「又還沒打完，小夥子。」油條黑鬼用冷靜到不行的語氣說。

「在我看來已經結束啦。」阿黃笑著回答。

「要賭一把嗎？」油條哥問。

阿黃猶豫，我看得出來他沒半毛錢。

油條哥掏出幾張鈔票，「二十塊怎麼樣？」

「我不想賭，老兄。」

「反正你很確定你會贏啊，不是嗎？還是你只是在用臭鮑魚放屁而已？」油條哥望向那個在磨指甲的王八，然後他們都笑了。

「臭黑鬼說你是臭鮑魚耶。」提托小聲對阿黃說。

「啊我就沒半毛錢啊。」阿黃也小聲回答。

38譯註：即麥可・傑克森的二哥 Tito Jackson（1953-2024）。

「你真的確定能搞定他齁？」提托問。

阿黃微微點了點頭。

「我有十塊。」提托說然後望著我。

「幹，」我說，「靠北啊，阿黃，你最好是保證給我打爆他哦。」我把我的十塊給他接著盯著檯子。

「好了。」阿黃對油條哥說。

「好，那好。」

阿黃打了一桿沒中，但他說，「別擔心，他絕對打不到六號球的啦幹。」

我看著檯面並看見九號球正好就落在母球和六號球之間所以我覺得他說的沒錯。

「你打不到的啦，老古板黑鬼。」我對油條哥說。

「對一個小鬼來說你廢話還真是有夠多的。」他回。

提托說，「噢噢噢，這黑鬼叫你小鬼欸。」

「只是因為我上了他老媽他很生氣啦。」我說。

「我連碰都不想碰你老媽，她肥到爆又醜得要死。」他說。

「幹你娘勒。」我說。

接著那個油條黑鬼就只是在那笑然後讓母球跳過九號球擊中六號球整套動作屌到爆球就這樣掉進側袋裡。之後他清檯並把錢拿走，我盯著提托害我想到我的十塊然後就超不爽。

「你他媽出老千。」我說。
「那你就是被老千上的那個啦。」他爆笑，磨指甲哥也笑了。
「你不能拿走那些錢，黑鬼。」我說。
「就讓他拿吧。」阿黃說。
「不行啊，老兄。」我說。
「聽你朋友的話。」油條哥說。
「我他媽誰都不會聽。」我說。
「那聽聽這個。」油條哥邊說邊從口袋掏出一把點三八〇然後把那鬼東西堵在我臉上，「你想吃點慶記嗎？」
我往後退了一步。
「快把錢拿走就對了，老兄。」提托說。
「這點我從沒懷疑過啊，小夥子。」油條哥回答然後他和他的同伴就這麼大搖大擺輕鬆寫意走了出去。
胖子這時用他沙啞的聲音往我們這裡喊，「你們那邊都沒事吧？」
「沒事，我們很好。」阿黃喊回去。
提托嘆了口氣，「幹，兄弟啊，」接著他打了阿黃的肩膀，「你害我輸了十塊。」
我看著門口然後回頭看提托和阿黃，「我也得搞把槍來才行。」
「啊你拿到槍是要幹嘛？」提托問。

「我們要做的第一件事就是去搶廣場那邊那個韓國混蛋。」

「你幹嘛想弄他啊？」提托又問。

「我不喜歡我進去時那個婊子看我的樣子，好像他覺得我會幹他東西一樣。」

「你確實是要幹他東西啊。」阿黃表示。

提托笑了出來。

「所以？」我說，「這也不會給他權利那樣看我。」

阿黃說，「黑鬼，你起肖啦。」

「起肖才能生存啊。」我說。

「你他媽是以為你在演電影逆，黑鬼？」提托說，他掏出一條士力架巧克力棒並開始撕包裝紙。

「分我一點。」阿黃說。

「看吧，」我說，「你們這些黑鬼表現得像是十歲還十一歲一樣，還講什麼糖果三小的，我們可以讓自己發大財的啊。」

「然後因為惹麻煩被槍殺。」阿黃補充。

「小孬孬。」我嗆他。

「對啦，你媽還胖到有自己的郵遞區號和電話區碼勒。」阿黃說。

「是喔，啊你媽的工作是除蟑專家還不需要用上噴霧還三小的勒，只要她的口臭就行了。」

「你媽長得就像胡佛啦。」阿黃說。
「他長怎樣？」我問。
「就你媽啊。」阿黃答。
「幹你娘。」我說。
「我才幹你娘。」阿黃說。
「幹你妹。」我說。
「我才幹你妹。」阿黃說。
「幹你姐。」我說。
「我才幹你姐。」阿黃說。
「幹你阿嬤。」我說。
「我才幹你阿嬤。」阿黃說。
「幹你老師。」我說。
「我才幹你老師。」阿黃說。
「幹你祖先。」我說。
「我才幹你祖先。」阿黃說。
「幹你全家。」我說。
「我才幹你全家。」阿黃說。
「真的是幹破你娘臭雞掰幹。」我說。

「我才幹破你娘臭雞掰勒。」阿黃說。
「你還真是沒在鬧著玩的啊。」我說。
「對啊，你就是個笑話啦。」阿黃回。
「黑鬼說你是笑話欸。」提托爆笑。
「小孬孬閉嘴啦。」我邊說邊作勢要打他。
「啊你是要去哪弄槍來？」提托問，「要槍才能弄到錢，要錢才能弄到槍，黑鬼深陷三小惡性循環哦。」
我忘掉阿黃盯著提托看，「噢，我現在就要來弄我買槍的錢啦，來吧。」我說，然後走過去拿起一根撞球桿並輕敲檯子，我在做的事搞得阿黃很緊張，「你是哪邊有問題啦，黑鬼？」
「我一點問題都沒有，」他說，「你才是有問題的那個。」
我走向他，「我還以為你和我是兄弟勒，」我說，「你到底幹嘛要表現得這麼孬啊？」
「我們是兄弟沒錯。」
我現在整個人都快貼到他臉上了，抬頭挺胸盯著他看而我看得出來他開始冒冷汗了並望向提托好像要討救兵一樣，「你看他銃三小？」我問。
「別鬧了啦，走開啦，」他說，「我們沒事啦，好嗎？」
我露出微笑並往後退了一步，「好，我們沒事了，」我說，「我們扯平啊你要跟我一起去幹那票。」
「三小？」
「你，」我說，「你要跟我一起去搶那個韓國混帳，反正我一定會搞到槍就對了。他媽的油條黑鬼有種跑來這邊掏槍出來三小的，」我搖搖頭，接著盯著阿黃，「我還以為你剛說你會打爆那黑鬼勒。」然後我露出一個讓阿黃放鬆下來的微笑，「別擔心啦，阿黃，我們沒事的。」
不久後，我和提托靠在外頭後巷的牆上呼麻。
「你從哪搞到這鬼東西的？」我問他。
「我哥弄到的，」提托回答，「品質超讚。」他看著我並把麻菸遞給我，「我問你一件事喔，你幹嘛那樣嚇唬阿黃啦？」
「幹，我就隨便鬧鬧而已。」
「你把他嚇得屁滾尿流的。」提托說。
「那他搞不好活該被嚇得屁滾尿流，」我回答，「有時候他表現得就像個廢物嘛，你覺得他廢嗎？」
「才不呢兄弟，他一點都不廢。」
我吸了長長一大口然後把菸還給他，街上有幾個傢伙經過巷子我觀察著他們，「你覺得弄一把槍要花我多少錢？」我問。
「靠北，我哪知啊，看你要哪種槍啊？」

「我想幫自己搞把九毫米，兄弟。」我回答。
「我啊災，一百塊吧，搞不好，我哪知。」他說。
「你哥能幫我弄到槍嗎？」我問。
提托聳聳肩。
「去問他看看。」
「我會問他的。」他說。
「我想知道要花多少錢。」
「我會問他的。」他又說了一遍。

XXX

走回家的路上我停下來盯著一台超棒的紅色野馬敞篷車就停在某間 Ralph's 超市的停車場裡。這車超潮的接著我看見一個超正的妹走出來然後嗶嗶解開這鬼東西的鎖我心想，靠北這個婊子還真的是正到要死人了，她撥弄著她的鑰匙，正要坐進車裡所以在旁邊走來走去我也因此可以看見她的臉和她化的滿臉妝。接著她看見我結果像某種蛇一樣突然抓狂起來手上拿著罐防狼噴霧指著我，我於是往後彈。
「冷靜點，洋娃娃寶貝。」我說。
「我才不是你的什麼洋娃娃寶貝。」她回答。
「就只因為有個黑鬼想瞧瞧妳妳也不用不知道在那邊秋三小的嘛。」我說。

「你看夠了吧。現在，請你行行好離開吧。」她說。

我盯著這臭婊子，「請我行行好離開？」我說，「小妞，妳哪來的啊？是讀過大學還是他媽從哪邊來的啊？妳又沒比我屌多少。」

「隨便，」她邊說邊打開車門，「現在，死一邊去好嗎。」

我又往後退了一點，「好喔。」我說。

我看著她開著她的好車離開並心想，「幹妳娘勒，臭婊子。」

我實在火大到可以尖叫，反正全世界都在尖叫，所以，我憑什麼不行？

三／自由

我走進屋時老媽剛好也剛回家。她跟老妹去買雜貨，我看進袋子裡看看餐桌上會有什麼她卻叫我滾出去。

「我餓了。」我說。

「小鬼，我現在沒空在這邊跟你五四三的，我得幫你們倆做晚餐然後過去我姐家。」

「妳去那要幹嘛？」我問。

「她家那個爛人又在打她啦。」她回答。

「她就他媽該開槍打爆他才對。」我說。

「小鬼，少在這邊給我講髒話。」她告訴我。

我大笑。

「我是認真的，梵，」她說，「而且我也不想要你再繼續和那個提托混了。那男孩帶衰。」她搖頭的那種方式讓我馬上就火大起來。

「提托又沒怎樣。」我說。
「提托很臭。」老妹說。
「他媽的給我閉嘴。」
老媽碰一聲關上她身旁的櫥櫃並雙眼噴火怒瞪著我，「你剛剛說什麼？」她問，「我知道是我聽錯了，不要逼我非得抽你屁股不可。」
「是喔，好喔，妳他媽也可以一起閉嘴啦。」我邊說邊直直瞪著她的雙眼，因為我恨我老媽又愛我老媽，我直直瞪著她的雙眼而她看得出來我現在已經是個男人了，「妳聽到了，老太婆，」我說，「妳聽到我剛剛他媽說什麼了，而且不要以為妳可以告訴我該做什麼。」
「主啊，大發慈悲吧。」她說，她很生氣我也看得出來她很想拿個平底鍋敲我腦袋，但她就只是在那搖頭搖了好一陣子而已，「我真是不敢相信。」她說。
「就相信吧，臭婊子。」我愛我老媽，也恨我老媽。
「梵。」老妹抱怨。
「我要去另一個房間了，」我說，「有什麼垃圾可以吃的時候再叫我。」然後我便走進客廳，在那裡我聽得見老媽在哭老妹則是試圖多少安慰她一下。
我打開電視往後靠在沙發上卻覺得這鬼東西還真他媽有夠不舒服的，我想要跟克麗歐娜還有她老媽一樣的那種沙發，克麗歐娜去死吧幹，臭妓女，還以為她是誰啊，敢在那邊跟那個有錢黑鬼鬼混啊，不過我還是搞到她啦，插爆她還射在那張沙發上，還敢搞我啊。

我看了些卡通接著到處亂轉台然後發現在演《金剛戰士》就看了一下子這鬼東西，之後我又轉到《史努姬．凱恩秀》，那個肥婊子講話不知道在快三小的，上那節目的全都是些臭魯蛇我於是心想，幹，我也能上那節目啊，那些人在柏本克那邊開槍打死那個王八結果他們還付錢讓這些混蛋上節目勒，我就是知道他們肯定有付錢，還有觀眾裡的那些人，老是有話要說，老是在給建議。

老媽叫我去廚房我於是進去並坐在餐桌旁，我看著我的盤子然後說，「這狗屎是三小？」

「Hamburger Helper 牌速食麵啊，」老妹回答，「而且我還真的有幫忙哦。」

「是喔，妳應該幫忙把這狗屎扔進馬桶的才對啊。」我說。

「說夠了吧，你這個自作聰明的小王八，聞起來還有你自己的尿騷味勒，小黑鬼。」老媽邊說邊拿起一把大得要死的刀。

老妹跑向她，一邊尖叫，「不要！拜託，不要砍梵，老媽！拜託，不要砍他啦！」

「就讓她來砍我啊，」我說，「我也有東西要給她的大屁股。」

「閃邊去，塔德崔絲！」老媽大叫。

「不要，老媽！不要啊，老媽！」老妹再次尖叫。

「我要閃人了，」我邊說邊撞翻一張椅子，「再吃這些狗屎啊然後管妳他媽房子多大就看我會不會在乎啦幹。」我離開時還大力摔上門。

我站在外頭的夜裡。有架警方直升機飛過在一些後院裡閃著燈而我心想，有種來照我啊死廢物，他媽就來照照我這樣我才能知道我他媽到底人在哪。接著我想起我老媽，我恨她，我愛她，啊我老爸勒，他幹他媽到底是跑哪去了，他有可能在坐牢或是惹上一大堆麻煩跑路了吧，幹，我哪知啊，但是不管他幹他媽跑哪去了我都還是恨死他了。我繼續走下街道並開始假裝我是阿甘那個王八，我是沒看過那部電影啦，但我看過所有的電視廣告讓我覺得自己也看過片子了，他往前跑穿越人群就好像在達陣得分還有他坐在那張長凳上講著那些巧克力的樣子哦。我心想，嘿，我就是顆巧克力，我是顆巧克力裝在一整盒巧克力裡頭，「我就在這啊，美國！」我抬頭對要離開的直升機尖叫，「打開我啊！你永遠都不會知道自己會開到什麼的！」我實在好恨我老爸。

✗ ✗ ✗

我正經過遊樂場要過街結果卻看見那個吉普車黑鬼在停紅燈，我走過去直接站在他的車頭燈正前方。那黑鬼盯著我看像在說他媽是發生什麼事了，接著他認出我並露出微笑，我也笑回去但動也不動，他發動引擎好幾次。

「你想怎樣，混蛋？」他問。

「我想要你啊，黑鬼。」我回。

「三小，你想吸我屌哦，廢物？」他望向坐他旁邊的黑鬼然後兩個人都笑了。

「對啊，掏出來讓我看看嘛。」我說。

「閃邊去啦，臭婊子。」他說。

「下車。」我說。

「我他媽沒時間跟你在這耗。」他邊說邊再次發動引擎。

我動也不動，「我說我想咬你屁股一口。」

他試圖想繞過我開走但我還是待在他面前，「閃啦，黑鬼！」

「你說閃就閃哦，王八。」

另一台車開到吉普車後頭並按起喇叭，接著換吉普車黑鬼按他的喇叭，他後頭的車切出來超車離開，然後他下車走出來他朋友也是。

「你他媽到底是哪邊有問題，黑鬼？」吉普哥問。

我走到他面前並抬頭挺胸貼著他，「你就是我他媽的問題。」

他望著在吉普車後頭走來走去的他朋友，本來在遊樂場打球的傢伙也都來到圍欄旁圍觀起來，接著我扁了他的肚子，很快而且害他整個人痛到歪腰，他朋友現在跑了起來我踹了那王八的蛋蛋他於是倒下來跪在地上我把他留在那邊因為他已經不會對我造成半點麻煩了。我回到吉普哥身旁痛揍他的臉揍得超大力大力到他也跪了下來，對！碰！我又揍了兩拳他的鼻子爆開來，他滿臉都是紅色的，我現在盯著他那雙漂亮的眼睛然後碰碰，眼睛黑青啦，那頭球場上的黑鬼在大叫著什麼我聽不見的話。我現在在那個死黑鬼身邊走來走去，他大字形躺在地上，弄得街上全都是血。

「這樣爽嗎，賤人，」我說，「你現在不會再來偷偷摸摸幹我東西了吧，敢嗎？

你不會再去煩克麗歐娜了吧？」
他啥也沒回。
所以我踹他側邊他開始吐血，「我在問你問題啊，黑鬼，你不會再去煩那婊子了吧？」
他含著滿嘴的血說了些什麼，但我聽不懂。接著我聽見警方直升機的螺旋槳聲於是拔腿就跑。

X X X

我回到家沒脫衣服就爬上床我的指關節瘦得跟三小一樣，我抬頭望著天花板上剝落的油漆並想著我的孩子們，我恨我的孩子們，我愛我的孩子們，我恨我的孩子們，我愛我的孩子們，我恨……

X X X

我睡著時做了個夢是在某座島上就是南方那些島裡的其中一個，島上全是一堆超正屁股超讚的婊子們到處走來走去什麼也沒穿只有奶頭上綁著幾條細繩還三小的。我心想，靠北，這裡這些婊子還真讚啊而我知道她們會讓我上幾次的於是開始數起我之後會生的寶寶並開始幫這些寶寶想名字，他們的名字會是艾瓦莉西亞、班尼夸、克莉托麗雅、達希翁、伊葵莎、范特西、蓋里尼克、哈比查、愛優娟、潔米卡、克勞斯、拉提莎尼克、米斯特里、尼歌瑞娜、歐普拉、帕斯提莎、奎奎莎、惹內內、薩綺娜、蒂芳妮、優尼夸、凡莎里諾、烏茲尼斯、優蘭蒂尼克、祖基。我就是要幹這麼多個婊子[39]，我心想，我就這麼坐在其中一張海灘椅上看著她們經過，每個人的尻都超巨，但接著在夢裡我往下看結果卻看見我的屌啥也不是就只有凸一小塊起來而已，我於是大叫，「幹，我的屌啥也不是就只有凸一小塊起來而已欸。」屌只有凸一小塊起來而已我是該怎麼辦啊？接著那些婊子們看到我的奈米屌就開始指我於是在那邊忙著要遮住自己，其中一個婊子說，「這黑鬼真的是奈米屌欸，看起來就像小嬰兒的屌。」然後她和其他所有婊子就都開始笑我，又指又笑的，我於是趕緊跑進水裡，雙手還遮著我的奈米屌，那以前明明就是我的大屌的啊。而在冷死人的水裡，有個賤人游到我旁邊手伸到我兩腿中間移開我的手然後她說，「我不在乎你是不是奈米屌。」我盯著她的臉臉卻開始融化她變得超爆醜然後變成我老媽，所以我捅了她，我捅了她一遍又一遍一遍又一遍直到大海變成血海。

接著我滿身大汗醒來。

XXX

隔天早上吃早餐時，老媽已經忘了我們吵架還在唱什麼他媽的福音歌，老妹也跟著哼接著她問，「老媽，妳在唱的這是什麼歌啊？」

「是〈耶穌恩友〉。」她回答，接著她盯著我，「我聽說有個工作你可能會想做，」

她邊在我盤子上放了些培根，「在西好萊塢那邊。」
「做什麼的？」我問。
「有的沒的吧，我哪知。」她說，「我想是去幫某個人開車吧。」
我思考起開車這檔事而我還滿喜歡開車這個主意的，「當白人的司機啊。」
「畢竟是個工作。」她說。
「嗯，我有工作啊。」我說。
「你從來都不去上班。」她說。
我吃掉培根，「地址在哪？」我問。
這時她走到流理臺邊並四處翻找起來，「我有寫下來，在這邊。」她走回來交給我。
我把那張紙隨便塞進口袋。
「所以，你要過去嗎？」她問。
「還不確定，」我回，「還有別再嘲笑我了。」
「我沒有在嘲笑你。」她說。
「妳就有。」我說。
「我沒有。」她說。

39 譯註：以上這串名字開頭由A到Z，指要生跟二十六個字母一樣多的孩子。

「有就有。」

「沒有就沒有，你自己要撿角的。」她說。

「我就是撿角啦，」我邊回答邊笑出來，「就跟我老爸一樣。」

「給我閉嘴，孩子。」

「我爸到底是誰，老媽？」我問。

她轉身在水槽裡洗起他媽的碗。

「他叫什麼名字，老媽？妳知道他的名字嗎？我就知道老妹她爸的名字，我也見過他，他現在在坐牢，對吧？」

「給我閉嘴，黑鬼。」老媽回答。

「我老爸也在坐牢嗎？」我問，「妳到底知不知道他名字？」

「梵。」老妹抱怨。

「我要出門了。」我邊說邊走出去。

四／給

我過去倉庫老佛萊迪坐在外頭的碼頭上抽菸而他看到我過去的時候就開始搖頭。他轉頭望進建築物裡頭再來又轉回來盯著我看。

「三小？」我問。

「不用麻煩了。」他說。

「不用麻煩三小？」我又問。

「不用麻煩把你的屁股挪進去啦，」他回，「雷諾斯大概一個小時前問說，『那個沒路用的詹金斯人勒？』接著又說，『要是你們有看到他，就跟他說他幹他媽可以捲舖蓋走路啦。』他就是這麼說的。」

「三小啊？我被炒了哦？」

「他們本來以為你能撐久一點的勒。」他說。

「死白鬼才不能炒我勒。」我說。

「死白鬼就是這麼幹了。」佛萊迪表示。

「我要去跟他談。」我邊說邊開始走進建築物。

「隨你便。」他說。

「就因為我遲到喔。」我說。

佛萊迪大爆笑，「你他媽遲到三天喔，黑鬼。」

我走進建築物那個他媽的收音機正在播什麼垃圾鄉村樂，雷諾斯站在一部堆高機旁邊跟那個總是捧他懶叫的大隻黑鬼講話，雷諾斯老是在叫他，「大吉姆，來這邊，大吉姆，做那個，大吉姆，吸我屌。」雷諾斯抬頭看見我朝他走去。

「佛萊迪說你炒了我啊。」我說。

「佛萊迪說得對。」他回。

「可是為什麼？」

「因為我三天沒看到你了，他媽的這就是為什麼。」他說。

「我這幾天很忙。」我說。

「是喔，那你沒得忙了啦，」他回，「反正不是在這裡就對了。」

我盯著他而我實在是很想扁他但那個大隻黑鬼爬出堆高機並站在他旁邊，我看著大吉姆然後說，「這是甘你屁事啊，**住主人家的臭黑奴？**」

大吉姆看起來像要扁我，但雷諾斯阻止他，「現在先別傷害這男孩，大吉姆。」接著他對我說，「好了，你這瘦皮猴現在快滾吧，不然我就讓大吉姆好好教訓教訓你。」

我望著大吉姆的巨手像那樣整個圈成拳頭於是屁都不敢放一聲，我就只是轉身遠離這些可悲的魯蛇而已。

所以，我過去老媽給我的那個地址，去那個人的家裡，那個有工作的人。我想說我可以工作個幾天，賺點錢這樣我就可以去買我的槍，再幹一票超大的，然後搞不好逃到墨西哥去並搞幾個小妞[40]的鮑吧。

那屋子在一座山丘上還有那種環狀車道，我是說，兄弟啊，還真是有夠大的還有好幾台時髦的車停在前頭，其中有台超讚的紅色ＢＭＷ敞篷車車頂是白色的，感覺就像這鬼東西上頭半點灰塵都沒有啊，車牌上還寫著「COOL」。我走向前門可是在我找到門鈴可以按之前，門就自己開了然後出現一名穿粉色襯衫搭卡其褲的老兄。

「有什麼事嗎？」他問。

「嗯，我找道頓先生。」我回。

「我就是道頓先生。」他說。

我有點震驚，你知道的，我本來以為這個王八會是個白人結果他比我還黑勒，我無言了。

「你找我幹嘛呢孩子？」他問。

「我是來工作的。」我答。

40譯註：原文為西語，senorita。

這時有個有點肥的女人出現在他身後，她也是黑人，但穿得像電影裡面那些女僕一樣，「你是莎蒂・詹金斯的兒子嗎？」她問。

「沒錯女士。」

「道頓先生，」她說，「這是我朋友莎蒂的兒子啦，我有跟你提過他，你說我可以在菲利佩沒來的時候請個人來打掃泳池區跟修剪草坪的。」

「這我記得，路薏絲。」他回答，然後盯著我並伸出手來要握手，他捏了捏我的手說，「路薏絲會照顧你的，我得閃了。我很晚才會回來，路薏絲，所以不用等我吃晚餐了。」

「遵命，道頓先生。」路薏絲說。

路薏絲和我看著道頓開著他的超讚賓士離開，接著路薏絲轉向我，表情整個一百八十度變成了某種冷酷的樣子，「莎蒂跟我說過你，」她說，「現在，你在這邊有個機會，孩子，道頓先生可以幫你。你媽媽是我朋友，所以你才會有這個機會，懂嗎？」

我依然因為這屋子還有道頓是黑人這回事很傻眼。

「你聽到了沒，孩子？你叫梵，對嗎？」

「大家都叫我谷。」我說。

「快進屋來吧，梵。」她讓我進去並關上門，「敢搞砸一次你就滾蛋，孩子。」她說。

「我們為什麼非得這樣開始不可啊？」我問。

她停下來並點點頭，「好喔，」她說，「你媽媽是我朋友，你到底想不想要這工作？」

「我甚至都不知道這是什麼工作勒。」我回答。

「掃地、修剪灌木和草坪、洗車，」她說，「這你做得到嗎？」

我環顧房子看著各種高級到爆的家具和畫還有花瓶然後我想到我要用我賺的錢買的那把槍，之後我就能回來把這鬼地方搶得清潔溜溜了，「我做得到。」我說。

「你如果做不到就不要說你做得到，」她說，「我不准人家亂搞的，搞砸一次就滾蛋，你自己給我好好想一下。」

「別緊張嘛，老妞。」我說，試圖想撩她。

「而且也不要覺得我要是蠢可以吃到這麼老，」她說，「你給我放尊重一點不然你就下山吃自己。」

「好喔。」我說。

「還有你來上班前得先洗澡才行。」她邊說邊撇過頭。

「但我工作時就是會流汗弄得臭臭的啊。」我告訴她。

「可是你出現的時候得是乾乾淨淨的，」她說，「懂了嗎？」

我點點頭，「所以現在是要我回家洗乾淨嗎？」

「別開玩笑了。」她說，「現在跟我到外頭後面去我會讓你看看你可以先做什麼。」

我們走過這間超讚的房子我真的是不敢相信欸，我們經過一間像是派對房的地方有個吧台於是我心想我一定要偷溜回來這裡，然後我們走出玻璃門來到外頭。游泳池超大，幹，底部全都漆著某種設計水也看起來超乾淨超藍，到處都是長凳和椅子看起來就像個時髦的公園。

路薏絲交給我一支掃把，「掃掉所有不屬於地上的一切，」她說，「然後用那邊那個畚斗弄起來放到塑膠袋裡，塑膠袋放在那間棚屋裡面。」

「妳要我把外頭的灰塵裝到袋子裡啊？」我問。

她就只是盯著我看。

「那樣蠢死了，」我說，「我就掃到別的地方去就好了啊。」

「照我說的做就對了，孩子。」她說。

「好喔。」

X X X

我掃了一切。接著我耙了一部分大庭院，然後那婊子要我去拖池邊小屋的地板，媽的，要是我之前不臭，那我現在肯定也是臭死了。路薏絲看了看我的成果並點點頭，但她沒有笑，只是告訴我明天見，就晃著她的大肥屁股走回屋裡去了。

X X X

我決定要來去撞球間找提托和阿黃，看看他們在幹嘛，然後要提托去幫我買個墨西哥玉米餅還什麼的。我到的時候阿黃和提托已經開打到一半了。

「你跑哪去啦，黑鬼？」提托問。

「我去工作啊，兄弟。」

「才怪，你又沒去上班。」提托說。

阿黃爆笑。

提托打了一桿然後站直身子，「我知道你沒去上班是因為我去倉庫找你這王八然後他們跟我說你捲舖蓋走路啦。」

「對啦，但我反正還是有去工作啊。」我說。

「去哪？」阿黃問。

「在西好萊塢那。」我回答，並從架子上拿了根球桿然後在桌邊走來走去，我打了一桿。

「嘿，我們打到一半欸。」阿黃表示。

「反正你也要輸了啦。」我告訴他。

「你他媽跑那麼遠去是在幹嘛？」提托問。

「還是別問了吧。」我說。

「黑鬼覺得他的工作丟臉啦。」阿黃又笑起來。

「我在一個有錢老兄的屋子那工作，好嗎。」我說。

「所以是做啥？」提托問。

「掃地啦。」我小聲說。

「你說啥？」提托問。

「就掃地啦。」我回答然後他們兩個都大爆笑起來，「幹你們兩個都去死一死啦。」

「啊掃哪？」阿黃想知道。

「就泳池區周圍，」我說，「現在爽了沒？」

「三小，你現在是什麼白鬼的傭人了哦？」提托問，邊塞了根菸到嘴裡。

胖子這時大喊，「這裡面禁菸！」

「我他媽是有點逆？」提托喊回去。

「那最好是不要給我點起來哦，」胖子回答，接著比較像是在自言自語，「我他媽才不管你們在外頭要怎麼幹勒，但要是敢在我店裡抽菸，那我他媽就死定了。」

「閉嘴啦幹，老頭。」提托說。

「我才不是什麼傭人勒，」我說，「而且他也不是什麼白鬼。」我搖搖頭，「我被炒了，對吧？所以，我去看看這個我老媽跟我說的工作，我只是想賺幾個錢買我的槍嘛。總之，我到那邊去結果那老兄比我還黑勒，而且這間房子啊，他媽說了你們肯定不信，這房子還真的是個婊子養的，牆上掛著畫，有台賓士，還有投影機，我也真他媽不敢相信。」

「啊那黑鬼是在做什麼的？」提托問。

我望著他。

「他怎麼發大財的啦？」他又問。

「我哪知，但他有錢得要死，游泳池他媽比你家還大。」我說。
「毒販吧。」阿黃表示。
「我不覺得，」我說，「他看起來不像毒販。」
「那我打賭他是律師。」阿黃說。
「你他媽閉嘴啦，阿黃。」提托爆氣，「我想要你幫我列一張清單，」他對我說，「我想知道他屋子裡有什麼。」
「我他媽才不要列什麼清單勒。」我回答。
「我還以為我們是好麻吉的。」
「這他媽最好是有關係啦，」我說，「反正我要賺到我的錢去買把槍然後我就要離開這裡啦。」
「看吧，就你說的這樣啊，黑鬼，」提托說，「你賺到你的錢買你的槍然後你和我拿著那張你列出來的清單回去搶那個王八我們再分帳。」
我嘲笑起他，「你他媽腋下夾著一幅大的要死的畫是要怎麼逃跑啦靠北？」我問，「我要去搶那個韓國王八跟一間銀行，我可以帶著錢落跑，我可以花錢啊，畫又不能花。」
「我們把畫賣掉啊，Q毛。」提托說，阿黃忍不住笑出來害他皺起眉頭，「我們把那鬼東西拿去賣不就好了。」
「你他媽在貧民窟裡是要賣畫給誰啦，黑鬼？」我問。

「這黑鬼說得有道理。」阿黃說。

「閉嘴啦，阿黃。」提托說，「啊是又會怎樣，反正你就幫我列個清單啊有差哦？」他問我。

「好啦，幹，」我說，「清單的事我他媽會好好想想。」

「看吧，我就說我們是麻吉吧。」提托表示。

我又打了一桿，「啊我們這麼麻吉，你就過街去幫我買點吃的吧。」我說。

「好喔。」他回。

✗ ✗ ✗

提托在對街的山米攤車那幫我買了個墨西哥捲餅，山米雖然瞎了，還是分得出一塊和五塊的差別，沒人知道他是怎麼辦到的，但他無時無刻都在這麼幹。我們站在那吃東西這時有個婊子經過，她穿著件小短褲屁股肉有點露出來在那晃啊晃的。

阿黃小聲對我說，「小妞還真有料啊。」

我懶得理他，就只是盯著那婊子並發現她也在看我所以我走過去在街角趕上她。

「嘿，寶貝。」我說。

「嘿，寶貝，你也是啊。」她回。

「我之前沒在這附近看過妳。」我說。

「我之前又不在這附近。」她回。

「這社區很危險啊。」我說。
她上下打量著我並說，「我懂了。」
「噢，妳幹嘛這樣子嘛。」我說。
「我又沒怎樣。」她回。
我發覺我有多臭便說，「我剛下班，我不是一直都這麼臭的。」
她笑了我也跟著她笑。
「妳叫啥啊，小妞？」我問。
「我叫凱絲拉。」她說。
我點點頭，邊思考著她的名字，「我叫谷，」我說，「妳要去哪，凱絲拉？」
「回家。」她回。
「妳幾歲？」我問。
「你幹嘛在乎？」她反問。
「妳老媽在家嗎？」
她搖搖頭。
「就像我說的，這裡是個很糟糕的社區，所以我最好陪妳走回家，妳覺得這樣可以嗎？」
「我覺得這樣可以。」
提托對我大喊，「黑鬼，你最好小心點！這婊子肯定才十四歲。」

我和凱絲拉現在已經過街過一半了，「妳十四歲啊，小妞？」

「有可能哦，」她說，「你幹嘛在乎？」

「我不在乎。」我說。

我們走回她家路上我盯著凱絲拉看，她很嬌小，可是她奶子實在有夠大，她很矮還有點肥，但我到了她家就會從背後插她用狗爬式騎她，絕對讓這婊子淫叫得跟母狗一樣。我再來就是要這麼做，而且我還要生第五個寶寶。

「妳有小孩嗎？」我問她。

「沒。」她回。

「那妳有跟男的睡過嗎？」我問。

「我當然有。」

「那妳肯定是沒搞對，」我說，「妳想要寶寶嗎？」

「想，我想要寶寶，誰不想要寶寶啊。」

「那我會給妳個寶寶的。」我告訴她。

五／氛圍

所以，我跑到那馬子家裡結果她又大隻又肥的叔叔在沙發上睡覺，聞起來還有Colt 45麥酒的臭味。我們偷偷摸摸經過他她還一邊偷笑之後來到屋子後頭，我叫她閉嘴，媽的，她叔叔很大隻所以我當然是不想要吵醒這個醜八怪啊。

「不用擔心啦，」她說，「就算他真的醒來也不會怎樣的。」然後我們就在她的房間裡了她把舌頭用力深入我的嘴裡，我抓著她的毛衣脫掉結果她竟然幾乎沒有奶。

我笑出來，「幹，小妞妳跟洗衣板有什麼兩樣啊。」

她竟然不爽欸，「但我還是個女人。」

我親她，「噢對啦，妳還是個女人沒錯。」

我們脫掉衣服我在她上面騎她騎了個爽而且還騎了很久她卻哭起來幹嘛的說什麼很痛，可是她明明很喜歡啊。我知道她很喜歡的，她這樣子淫叫欸，我好好幹她幹了個爽，然後我起身穿上褲子。

「你明天還會再回來嗎？」她問。

「不會，寶貝，我不能來這裡見妳。」

「可是。」她說。

我搖搖頭，「妳太年輕了，小妞，我不能到處趴趴走讓人家看到我們倆在一起啊。」

她不知道該回什麼，然後她走到窗邊，「所以，你是把我當母狗囉。」她說。

我聳聳肩。

「你這死黑鬼。」她說。

「妳也不是個女人啊幹，」我說，「妳把妳剛在做的鳥事叫作幹炮啊？」

她哭起來，然後她開始尖叫著她的大隻叔叔，那王八醉得跟三小一樣，但還是把他的大屁股拖出沙發一邊開始說些垃圾話。

「你他媽的是誰？」

「你老爸啦。」我邊說邊試著穿過房間到前門去。

那個大隻婊子養的擋在我面前我發現這黑鬼竟然穿著那種笑死人的睡衣上面有小丑圖案那種，於是我說，「黑鬼，照照鏡子好嗎。」

「你是在說三小？」他問。

「你穿這三小鬼睡衣，你看起來就像什麼馬戲團的啟智一樣。」

這時那婊子跑來站在門口看起來一副可憐兮兮一邊在哭幹嘛的身上還裹著條毯子。

「發生什麼事了？」那個大隻黑鬼問。

「他強姦我。」她說。

「銃三小？」接著他試圖撲到我身上，說他要宰了我，但我跳過沙發跑到門邊，老肥仔摔倒並撞翻他原本放在地上的四十盎司麥酒，「我會逮到你的。」他說。

「你啥屁都逮不到啦。」我回，接著我望向那個女孩並說，「但你會得到一個姪孫，因為我每射必中。」

「我恨你。」她尖叫。

「我也恨妳啦，」我說，「所以這他媽是又哪邊有差了？」

我跑出那間屋子來到街上全程笑個不停，我跑過幾個後院以防她叔叔有槍還三小的然後在下一條街才轉出來。

X X X

我在過去撞球間的路上我要到那告訴提托和阿黃這個嫩鮑和那個胖王八叔叔的事，他們一定會笑死的，我就是知道。我繞過學校附近的轉角這時正好要黃昏了而我看見有幾顆車頭燈用非常慢的速度開下街，我心想，他媽這誰啊？接著我發現那是台吉普車然後幾個黑鬼跳下車開始朝我跑來。我當然也是趕快閃啊，媽的，啊這些黑鬼也是跑滿快的嘛，我試著爬上籃球場的圍欄，其中一個抓住我的腿我踢走他接著翻過去。我跑進陰影中滑過牆上的一個洞衝下一條小巷，接著我闖進一棟廢棄的建築物裡躲起來，還保持超級安靜，我沒聽見他們，結果我發現裡頭還有個人跟我待在一起。

「誰啊？」我問。

「你才誰勒？」他反問，接著開始爆笑，他劃了根火柴點起蠟燭，結果是那個威利酒鬼廢物。

「把蠟燭熄掉啦，黑鬼。」我說。

「靠北哦，他們走了啦，孩子。」他說，「他們找你幹嘛？」

「是某個有錢小鬼啦，我踹爆他屁股現在他帶著跟班回來啦，幹他媽的死廢物，就最好不要落單被林北堵到。」

「你很派哦，蛤？」

我望著他在蠟燭後頭的紅眼睛，「對啊，我超派。」

「我自己以前也很派。」他說。

「你現在肯定是派不起來啦，」我說，「不對，老兄，你派爛了。」我自己逗笑自己。

「你也是個有趣黑鬼嘛，蛤？」他說。「你老媽還好嗎？」

「別提我老媽。」我告訴他。

「她奶子正下方那顆痣還在嗎？」他問。

我站起來準備要踹爛他屁股。

「坐下，孩子。」他用一種冷酷的聲音說這聲音聽起來不像是他可以發出來的。

我於是坐回去。

「聽著，孩子，我要跟你說件事，我這輩子已經撿角啦。」

「還用你說啊。」我說。

「閉嘴聽好就對了，」他說，「我不想要你跟我一樣撿角。」

「他媽你又是我的誰啦？」我說，「我他媽根本就不認識你。」

「這不重要啦，」他說，「我不想要你亂搞害到你老媽，她已經夠苦了。」

「你他媽是在工三小啦？」我問，「林北要閃人了啦幹。」我朝門口去。

「你媽媽是個好女人。」他說。

「是啊啊你是個酒鬼啦。」我說，「所以，你的重點到底是啥？」

「別撿角。」他說。

「喔，好喔，你也是。」我說，「我還聖誕節快樂跟復活節快樂勒幹。」

✗ ✗ ✗

到了撞球間提托在後頭讓那個三不五時會過來的肥妓女吹喇叭，阿黃是這麼告訴我的啦，我有點想回去後面看看，但我沒有，那妓女可能會看上我我他媽才不想要勒，提托來者不拒隨便都讓人吸屌。阿黃一直盯著我看。

「你是在看三小？」

「你為什麼滿身大汗？」他問。

我思考著要不要告訴他那個吉普王八蛋的事，但我不喜歡逃跑這回事在我腦袋裡聽起來的感覺，「我去球場那投了幾球。」

「你跑去投籃哦。」他笑出來。

「有什麼好笑的？」我問。

「你跑去那投籃哦，」他說，「到底發生了什麼事啦？」

「就這樣啊不信就算了。」我說，「現在給我閉嘴。」

提托回來聽到我們講話，「怎麼啦？」他問。

「沒事，」我說，「黑鬼剛惹毛我了啦。」

「對啦，看來我不是唯一被惹毛的哦。」阿黃回答。

「你嘴巴放乾淨一點，你這臭廢魯蛇。」我邊說邊怒瞪了他一眼。

「幹你娘勒。」他說。

「我才幹你娘。」我回。

「幹你妹。」他說。

「我才幹你妹。」我回。

「幹你阿嬤。」他說。

「我才幹你阿嬤。」我回。

「幹破你全家啦幹。」他說。

「啊你們這兩個黑鬼怎麼不直接去外面互幹啊。」提托表示。

這時那個肥妓女從後頭走進來並經過我們，她對提托揮揮手指。

我搖搖頭，「你是怎麼能讓那個醜婊子把她的嘴放在你的小老弟上的啊？」我問。
「她長得比你孩子們的媽還好看好嗎，」他回，「至少她技術很好。」
「別提我孩子們的媽。」我說。
「講得好像你在乎一樣勒，黑鬼。」他邊說邊掏出一根菸並劃起火柴。
胖子見狀對他大吼，「禁止吸菸！」
「外頭太冷了啦，死胖子，就讓黑鬼爽一下會死喔。」
胖子肯定是累了因為他啥也沒回。
阿黃用巧克嚕了嚕球桿並對我微笑，「所以，和那個未成年妹如何啦？」他問。
「我當然是好好幹了她一頓。」我說。
「那個小女孩是能幫男人幹嘛啊？」提托問。
我就只是盯著他看。
「幹小孩再讓她們生小孩可不會讓你變成男人。」他說。
「你他媽是哪邊有病？」我問，「是在嘴我嘴三小？」
「來打撞球啦。」他說。
現在，我實在是被搞得非常賭爛，我們一言不發默默打了一局，提托已經抽第四根菸了還都把菸熄在地上。胖子於是走過來盯著提托看。
「看吧，這就是我不想要你們這些黑鬼在這裡面抽菸的另一個理由，看看都搞成什麼樣子了。」

「閉嘴啦，死胖子，」提托說，「反正你他媽最後還不是都要掃地。」

「對啊。」阿黃幫腔。

胖子發起牢騷接著便走回他在櫃檯後的凳子上了。

「你們有見過那個威利．旺卡王八嗎？」我問。

提托讓五號球入袋後盯著我看，「你說球場附近的那個酒鬼哦？」他問。

「對啊。」我說。

「我看過他啊，」提托回答，「安怎?他是你的誰哦？」

「他誰都不是。」

「那你問他銃三小？」阿黃問。

「你他媽閉嘴。」我回。

「吃我屌啦。」他說。

「有種掏出來啊，死廢物。」我說。

「我敢啊可是我怕你哭出來。」他說。

「聽聽你們這兩個黑鬼在講三小，」提托說，「聽起來就像你們才十二歲勒，講什麼幹話啊靠。」

「你們兩個都去死一死啦幹。」我邊說邊走出去。

六／性愛

隔天早上我起床並洗了胯下那邊因為工作和幹了那個馬子臭得要死，我也換上了乾淨的內褲，接著我坐在床上盯著那個我在暴動時幹來的米老鼠時鐘，我身邊的黑鬼那時都邊指著那個時鐘邊笑我，他們幹了電視跟音響，可是，幹，我就是喜歡這個他媽的時鐘嘛。讓我想到迪士尼樂園啊，我曾經去過一次而我能記得的就只有那條主街還有我心想「人生就該像是這樣子的嘛」，他們敢笑我的時鐘怎麼不去死一死好了幹，這鬼東西能用啊，時間就這樣一直前進，指針一直晃來晃去這讓我想到該去工作了。我在那工作個兩周錢就夠可以買槍了，然後呢，就給林北小心點啦，梵．谷來無影去無蹤。

我出去到餐桌邊老妹已經坐在那努力吃著一碗 Life 牌麥片了，「妳他媽超愛吃這垃圾的欸，對吧，老妹。」我說。

老媽聽到在爐子邊轉過來並說，「別在她面前這樣子罵髒話，孩子。」

我屌都不屌她，只是坐下來吃她推到我面前的蛋，「妳沒有肉哦？」我問。

「沒有，就只有這樣。」她回答。

我在想要不要站起來閃人，沒有肉欸？他媽吃這三小垃圾啊？可是我很餓，所以我還是吃了。

「你的工作還喜歡嗎？」老媽問。

「就是工作嘛。」

「路薏絲說他們的房子就像是間豪宅。」老媽表示。

「那就是間豪宅啊，老媽，」我說，「那黑鬼有錢得要死。」

「不准這樣子叫道頓先生。」她說。

「妳就這樣叫我啊，」我說，「因為他有錢所以就不是黑鬼了哦？啊因為我一毛都沒，所以我就是囉？」

「閉嘴，黑鬼。」她說。

她盯著我我也盯著她然後我們都爆笑起來，能再度和老媽一起爆笑感覺真好，我們笑了好幾分鐘接著我告訴她我得去工作了。

「去吧，黑鬼。」她說。

我們再度爆笑。

XXX

我搭上公車開始我上山的旅程，我在腦袋裡還在笑老媽剛剛說的，我出門前她給了我三塊錢。所以，我現在人坐在公車上然後有個白女孩上車並坐在我對面，她看起來也像是要去上班。

「去上班啊？」我問。

她點點頭並撇過頭。

「妳在哪上班啊？」我又問。

「我在某間店裡上班。」她回答，還是沒看我。

「啥店啊？」

她啥也沒說。

「啥店啊？」

死不回答欸。

我往前傾並把手肘撐在膝蓋上，「妳是怕我會走進妳工作的地方說哈囉啊？」

她搖搖頭。

「我走進去打招呼然後妳的老闆會把妳拉到一邊並問說『這黑鬼是誰啊？』妳是怕會這樣子嗎？」

她站起來走到公車後頭去，有個全程都在聽的黑人老婦人瞪著我。

「妳是在看三小？」我問。

她撇過頭。

X X X

下公車後我又走了六個街區，我猜好野人不喜歡公車離他們家太近吧，搞不好他們是不喜歡廢氣，也可能是不喜歡像我這種人，幹，我哪知啊。我就這麼走上山丘經過一條條超大的車道然後我發現那些園丁都在瞪著我看，他們大部分都是東方人一臉惡狠狠看著我我於是想起我之後要買的槍還有我要怎麼搶爆那個韓國混帳。

我走上車道道頓開車出門時對我按了按喇叭，我揮揮手卻覺得自己這麼做有夠蠢，於是把手放進口袋。等到我走到門口，路薏絲已經站在那一邊看著她的錶。

「嗯，你還不算遲到太久嘛。」她說。

「我又沒錶。」我回。

「那可不是我的問題，」她表示，「你幫自己賺點錢，搞不好就能去買錶了。」

「我才不需要錶勒，」我說，「時間是白人的，又不是我的。」

「黑鬼，你瘋啦。」她說。

我笑了，因為想起老媽早上在家裡時也叫我黑鬼。我笑了路薏絲也笑了，但她不知道我幹嘛笑。

「快進來開始工作吧，」她說，「你要做的第一件事就是洗車。」她帶我走到廚房邊的那個房間，「所有鑰匙都在這邊這個櫥櫃裡，大車庫裡有四台車子，你一次弄一台出來洗。」

「我是要怎麼把車弄出來？」我問。
「我剛不是講過了，很簡單啊，鑰匙就在這邊這個櫥櫃裡。」她回答。
「妳的意思是說，要我把車子開出來啊？」我問。
「我發誓，你就跟你看起來一樣蠢。」她回。
我想了一下要不要發火因為她說我蠢，但是可以開車我實在是太興奮了，就算只是開出車庫而已。我拿走所有鑰匙來到外頭，車庫門是開的車子就在那裡，我心想這為啥有需要洗，車子已經閃亮亮到不行我都快被閃瞎了勒，其中有台小紅車，很低離地面非常近，是台法拉利。我坐進去到方向盤後頭感覺就像手套一樣我真希望提托和阿黃他媽現在可以看到我，坐在裡頭的皮椅上看起來帥到掉渣，我轉動他媽的鑰匙結果那聲音靠北差點讓我拉在褲子上，轟隆隆隆！這引擎聲就像軍隊經過，但又幹他媽滑順到爆，我心想有天我一定也要自己買一台只不過我想要黑色的，黑上加黑這台屌車中間還要直直畫一大條紅色條紋。我發動車子並開到庭院裡我的心臟怦怦狂跳跳得跟三小一樣，喀怦怦喀怦怦喀怦怦，我心臟猛跳。我熄掉引擎下車，關上車門站到一旁盯著看，試圖想像我坐在那方向盤後頭時是什麼樣子。
「黑鬼，你最好趕快開始洗車別再做白日夢了。」路薏絲從玻璃門那邊對我喊。
我從棚屋拿來水管和水桶並開始沖車子這時有個辣到爆的婊子從屋子裡走出來只穿著件比基尼我心想我他媽完蛋了我。那婊子把她的毛巾放在其中一張躺椅上接著就跳進水裡，看起來甚至連一滴水花都沒噴起來勒，我觀察著她，但我站在車子旁的位置根本啥屁都看不到，我於是走到籬笆邊這樣才能看她。她發現我在看她我只好趕緊撇過頭，我離車子超遠的我覺得自己好蠢，我心想幹我最好趕快回去那邊洗他媽的車，於是走回去並開始在這鬼東西上潑肥皂水這時卻聽見有人在叫我。我轉過頭結果是那個穿比基尼的婊子，她站在圍籬邊。

「嘿，你，」她說，「過來這邊一下。」

我走向她心裡有點害怕接著又覺得有點火大因為我很討厭自己害怕。

「你叫什麼名字？」她問，她的眼睛亮晶晶的。

「我叫梵．谷，」我回答，「梵．谷．詹金斯。但我的朋友們，他們都叫我谷。」

「谷，」她說，「我喜歡。」

「我叫潘妮洛普，」她自我介紹，「潘妮洛普．道頓。老爸是啥時請你的啊？」

「前幾天。」我回答，然後我發現我沒辦法直視她。

「好喔，我希望他有付你不錯的薪水，」她說，「老爸是可以很小氣的。」

「他給的還不錯啦。」我說。

「那你幾歲啊？」她問。

「妳想知道這個幹嘛？」我反問。

「就問一下而已嘛。」她說。

「二十。」我告訴她。

「我二十二，」她說，「我剛畢業，史丹佛。你呢，你有去上學嗎？」

「沒。」

「你高中有念完嗎？」她問。

「聽著，我得回去洗車了。」我說，我覺得好想吐。

「我不是故意要讓你不開心的，」她說，「也許我們很快就可以再聊聊。」

「好喔。」我說。

「嘿，那你會開車嗎？」她又問。

「當然啊，我當然會開。」我回答。

「很好，」她說，「我馬上回來。」

所以，我邊把車洗完邊想著這婊子到底要我幹嘛。我整個人緊張到不行，邊等邊困惑，我將車子沖乾淨並坐在保險桿上。

路薏絲從屋子那邊對外頭的我大喊，「你在幹嘛？沒人付錢要你坐在那休息的好嗎。」

「道頓先生的女兒叫我在這裡等。」我回。

路薏絲走出屋子，「她幹嘛這樣跟你講？」

「我哪知。」

「小子，你現在起最好小心點。」她說。

「妳在說啥啊，老太太，」我對她說，「我又沒在學妳。」

「你最好是找個榜樣學。」她回。

潘妮洛普．道頓這時走出屋子回到外頭，她穿著件超緊超短的洋裝看起來就像只穿著內衣褲一樣。

「妳是以為妳要上哪去啊？」路薏絲吼她。

潘妮洛普一笑置之酷炸了，「我要讓這位年輕的先生，」她停下來盯著我看，「你說你叫什麼名字？」

「梵．谷。」

「沒錯，」她接口，「我要讓這邊這位梵載我下山去買點東西。」

「主啊，發發慈悲吧。」路薏絲表示。

「我很確定祂會的。」潘妮洛普回答。

路薏絲惡狠狠瞪著我並說，「你現在真的得小心點才行。」

而我心想，幹，我又不是誰家的狗，於是也惡狠狠瞪回去然後上車。潘妮洛普嚇了我一跳竟然和我一起坐進前座，媽的要是我現在沒有滿身大汗就好了。

「開車吧。」她說。

「坐穩囉。」我說。

「坐穩囉，」她回，「我們走吧，梵。」

從來沒人叫我梵，大家永遠都叫我谷，但我屁也沒吭半句，我還滿喜歡她叫我梵聽起來的感覺，「妳想要我載妳去哪？」

「載我去 Rose's，」她回答，「那是在聖塔莫尼卡，反正開車就對了，我會告訴你哪邊要轉彎還有要走哪。」她最後那部分說得特別慢而這搞得我很緊張，心想她到底是什麼意思啊，因為我知道她肯定意有所指。

✗ ✗ ✗

我們來到這間時髦到爆的餐廳裡頭簡直人山人海，戴著太陽眼鏡的金髮婊子還有襯衫敞開露出腹肌的白人老兄，但潘妮洛普不想進去，她只是想要接一個在外頭等的娘娘腔黑鬼而已。她下車抱了抱那傢伙接著他們坐進後座。

「好了，梵，我們走吧。」她說。

「去哪？」我問。

「就去你住的社區吧。」她回。

我就只是在後照鏡裡看著她，接著盯著那個穿著絲質襯衫太陽眼鏡還掛在他脖子上的老兄。

「我們想看看你住的地方。」她說。

「對啊，兄弟。」那傢伙說。

「梵，這是羅傑。羅傑，這是梵，他幫我爸工作。」

「酷哦，兄弟。」羅傑表示，「帶我們去你住的社區然後我們可以打個球搞不好再搞些大麻來和吃點雞肉什麼的。」他們爆笑。

「我們走吧，梵。」潘妮洛普說。

「我不知道耶，這畢竟是妳爸的車。」我回。

「這是我的車，梵。」她說，「現在，快上路吧。」潘妮洛普靠回座位並從後照鏡裡盯著我的眼睛，「你喜歡我爸嗎？」

「我想是吧，」我回答，「他請了我。」

「那你也知道他在你的社區投注了很多錢。」她說。

「我不懂。」我說。

「他放款還有提供一些便宜的法律幫助啦。」她說。

羅傑聽了大笑出聲，然後說，「妳意思是他是個吸血鬼兼訟棍吧。」

他們一起傻笑起來之後潘妮洛普說，「你現在最好管好你的嘴巴，梵可能會跑回家告訴老爸哦。」

我現在整個人火大起來，他們竟然敢笑我？媽的王八敢笑我勒？幹，我超想停車然後踹爆他們屁股的，那個羅傑死廢物，以為他多酷還三小的長得多帥哦，他啥屁也不是好嗎，他誰也不是只是個可悲的臭魯蛇看我怎麼割破他該死的爛喉嚨。

「你住這附近啊，梵？」羅傑問，「這裡是哪啊？康普頓嗎？」

我什麼也沒回，就只是在後照鏡裡瞪著他們，他們望出窗外好像我們在叢林裡還三小的，好像我們在迪士尼樂園裡搭著那台他媽的潛水艇一樣。街上的黑鬼都在看著我開著這台好車我覺得自己很酷直到我想起我自己一個人坐在前座而他們兩個臭婊子坐在後座害我看起來就像是什麼臭司機傭人勒。

潘妮洛普往前傾並把她的手放在我肩膀上，「帶我們去什麼好玩的地方吃飯吧。」她說。

她手放在我肩膀上的感覺讓我沒那麼火大了，「妳想吃啥？」我問。

「什麼炫炮的東西吧？」她回答，「肋排，類似這種的吧。」

「嘿，梵，」羅傑叫我，「你高中有念完嗎？」

我啥也沒回。

「你沒念完也沒差啦，反正外面也找不到半個工作。」羅傑又回頭望出窗外，「我本來以為這裡的房子都沒庭院耶。」

「不然你以為是怎樣？」我問。

「你知道的，就是貧民窟啊之類的。」

「他們就和你我一樣好嗎。」潘妮洛普說。

「你應該考慮回去繼續上學，」潘妮洛普表示，邊從後照鏡直視我的雙眼，「我敢打賭老爸可以幫你搞到上大學的獎學金。」

「我是能拿到哪款獎學金啦？」我問。

「我也不知道，你是低收入戶啊，至少還有這項優勢吧。」

羅傑笑了，「你跑很快嗎？」他問，「假如你跑得很快那你就可以去跑田徑，還是你會不會打籃球啊？」

「會，我很會打球。」我回答。

「那就對啦，籃球獎學金嘛。」羅傑臉上出現一種自以為是的表情，我在後照鏡裡瞪著他，但他沒有看我。

我開始擔心並希望阿黃和提托不會看見我，我決定帶他們到幾個街區外的一間肋排小餐館，我知道提托和阿黃不可能在那，因為提托上次偷摸女服務生被趕了出去。不過我們一停在前頭之後，我卻不想進去，我不想要半個我認識的人看見我和這兩個混蛋在一起。

潘妮洛普和羅傑下車，但我留在駕駛座不動。

「你不餓嗎？」潘妮洛普問。

「不，我不餓。」我說。

「我們請客吶。」那個羅傑王八說。

「最好還是有人顧著車子。」我說。

「走嘛，」潘妮洛普表示，「不用擔心車子啦，我有保險，就只是台車而已，來嘛。」

我掉進陷阱了，我感覺就像是什麼他們在某條該死的路邊發現的小動物，我現在真他媽火大到不行，可是他們有錢而我知道這有多重要。道頓先生有全世界的錢，我他媽連半毛都沒，所以我雖然不想進去，卻得進去，我在想他們幹嘛對我這麼有興趣還像這樣子對我這麼好。太陽很大我覺得自己像被一張光之網困住，我跟著他們走進這個叫作厄尼廚房的地方。

有個我認識的老兄從餐廳另一頭對我揮手，但他卻是瞪著潘妮洛普和羅傑看，接著我看見克麗歐娜在遠處的牆邊盯著我看。她還在生氣但她也很有興趣，她揮揮手。

「你認識她？」潘妮洛普在我們入座時問。

「他當然認識她啦，」羅傑回答，「他八成認識這裡頭每個人吧，對吧，梵？」

我啥也沒說。

「她離那麼遠耶。」我說。

「那邀她過來啊。」潘妮洛普表示。

女服務生幫我們上了些雞肉和啤酒我們於是開始吃。

「這東西超爆讚啦，」羅傑說，他看著我，「我這樣說對吧？」他問。

「對，大家就是這麼說的。」我回。

他們繼續吃，但我吃不了。

「吃啊。」潘妮洛普說。

「我不餓。」我告訴她。

「想再來點啤酒嗎？」羅傑問。

「好喔。」我邊說邊看著他幫我倒酒。

「你爸是在做什麼的啊？」潘妮洛普問我。

「我沒有老爸。」我回答。

「他過世了嗎？」她問。

「他跟死了沒兩樣。」我說。

「那你媽呢？」羅傑問，「她還活著嗎？」

「對，她還活著。」我告訴他們，「她是個奴隸。」

潘妮洛普和羅傑互看然後大爆笑。

餐廳裡的所有人都看著我們，「你真的很屌欸，」潘妮洛普對我說，「奴隸啊，」她重複，「那還真有趣。」

「告訴我，梵，」羅傑問，「你有女朋友嗎？」

我看著他然後換我爆笑，「幹，老兄，我有四個小孩欸。」

潘妮洛普盯著羅傑他也盯著她然後他們大爆笑起來。

「你在跟我開玩笑吧，」潘妮洛普說，「四個小孩？你結婚了嗎？」

「他媽的當然沒啊。」我回答。

「你沒結婚然後你讓某個女人幫你生了四個小孩？」羅傑問。

「不是，」我說，「是四個不同的女人。」

他們看著彼此然後羅傑像是在吹口哨一樣卻沒有發出半點聲音，接著他們兩個都瞪著我看。

「你們到底是在看三小啦？」我說。

「噢，沒什麼啦，」潘妮洛普表示，「四個小孩耶。你會去看他們嗎？」

「我當然會去看我的小孩啊。」我邊說邊開始吃點雞肉，我扯開一根大雞腿好像這是地球上最後的食物一樣，我的嘴巴整個油得要死三小的，我喝了點啤酒然後發現他們準備好要走了。我於是用袖子擦擦嘴。

「這超讚的耶，梵，」潘妮洛普說，「謝謝你帶我們來這。」

✗ ✗ ✗

他們坐在後座我則開車載著他們到處轉就像什麼天生的智障一樣。反正我帶他們離開我住的社區而他們甚至都沒注意到勒因為他們在後座從一個扁酒瓶裡喝烈酒。羅傑問我要不要喝但我說不要然後他喝了一大口並嘲笑起我。

我超想停下車然後把他瘦巴巴的屁股拖下去踹得他屁滾尿流的幹，但我沒有這麼做我發現他們的錢嚇到我了接著我覺得好想吐。

他們要我載他們去市區羅傑說他知道有個街角他可以搞點大麻來之後潘妮洛普說，「噢太讚啦。」而我就只是開車。我們到了聯合大道我靠在車子上看著小富豪瑞奇和維若妮卡在買他們的小袋子這時我看到有台吉普車開過來。靠，這不是吉普哥嗎而且他還帶著他的其中一個跟班，他停在我後頭他們跳下車我心想噢幹然後他們就來了。

「瞧瞧這是誰啊。」吉普哥說。

「幹你娘勒。」我回答而因為我知道他幹嘛要停下來，我於是直接用我的拳頭往他臉上貓，碰！他的眼睛飛出血來跟蟲子一樣這拳實在是打得我有夠爽，真他媽超爽，爽到當吉普哥的跟班揍我胸口時我幾乎都沒感覺到勒。我抬起膝蓋踹他該死的蛋蛋他於是痛到歪腰，但我不想要他，我想要的是吉普哥所以我再次往他臉上貓我感覺到他的臉在我的指關節下方軟掉，就像麵包還什麼的，碰！我的拳頭上有血然後他就昏倒了，他有好一陣子都不會造成半個人的麻煩啦，這時我聽見一聲尖叫轉頭看見潘妮洛普站在那，她轉過身羅傑將她一把抱進懷裡。

「他們想要扁我。」我說。

「快走吧。」羅傑說。

我們上車我腳底抹油趕緊落跑，我的拳頭上都是血心跳也跳得非常快可是我覺得很爽，我覺得真他媽超爽的，「所以，你弄到菸了嗎？」我問。

「有。」羅傑說。

「嗯，那就快點起來啊，黑鬼。」我說，我從後照鏡裡盯著羅傑然後我從他臉上看出來以前從來沒有人叫他黑鬼過，「我沒什麼別的意思啦，畢竟我也是個黑鬼嘛。」

他捲了根菸潘妮洛普則灌完扁酒瓶，她醉得跟三小一樣。我們呼麻然後我繼續一邊開著車。

「你有幹過架嗎？」我問羅傑。

「沒真的幹過。」他回答。

「你這啥意思，什麼叫沒真的幹過？」我又問。

「我有功夫黑帶，但我從來沒有真的幹架過。」

我舉起拳頭給他看我指關節上乾掉的血，「這就是我的黑帶啦。」

潘妮洛普發出又嗨又醉的傻笑聲。

「你們每天都亂搞成這樣啊？」我問。
但他們並沒有回答我。潘妮洛普差不多快暈過去了而羅傑竟然在偷摸她的奶子。
「嘿，羅傑。」我說。
「幹嘛？」
「我得回去才行，我就讓你在這下車。」我說，然後停在路邊並回頭直視他的雙眼，他茫到沒辦法爭，直盯著潘妮洛普看，「我會送她回家的啦。」我說。
「好吧。」羅傑說，他下車並讓潘妮洛普倒在椅子上，他看著我開走。

✗ ✗ ✗

等到我送潘妮洛普回家時已經差不多要天黑了。有幾盞燈亮著不過除此之外都很安靜，潘妮洛普一下茫一下清醒，說著有的沒的狗屁倒灶亂七八糟的話我根本就聽不懂她在說三小。我把她弄下車，但她自己連站都站不好，我於是開始扛著她走向前門我的心跳簡直飛快，怦怦怦怦怦，就像這樣在我胸口裡跳，好像要從我體內炸出來了一樣，怦怦怦怦怦。接著這婊子竟然開始唱起歌我叫她給我他媽的閉嘴啦，她於是盯著我看像在說我他媽是哪位憑什麼叫她閉嘴一樣。
「慶祝啦，慶祝，跟著音樂跳。」她唱得更大聲了。
我求她，「拜託，潘妮洛普，拜託不要再鬧了啦。妳也不想惹上麻煩的吧，對吧？」
她望著我接著把她的手指放到嘴唇上然後說，「噓……」她又看著屋子，「別帶我進去那裡面，」她說，「帶我到後頭的池邊小屋去。」

「好喔。」我回答，我確實很喜歡她這麼說，我他媽差點都得扛著她繞過屋子側邊再經過泳池了勒，屋內的燈光照耀著泳池裡的水，某個地方的幫浦還什麼鬼的正發出一種嗡嗚聲。我打開池邊小屋的門並將潘妮洛普放在其中一張躺椅上，我看著她的身體往下沉進坐墊裡，我望著她心裡的感受全都糾成一大團，我想要變得像她一樣，我恨她，我恨她的錢，我恨她老爸，我恨她看著我的方式好像我對這個世界啥屁都不懂。不過，幹他媽的她還真是有夠正的，可是她身上又有什麼東西搞得她幾乎就像白人而我因此恨她，幹，但她真的是正到爆欸，她的衣服開了一點點我差點都能看到她的奶子了。她看起來很正，真的正，我於是把手往下伸並摸著那對奶子，他媽的就跟絲綢一樣，我捏著她小巧的奶頭她呻吟起來我不覺得她知道是我。接著我聽見輕輕的腳步聲，我抬頭卻沒看見半個人走來。

「潘妮洛普？」一個女人的聲音喊著，「潘妮洛普，是妳嗎？」

有個女人站在泳池邊，幹，我心想，我和這個醉倒的婊子在這裡面欸，他們他媽肯定會把我一屁股扔進大牢的。潘妮洛普發出聲音，那女人聽見她並走到池邊小屋的門邊。

「潘妮洛普？」她喊。

但我把我的嘴壓在潘妮洛普的嘴上這樣她就半點聲音都發不出來了，我和潘妮洛普人在陰影裡接著我看見那女人手上有根白色拐杖，幹，這婊子是瞎子啊，我差點忍不住大笑出來，但我的嘴還在潘妮洛普的嘴上而她現在開始親我，她不知道我他媽是誰。那個瞎婊子離開走回屋子裡，而我現在開始享受起來了，潘妮洛普叫我羅傑但我覺得我不在乎她幹他媽的到底以為我是誰，我一定要幹爆她，他媽就這樣直接上她，而我就是這麼做的。她的瘦屁股超難幹，但我反正還是好好幹了她一頓，我把她的腿打開然後插她，我又插了她一下，我想插醒她然後說妳的鮑還真爛，可是她睡著了，就跟那個童話故事裡一樣睡得很沉，只不過我的吻是不會讓這婊子醒來的。

七／電視

隔天早上，老妹衝進我房間，她大喊著要我起來去接電話，我跟她說我試著想睡個覺，但她還是一直拉我。

「他媽的到底是要銃三小？」我問。

「他們打電話來。」她回。

「誰打電話來？」我醒了腦子亂成一團跟瘋了一樣，警察？道頓先生？到底是誰會打來啦，我現在整個人清醒到不行。

「電視上的人。」老妹說。

「三小？」我又問。

「史努姬．凱恩，」她說，「《史努姬．凱恩秀》的那個啊。」

「幹他媽少來煩我齁，」我說，「妳一點也不好笑。」

「我沒騙你啦。」她說。

我於是起床穿著內褲走出去接電話，電話另一頭是某個婊子她想知道我是不是我本人，我告訴她，「幹他媽啊不然勒，我就是我本人啊，妳想怎樣啦？」

我聽到她離開話筒笑起來，接著她說，「我們希望你來上《史努姬‧凱恩秀》當我們的來賓。」

我覺得這一定是個玩笑，「喔，是喔，」我說，「啊你們是又幹嘛想要我上節目？」

「嗯事實上我們有名來賓想要給你個驚喜，是某個煞到你的人。」她喘口氣，然後說，「我們今天一點要錄節目，我們在柏本克的光白攝影棚，F棚。」

「妳是在說認真的哦？」我問。

「對，我是。」她說，「你能到嗎？」

「有人煞到我哦？」我又問。

「沒錯，確實。」

「上《史努姬‧凱恩秀》？」

「對。」她說。

「史努姬‧凱恩也會去嗎？」我問。

「會。」

「我會上電視？」我繼續問。

「會。」

「好，那我會到。」我說。

「十二點半以前到。」她說。

「好喔。」我說。

她掛斷，我也掛斷，我往下看並看見老妹抬頭望著我，我說，「我要上《史努姬．凱恩秀》了。」

老妹開始尖叫，「老媽！老媽！谷要上《史努姬．凱恩秀》了！」她跑進廚房，我跟上去，她又告訴了老媽一次。

老媽盯著我看，「你做了什麼啊，小子？」

「我啥也沒做，有人煞到我。」我說。

老媽就只是瞪著我。

「她在電話上是這樣講的啊，還說他們今天就要錄節目。」

老妹看起來就像她整個人要炸開了一樣，「老媽，我們會在電視上看到谷嗎？」

老媽看起來很擔心，她對老妹微笑然後回答，「我猜是吧。」

✗ ✗ ✗

「小鬼，你就要穿這樣上全國電視節目啊？」老媽問。

「對啊妳他媽別管我啦。」我說。

「不准這樣跟我講話，」她說，「而且你在電視上也不准這樣講話。」

「他們可不能告訴我該怎麼講話，」我說，「好了，走吧。」

我們的鄰居女士，匡妮塔—麥克開她的車載我們去，我和老妹坐在後座他們大人們則全都坐在前座，他們在說話搞不好甚至還講到我或是在對我說話，但我聽不見他們的話因為我在想著昨晚還有我對潘妮洛普幹的好事。

我覺得自己超屌，接著我在想是誰煞到我了，我覺得自己真的超屌。

✗ ✗ ✗

我們來到攝影棚時有個穿制服的黑鬼告訴我們得把車一路停到他媽的對街去，我於是往前傾探出匡妮塔—麥克的車窗然後對那個王八大吼，「林北趕著要去上電視啦，黑鬼。」我說。

「聽著，你就算趕著要上月球我也不在乎，」他回，「你就是得停在那邊的C區停車場才行。」

「你以為因為你穿著那套制服你就很大尾啊？」我說。

他就只是盯著我看。

「現在給我坐好。」老媽對我說。

匡妮塔—麥克停好車我們過街進入攝影棚並在F棚前頭發現一排隊伍，我走到最前頭告訴門邊那個傢伙說我是來上節目的。

「你叫什麼名字？」他問。

「梵．谷．詹金斯。」我說。

「好喔，」他說，「往前走到三號門，他們會在那邊幫你處理。」

「那我老媽跟我妹呢？」我問。
「還有匡妮塔—麥克。」老媽補充。
「對啊，」我說，「他們也得進去才行。」
「好喔，好喔，」他說，「我會確保他們也進去的。」
我於是往前走並看見排隊的那些人看著我的樣子，他們現在已經知道我會上電視了。我找到三號門，敲門門就開了，有個很正的白女站在那，但她看著我的表情冷酷又惡劣。
「我叫梵・谷・詹金斯。」我說。
「很好，進來這裡。」她邊說邊抓著我的手臂把我拉進去，「葛洛莉亞！」
一個瘦巴巴的金髮女孩跑過來，「怎麼了，潘？」
「帶這位先生過去化妝並讓他變得再更閃亮一點，」潘回答，邊看著她的寫字板，「然後帶他到一號小房間幫他戴上耳機。」
「懂了。」葛洛莉亞說，然後她盯著我看，「走吧。」
「所以，今天的節目主題是啥啊？」我問。
「沒辦法說。」葛洛莉亞回答。
我跟著她走下一條長長的走道，「有人煞到我欸。」我說。
「感覺怎麼樣。」她說。
我們走進一間房間裡頭有個死玻璃黑鬼站在那他穿著紫色長褲和粉色襯衫衣服在

肚臍上頭打了個結然後他說，「來吧，寶貝，這邊坐。奎尼會好好對待你的。」

「幹他媽不可能，」我邊說邊轉向葛洛莉亞，「這個眼是絕對不能碰我屁股的。」

奎尼表示，「我才不想碰你屁股勒，還不想。」

葛洛莉亞把她的手放在我手臂上，「你想上電視，對嗎？」

「對。」我說。

「你想讓外頭的所有人看見你站在舞台上，對吧？」她邊說邊拉直我襯衫的正面。

「對。」我說。

「那就讓奎尼把你變得稍微再更閃亮一點吧，」她說，「我保證不會痛的。」

「現在，快來吧，孩子，坐這張椅子。」那死玻璃對我說，「你怕我啊？」

「才沒有，我不怕你我誰也不怕。」我說。

「那就坐下。」他說。

我坐下結果那黑鬼竟然開始在我臉上抹凡士林。

「這鬼東西是要做三小？」我問。

「這會讓你跟個電視上的稱頭黑鬼一樣閃亮亮的。」他說，接著他大笑出聲超大聲我都能看見他嘴巴後頭了，他竟然有金牙欸，他冷靜下來，「所以，有人煞到你啊，是嗎，寶貝？」

「我是這麼聽說的啦。」我說。

「我看得出來為什麼，」他說，「你覺得你知道是誰嗎？」他問。

「我不知道會是誰，」我回答，「很多人都有可能。」

「噢噢哇，」他尖叫，「我愛這回答，很有信心啊，有沒有可能是個男的呢？」

「最好不要是，」我說，「我可不想在全國電視節目上踹爆人家屁股。」

「好啦，好啦，」他說，「都弄好了。」

「這樣就好了？」我問。

「這樣就好了。」他回，接著他大喊，「葛洛莉亞！葛洛莉亞！」

葛洛莉亞走進來並看著我，「全身都閃閃發亮啊。」她表示。

「妳現在可以帶走這位怕他被肛小先生啦。」奎尼說。

「別逼我踹爆你屁股。」我說。

「我保證，我保證，」他邊笑邊說，「你絕對吃不消的。」

「走吧。」葛洛莉亞邊說邊把我推出房間回到走廊上，「就快要開錄了，我得帶你進去小房間並幫你戴上耳機，你喜歡聽哪種音樂啊？」

「我喜歡饒舌。」我回答。

「我有一大堆饒舌歌，」她說，「現在你就只要站在這邊然後戴上這副耳機就好，你有看見那台攝影機嗎？」

「有。」

「嗯，那顆紅燈亮起時，你就上電視啦。」她說。

「還真是沒在開玩笑。」我說。

「沒在開玩笑啊，但你先別說半句話。」她說，「等下我會關掉音樂然後叫你走出去，你就跟著地上的紅線走上台就好，這樣懂了嗎？」

我點點頭。

「那就沒問題啦，」她說，「我等下就會叫你。」

「好。」

她離開不久後耳機裡便開始傳出某種爛到爆的假掰饒舌垃圾，就像她說的，大約十分鐘後那台攝影機最上頭的燈也亮了起來，我對著鏡頭微笑一邊有點算是跟著音樂舞動。這情況又發生了好幾次，接著，就像她說的，音樂中斷葛洛莉亞告訴我可以走出去到舞台上了。

我整個人秋到爆酷到爆沿著紅線走，繞過轉角，穿過門口然後走下階梯來到舞台上而他們就在那裡。我的四個孩子坐在他們四個媽的大腿上，阿斯匹琳坐在夏琳達的大腿上、泰勒諾拉坐在芮妮莎的大腿上、德克絲崔娜坐在羅貝塔琳娜的大腿上、雷克索坐在克麗歐娜的大腿上。空椅子是在克麗歐娜旁邊而那個水腦大啟智在我坐下時還一直抓著我的襯衫，觀眾在噓我我抬頭多少可以看得見他們醜到爆的噁爛嘴臉，可是光線照著我的眼睛我於是給了他們中指，他媽的敢噓我啊？媽的幹，我踹爆他們所有人屁股。

史努姬．凱恩，就是那個肥婊子，她站在觀眾中間並表示，「真是群難搞的觀眾對吧，歡迎來上節目，梵．谷，請大家好好看看他臉上的表情，」她繼續說，「我們告訴梵·谷他來這裡是要見某個煞到他的人的。你驚不驚訝啊，梵·谷?」

我望著攝影機，「對啊，我很驚訝。」我說。

「今天的單元名稱叫作，『你給了我孩子，現在錢在哪?』，」她說，「所以，錢在哪，梵·谷?這四位女士說你從來都沒有給過她們半毛錢養小孩。」

「我有照顧我的孩子們。」我說。

「呃，這和我們剛剛聽到的說法可不一樣啊。」她說。

「我哪知道你們剛剛聽了啥，反正我有照顧我的孩子們就對了。」

「你他媽死騙子，」芮妮莎大喊，「你他媽半毛錢都沒給過我好嗎，你這隻臭狗。」

觀眾爆笑。

「給我坐下閉嘴啦幹。」我說。

「你在電視上不可以用這樣的方式說話，」史努姬·凱恩表示，「而且我也還真不敢相信你在你的孩子面前竟然會這樣子說話。」

「可是那個臭妓女在說謊啊。」我說。

「你說誰是妓女?」芮妮莎問。

「就是妳啦，臭婊子。」

觀眾全部一起發出巨大的噓聲，史努姬·凱恩於是從觀眾席往下走得離舞台更近，

「嘴巴放乾淨一點，梵·谷。」

「他什麼屁也不是啦。」克麗歐娜說。

我狠狠瞪了她一眼因為她就坐在我旁邊。

「你有給過克麗歐娜半點錢嗎，梵・谷？」史努姬・凱恩問我。

「三小啦？」

觀眾爆笑。

「有還沒有，你有給過克麗歐娜半點錢養雷克索嗎？」她又問。

「妳知道的，我又沒工作。」我說。

「可是你現在有工作啊，對吧？」史努姬・凱恩說。

「是沒錯，但我又還沒領到薪水。」我說。

「所以，等你領到薪水，你會給這邊每一位女士們錢嗎？」她問。

「幹，當然不會啊，」夏琳達回答，「他根本誰都不在乎只在乎他自己啦。」

「會，我會給她們點錢。」我說。

羅貝塔琳娜大爆笑，「等我他媽親眼看到我才會相信這鬼話。」

「請注意妳的用詞，羅貝塔琳娜。」史努姬・凱恩表示。

「抱歉。」羅貝塔琳娜說。

「真是驚喜啊，是吧。」史努姬・凱恩對我說，接著轉向攝影機，「我們廣告回來後會看看我們究竟能不能追根究柢並且也會聽聽看我們的觀眾有什麼話要說。」

攝影機上的燈熄滅史努姬・凱恩身邊圍滿人幫她的臉化妝，她連屌都沒在屌我，克麗歐娜這時瞪了我一眼。

「妳是哪邊有問題？」我問。

「閉嘴啦。」她回。

「妳他媽是在叫誰閉嘴？」我說。

有個頭上戴著某個東西的大隻王八背後拖著條電線朝我走來，「你嘴巴得給我放乾淨一點。」他說。

「你的大肥屁股才最好他媽離我遠一點勒。」我說。

「再罵一次幹你就甭錄了，」他說，邊用一根手指戳著我的胸口並惡狠狠瞪著我，「懂了嗎？」

「我知道了啦。」我回答。

芮妮莎正在看我並笑了出來，「再笑啊妳，臭婊子。」我說。

「啊不然你是要怎樣？」她說，「要是你敢來我家我就有大禮要送你，」她在說的是她那把九毫米，「有種就來啊。」

攝影機再度亮起。

「歡迎回來，」史努姬．凱恩說，「我們今天的單元叫作『你給了我孩子，現在錢在哪？』，在我們台上的是梵．谷．詹金斯，四寶爸而且還是四個不同女人生的哦。梵．谷，所以說你承認你對於照顧孩子沒有貢獻半毛錢囉？」

「我三小都沒承認。」我說。

「他什麼屁也不是啦。」克麗歐娜又說了一次。

「閉嘴啦，臭婊子。」我說。
觀眾發出噓聲。
史努姬・凱恩把麥克風嘟給一個頭上綁玉米辮的肥女人，「他的問題是他不自重，」那個肥女人說，「所以，他是又要怎樣尊重別人呢？」
「我明明就很自重。」我說。
「你可沒表現出來，小鬼。」肥女人說。
「妳是在叫誰小鬼啊？」我說，「肥屁股乖乖坐好啦。」
另一個又高又瘦的老兄站起來表示，「我覺得這邊這位詹金斯先生有自信心問題，大家知道的就是有關他的男子氣概。」
「你要是自己也表現出來一下那我就會表現我的給你看啦。」我說。
觀眾爆笑這感覺還滿不錯的。
「不管誰問什麼你都有答案，是吧？」史努姬・凱恩問。
「他媽的說得對，」我說，「要是有人想要答案，我這邊就有一個。」
史努姬・凱恩說，「我們聽夏琳達說你在床上好像不是這樣子的喔。」
觀眾爆笑。
「夏琳達在說謊，」我說，「夏琳達浪叫到不行欸。」
觀眾發出噓聲。
「我浪叫是因為怕笑出來好嗎。」夏琳達回答。

觀眾爆笑。

我覺得臉充血腳在抖嘴巴感覺像是有在動可是卻說不出半個字來。

「你被她說中啦，梵．谷。」史努姬．凱恩表示。

「妳才什麼屁都不是勒。」我說。

夏琳達靠回椅子上拗起手指然後說，「我知道的就只有我現在幫自己找到了個真男人啦而且我肯定是會為他大叫特叫的。」

觀眾說好。

「那我們就來見見這個男人吧，」史努姬．凱恩說，「想見見他嗎，觀眾們？」

史努姬．凱恩於是說，「上台來吧，瘋狗！」

觀眾聽到他的名字就笑了我也笑了然後有個發育不良的小黑鬼大搖大擺走上台，我忍不住笑爛，這傢伙就是瘋狗啊？我現在真的是受不了了欸。

「這就是真男人哦。」我對觀眾說。

瘋狗就只是盯著我看好像他不在乎我說什麼一樣，有那麼一秒我覺得自己好像有點蠢，不過我還是直勾勾瞪著他，我應該扁死他才對。

「瘋狗，」史努姬．凱恩說，「你對這一切有什麼了解呢？」

瘋狗像夏琳達那樣靠回椅子上然後回答，「我是不知道詳細啦，但我確定這個黑鬼三小屁都不是。」

觀眾尖叫起來。

「你也得嘴巴放乾淨一點才行，瘋狗。」史努姬．凱恩說。

「我很抱歉。」瘋狗回答。

「他媽說得真對啊，你真的很抱歉。」我說。

瘋狗爆笑，「聽著，小鬼，我每天都在照顧你的孩子好像她是我親生的一樣，啊你的錢跑哪去了勒？」

觀眾笑爛。

「跟你的人生一樣啦，」瘋狗說，「不知道在浪流連銃三小。」

我跳起來，但那個發育不良的王八蛋連動都沒動，就只是盯著我看好像我屁都不是，那個戴著耳機的大隻佬走上來把我壓回去椅子上。

「你他媽最好還是乖乖坐好。」瘋狗說，不知道在酷三小。

瘋狗接著對史努姬．凱恩和觀眾說，「我來告訴大家他的問題是啥吧，他想搞夏琳達，但他連傢伙都沒有。」

觀眾再次笑爛。

「阿斯匹琳是個甜美可愛的小女孩，」瘋狗表示，「我愛阿斯匹琳她就跟我親生的一樣。」

觀眾回應，「啊嗚嗚嗚嗚嗚。」

「這真的是太美妙了，瘋狗。」史努姬．凱恩說。

瘋狗對著夏琳達微笑並碰碰阿斯匹琳的臉。

我望著第一排看見老媽的臉她看起來像是快哭了，我恨老媽，我愛老媽，我恨老媽，我愛老媽。

史努姬・凱恩把麥克風嘟給某個白人老兄他手插腰說，「我覺得台上那個渣男必須遠離那些女孩子們才行。」

「閉嘴啦，臭玻璃。」我說。

「有種來肛我啊，」那個臭玻璃說，「但你八成也沒東西可以用來肛我吧。」

觀眾爆笑。

臭玻璃繼續說，「那名穿紅上衣的女生。」

「她是克麗歐娜。」史努姬・凱恩表示。

「克麗歐娜，」臭玻璃說，「克麗歐娜，妳得拋下他然後找個新男人才行。」

「你是又懂三小男人了啦？」我邊說邊試圖想笑。

「親愛的，我最懂男人了。」他回。

觀眾爆笑。

「靠。」我小聲說，然後望回老媽她現在絕對是在哭了。

史努姬・凱恩看到我老媽在哭便走向她，並把麥克風嘟到她面前，「請問您是哪位，女士？」她問。

「我是他媽媽。」老媽說。

「妳為什麼在哭呢詹金斯太太？」史努姬・凱恩問。

「我養大他不是要讓他變成這樣子的。」老媽回答。
「你害你媽媽哭了。」史努姬．凱恩說。
「她老是在哭好嗎，」我回，「這又不是什麼新鮮事。」
觀眾對我大吼起來。
史努姬．凱恩又把麥克風嘟給一個白人肥老兄，「他沒辦法尊重這裡這些女性是因為他甚至連自己的媽媽都不尊重。」
「說得好。」史努姬．凱恩表示。
「但是先等一下，」史努姬．凱恩對觀眾說，接著轉向我，「梵．谷．詹金斯，我們還有另一個驚喜要給你。」
「是喔，是三小驚喜？」
「你現在在哪工作？」史努姬．凱恩問。
「我剛離職還沒找工作啦。」我回。
「你不是在幫姓道頓的一家人工作嗎？」她又問。
我啥也沒說。
「你認識道頓一家嗎？」她繼續問。
「嗯，我認識他們。」我說。
「那潘妮洛普．道頓呢？」史努姬．凱恩問。
我看著舞台的門口然後又望向我身後，潘妮洛普來上這節目是要銃三小啦？「她人在這嗎？」我問。

「不，梵．谷，她人不在這，但這些先生們在。」史努姬．凱恩回答。

然後兩個警察就穿過門口來到我右邊。

「看樣子你昨晚似乎越線了，梵．谷，」史努姬．凱恩邊說邊走到我老媽身旁，「我真的很抱歉，詹金斯太太。」

那兩個條子正朝我走來。

史努姬．凱恩說，「看樣子我們的來賓昨晚似乎強暴了一名女子，至少指控是這麼說的。」

我跳離開椅子往另一個門口衝過去，那邊也有兩個條子，幹！我於是跑向舞台後方而我看見瘋狗的臉他還是冷靜得跟三小一樣，他甚至都沒站起來勒，他說，「反正他們又不是來抓我的。」

我跑過觀眾之間。那個死玻璃想擋我，但我直接從他身邊跑過去，還用我的膝蓋踹他他就倒下去了，大家都想抓住我我又被扔回前面，我在老媽身旁，老媽在哭，我在史努姬．凱恩身旁，她看起來不像真的。警察就要抓到我了，我於是雙膝跪地並開始爬過一雙雙腿，我絆倒人也把他們撞倒，我來到後門並扁了一名警衛。我拔腿狂奔，離開那棟建築物跑出攝影棚經過停車場跑下一道陡峭的河岸越過公路和幾條鐵軌，我的心臟怦怦怦狂跳、狂跳、狂跳著。

八／吃

所以說我從警察手下逃掉並在幾條巷子裡晃了好一陣子。我身上有幾塊錢是我老媽在去上電視之前給我的，但是我還不想花掉，可是我又餓得要死，我覺得回去我住的社區不是個好主意，不過我還是要回去，我熟那些街道和可以躲的地方。我來到小學在門邊的陰影中踢著土一邊看著籃球場，我聽見有腳步聲往我的方向來，但我已經沒地方可以跑了，所以只好繼續躲在黑暗中。

「出來吧，黑鬼，你在這嗎？」有個聲音喊，我認出那是芮妮莎。

「是妳嗎，芮妮莎？」我問。

「對，是我。」她回，「從陰影裡出來啦。」

「妳自己一個嗎？」我又問。

「對，」她說，「我本來還不覺得你逃得出那裡勒，那些警察還在攝影棚裡到處找。」

「要抓到我得要超過二十個警察才行，」我說，「妳是來找我的嗎？」

「對，」她說，「快出來啦。」

我跨出陰影走下台階站在她面前，「妳想怎樣？」我盯著街上和遠一點的街區，「妳有帶錢或食物嗎？」

「沒，黑鬼，但我帶了這個要給你的死屁股。」她邊說邊掏出那把九毫米手槍並指著我。

「幹，芮妮莎，」我說，「這鬼東西有裝子彈嗎？」

「幹他媽的當然有啊，你這個可悲的婊子養的，」她回答，「我他媽要幹掉你讓你永遠離開我寶寶的人生啦。」

「冷靜點，洋娃娃寶貝。」我說。

她大笑，「洋娃娃寶貝？」她邊說邊搖搖頭，「啊你他媽不就很有種。」

「妳在說什麼啦，寶貝？」我問，「妳知道妳現在是不想開槍打我的吧，對吧？」

「噢，我他媽就想開槍打你，這絕對是沒有半點疑問啦。」她回答，「我就想開槍打死你然後再讓別人來幫你收屍。」

「把槍給我，芮妮莎。」我邊說邊朝她往前一步。

「再多走一步那就會是你的最後一步了。」她說。

「妳到底想怎樣？」我問。

「我想開槍打死你啊，白癡嗎。」她回。

「妳想要錢是不是？」我又問。

「你也知道你又沒半毛錢。」她回。
「那誰啊？」我邊說邊看著街上，她轉過頭去看的時候，我就把手槍從她手上搶走，「哇嗚嗚嗚，我真高興我是個聰明的混帳啊。所以，妳剛說妳要開槍打我啊？」
「幹他媽的沒錯。」她回答，雖然我搶走了槍她還是很火大。
「妳很走運妳是我孩子的媽，」我說，「要是妳不是我就在妳兩眼之間送一顆慶記了。」我把手槍的槍管抵在她的額頭上。
「你才沒種勒。」她說。
我屌都不想屌她，把槍收回來並盯著看，「我一直都很想要也需要一把這樣的。」
「把我的槍還我啦。」她說。
「幹妳娘勒。」我說。
「啊你不就很屌，是多屌？」她說。
我在手中感覺到手槍的重量，「我現在很屌了，」我說，「我現在屌爆了。」
「我要去跟他們說你有槍。」她說。
「去說啊。」我回，我一直在看著槍，槍在我手裡看起來的樣子，邊感覺著槍的重量，「妳就盡量去說沒關係啊。」
「你之後要怎麼辦？」她問。
「甘妳屁事啊？」我回，「我從妳身上得到我想要的東西了妳最好他媽快給我滾。」

「我希望他們宰了你。」她說。

「對啊，」我回，「我也這麼希望。他們誰都會殺，所以，憑什麼不會殺我呢？」

X X X

我現在正往市中心走，以防萬一芮妮莎跑去找條子並跟他們說她在社區裡看到我，我感覺到我口袋裡的那把九毫米因此覺得心情滿輕鬆的，接著我在街上看見一台條子的巡邏車朝我開來，我於是趕緊躲進一間店裡，店裡充滿各種音響和電視我心想要是我真的能擁有其中一台這種音響那肯定會酷到掉渣。我想用我的槍幹一台來，可是音響很重條子又在外頭，我可不蠢，而在螢幕上，在下頭一整排的一個又一個螢幕上，都是我，是我在上《史努姬・凱恩秀》，我在大家面前，我在電視上，我看起來很帥接著警察衝上台，之後他們倒帶重新再播一次，一次又一次，在螢幕旁邊的螢幕旁邊的螢幕上。有個肥婊子站在某個大螢幕前面她盯著我看我趕緊撇過頭，我走回街上巡邏車剛剛在這，但我出去時條子不在那。我拐下這條和那條巷子，這條和那條街直到我又回到社區。

我坐在公園的某棵樹下對面是烈酒店並盯著我的手槍看，真是好黑又好閃亮，就像顆黑色的鑽石，就像還不是錢的錢。

我走出公園往街上走，我要去那個韓國王八的店，他欠我的，他欠我他有的一切因為叫我滾出他幹他媽的店接著還報警，就只因為我啥屁也沒買，韓國死混蛋，我就是知道他那台收銀機裡放滿錢。

我站在對街看著人們進進出出那間小雜貨店，最後裡頭終於沒半個人了只剩那個韓國人，我於是過街，又張望了街上最後一眼才走進去。

我走進去時那個韓國人認出我，我從他盯著我的方式分得出來，但他屁也沒吭，我看著架子上的洋芋片他則用非常慢的速度走到櫃檯附近，他用手梳著頭髮好像他很緊張一樣，還用那雙小不啦嘰的瞇瞇眼時不時瞪著我看。接著他就在櫃檯後頭了，面對著我而我看見他正伸手往下要拿什麼東西。

我掏出我的傢伙並指著他的黃色臉孔，「把你的雙手給我放在櫃檯上。」我說。

他於是把雙手平放在櫃檯上，他直視著我的雙眼，「你想怎樣？」他問，「拿走你想要的東西然後快滾。」

「把收銀機裡的錢給我，」我說，邊看著他照做，看起來差不多有一百塊左右，「很好，保險箱在哪？」

「沒有什麼保險箱。」他回答。

「幹你娘勒，老兄，」我說，「保險箱在哪啦。」我把槍湊得離他臉更近。

「保險箱在後頭，」他說，「別開槍。」

「給我慢慢從櫃檯裡出來。」我告訴他。

但他沒有慢慢出來，他往下躲到櫃檯後頭還試著抄出一把散彈槍，我於是射了他，手槍在我手中彈跳害我差點弄掉。我將他爆頭，打中頭的側邊，彈孔看起來很乾淨俐落一開始也沒有太多血，我又射了他三次直到他躺在一灘血泊裡，媽的王八，幹，死韓國人逼我殺他的，我又沒叫他拿槍。我拿起櫃檯上的錢並跑出去。

我的頭在抽痛，我不知道該想啥也不知道該去哪，我跑啊跑啊跑的但我哪裡都沒到，我他媽快餓死了於是走進一間 Popeyes 炸雞店。我吃了些炸雞喝了瓶雪碧就坐在後頭的雅座在廁所附近，我滿腦子只想著希望不要見到半個我認識的人，不過食物還真好吃。

X X X

我經過中學走下一條寬巷子這時有個人叫我，我很快掏槍轉過身結果是威利酒鬼。

「哇喔，」他說，「別開槍打我，兄弟。」他醉得跟三小一樣在頭上窗戶灑下的光線中搖搖擺擺的，「原來是你啊，梵·谷。」

「對，就是我沒錯，你這死醉鬼幹。」我說。

「你要跑去哪啊還有你為什麼有那把槍？」他問。

「給我閃邊去就對了啦。」我回。

「你老媽還好嗎？」他又問。

「三小？」

「我說啊，你老媽還好嗎？」他重複，「想想看吧，梵·谷，看看我的臉啊，看看我跟炭一樣黑的皮膚然後再看看你自己的，看看我的黑眼睛然後再看看你自己的，看看我的大黑唇再看看你自己的。我就是你老爸不管你喜不喜歡。」
「閉嘴。」我說。
「這是真的。」他說。
「那你都跑哪去了？」我問。
「我在做我在做的事啊，生存，」他回答，「你啥屁都不是，你老媽也啥屁都不是，所以，我就在這啦。」
我可以感覺到憤怒脹爆我體內，我恨這個人，我恨我老媽，我恨我自己，我在他的臉上看到我的臉，我看見那隻那些蠢女孩們說她們害怕的猴子，我看見我長長的手臂垂下來，我看見不在乎明天會發生什麼事的眼睛，我看見自己傻眼到不行，等著、等著、等著什麼在出現的時候我卻認不出來的東西。我唯一的解脫就只有死亡，我這輩子每天都在聽到這件事，我現在也聽見了，我看見老媽在我的夢中流血，我看見我的孩子們，我看見雷克索，沒有腦，邊長大邊問著「憑什麼不是我？」我看見我老爸，我看見我自己。我開槍射那個王八蛋，碰！射他肚子。
威利彎下腰並盯著我看好像在說「為什麼？」我對他大吼，我站在他面前對著他的後腦勺吼，「因為你什麼屁也不是啦幹！」我說，「因為你生了我，媽的死廢物！因為我也什麼屁都不是！」我現在在哭而我覺得我聽見有什麼東西在外頭的街上，我於是再度跑起來。
我在一棟空建築的地下室裡睡著。

我做了個夢，在夢裡有個大隻白人要我去籃球隊試訓，他要我繞著球場跑，一圈一圈又一圈，而每一次我經過他他都笑得更用力，所以，我最後終於停下來盯著他看並問，「你是在笑三小？」

「你跑錯邊啦，黑鬼。」他說。

「你他媽幹嘛不早說。」我說，接著我轉過身繼續開始往反方向跑，結果每一次我經過他他一樣笑得越來越用力，於是，我又停下來瞪著他，「現在他媽是又哪邊這麼好笑了啦？」我問。

「你左腳跑在前面欸。」他說。

「你是在說三小？」我問，我聽不懂，「我是該右腳跑在前面逆？」

「不是，但你的左腳每一步都應該先落地才對，」他回答，「你哪隻腳跑在前面不重要。」

「我聽不懂。」我說。

「好吧，那當我沒說，」他說，「試試看倒著跑吧。」

於是我倒著跑了二十圈我的腳痛得要死結果我發現我根本就沒穿鞋而我的腳正在流血，接著威利也出現在我身邊往後跑，跟著我。我每次經過教練他都會對我點頭，我望向威利他也在微笑。

「看吧，沒這麼糟嘛。」他說。

「你在這裡銃三小？」我問。

「我是來告訴你你錯了。」他回答。

「什麼錯了？」我問。

「你說你什麼屁都不是，」他說，「你說我也什麼屁都不是，嗯，我就是屁而且你也是。」他大笑出聲並停下腳步，我經過教練而他也在笑。

九／九毫米手槍

隔天早上我醒來流汗流得跟他媽的豬一樣而且我還很臭。我爬出那個洞光刺痛我的眼睛，我躲躲閃閃穿過巷子直到來到撞球間後頭，然後爬上防火梯從廁所的窗戶進去。我在臉上潑潑水接著我就只是在那坐了好一陣子，休息，心想我到底該去哪，我在其中一間隔間再度睡著。

我醒來時聽見外頭檯子上打球的聲音，於是打開門偷看一眼並看見阿黃和提托在打球。我走出去但人還是待在陰影裡，阿黃看到我。

「黑鬼，你在這銃三小？」他問，邊試著壓低聲音。

提托走過來，「老兄，你比 Swisher Sweets 雪茄還夯啊。」

「你一直上電視都沒停過欸，」阿黃說，「他們會把你一屁股扔進毒氣室判死刑的。」

「幹，」我回，「他們才不會因為強姦跟落跑就把你扔進毒氣室勒。」

「謀殺就會，」阿黃說，「他們在攝影機上逮到你這死廢物開槍打死那個韓國人啦。」

「噢幹。」我說。

「真的是噢幹。」提托表示。

「後面那邊那是誰？」胖子對提托和阿黃喊。

「只有我們沒別人啦，老爹。」提托回答。

我蹲在走道上躲。

「你現在要怎辦啊？」阿黃問。

「我猜我會跑下去墨西哥吧。」我說。

「黑鬼，你甚至都不會講半句西班牙文勒。」阿黃表示。

「那又怎樣，」我說，「那些王八也跑上來這裡還不是不會講半句美語。」

「警察來這裡找過你，」提托說，「胖子看了你的照片還拿了他們的名片，有賞金，他馬上就會跑去當他媽抓耙仔的。」

「一大堆黑鬼都會這麼幹啦，」我說，「我需要一台車。」

「我們又沒車。」提托說。

「幫我弄一台來。」我說。

「啊我們是幹嘛幫你這死白癡弄車來？」阿黃問。

「因為我是你們的兄弟啊。」我說。

「幹你娘是在講三小啦，」提托說，「我們沒去當抓耙仔算你走運好嗎。」

「你就這樣對兄弟的哦？」我問。

「那到底是誰？」那個肥混蛋又問了一次。

「沒人啊，老爹。」提托說。

「是那個上《史努姬．凱恩秀》的黑鬼嗎？」胖子問，「我的電話跑哪去了。」

我跳起來衝向櫃台，我掏出手槍指著他，但他還是繼續撥號，「快掛掉，死肥仔！」

我大喊，但他還是一直按下號碼，我於是把電話從牆上扯掉，然後把槍堵到他臉上，「你還是開那台垃圾爛福特嗎？」我問。

「那才不是垃圾勒。」他回。

「鑰匙給我。」我說。

「你最好乖乖把鑰匙給他，老爹。」提托也說。

胖子於是把手伸進口袋並給我鑰匙。

「很好，」我說，「很好。現在，不准給我跑去找警察，你聽到了沒？」

「我聽到了。」胖子回答。

接著我的槍換成指著阿黃和提托，「你們兩個也是！」

「好喔。」提托說。

十／東西

我人在屬於胖子的那台幹他媽福特都靈（Torino）裡，這是七〇年代買的車子而且還髒得跟三小一樣，滿地都是啤酒罐和漢堡包裝紙，這鬼東西後面會噴黑煙引擎聽起來像是一個裝滿大頭針的罐子，我也看得見副駕駛座那邊有一片合成皮車頂在風中飛來飛去。我想起道頓家那台車開起來有多滑順，就像一朵雲而我飄浮在這一切破幹事上頭的某個地方，其他所有人都在飄啊，所以我憑什麼不行？

接著我聽見螺旋槳的劈啪聲並看見街上的人們抬頭往上看然後我馬上就知道上頭有架直升機發現我了。我從後照鏡看見一台巡邏車在很遠的地方，但是他要來了，他們總是都要來了，我轉上一〇一號公路路上很塞但我加速超過那些車子，邊按著喇叭邊衝過路肩。大家於是讓開來，現在我後頭有好幾台巡邏車了，他們的燈開著，可是他們在猶豫，我看見一個標示寫著聯合車站我心想幹，因為我幹他媽開錯方向了啦。我轉下去朝某條側街開，搞不好直升機看不見我因為被樹擋到了，我心想，巡邏車還在後頭我在十字路口也遇到好幾台，我又回到一〇一號公路上，我知道糟糕了，他們在我後頭在我上頭在公路上要把我趕到一個洞裡去。

結果我不知道為什麼又開錯路了。我人在那條往河濱市的六〇號州道上，我知道是因為我有個親戚住在那，他以前住在那啦，黑鬼因為去安毒工廠隨便亂翻被斃了，這些黑鬼老是想要不勞而獲啊。

我打開收音機聽見他們在講我。我看得見有架新聞直升機在側邊那裡，不過那是電視台的，我看得見攝影師掛在外頭攝影機對準我，嘿，我兩天內就上了三次電視欸，我覺得我真的是屌爆了。我油門也催得更用力了，這台破車裡面沒剩多少油了而現在我後頭大概有六台巡邏車，現在更後面還有警長的車了勒。

我開過安大略和奇諾並錯過往南朝墨西哥去的十五號公路，我經過河濱市我現在肯定快要沒油啦於是轉上往南的二一五號公路，但我知道我得離開公路才行，所以我下交流道並經過某個叫作莫雷諾谷的地方結果車子開始又晃又抖的而那些巡邏車還在後頭那些直升機也還在空中劈哩啪啦。我對攝影機揮揮手。

我停在郵局，跳下車並跑進去。我對天花板開槍大家開始尖叫，我大吼要他們閉嘴，「閉嘴啦！」我說，「所有人都給我趴在地上！」我尖叫，他們於是趴下但有個老太太動作很慢，「我說給我趴下！」我對她大吼結果她開始哭。

警察在外頭，肯定有二十台車吧，我隔著大窗戶可以看到他們。

有個黑人條子拿著大聲公叫我，「梵．谷．詹金斯！」他說，「一切都結束了，孩子！是時候收手啦！」

「我他媽才不收勒！」我隔著玻璃喊回去，但他聽不到我，我於是把槍指向一個瘦巴巴的金髮女孩，「過來！」她爬向我，「站起來！」她站起來我抓住她的脖子並把槍抵在她頭上。我走向門口探出身子她人擋在我前面，「我會開槍打她！」我大吼，那女孩哭起來，「我對天發誓我絕對會開槍打她。」

「我們談談，梵．谷。」那個拿著大聲公的黑鬼表示。

「談你老媽啦！」我回。

「你想怎樣？」他問。

我看見一群電視新聞工作人員在準備，攝影機對著我，「我想要一些錢和另一台車。」我說。

「這我們做不到。」他回。

「你最好是乖乖去做。」我說，然後走回去並把那女孩一把推到地上，這時有個老黑女在瞪著我看，「妳是在跨三小，老婊子。」

她搖搖頭，「你的人生是出了什麼事？」她問。

「我他媽根本就沒有人生這就是我出的事。」我回答，「現在給我閉嘴。」

「就投降吧，孩子。」那個老女人說。

「妳又不是我老媽。」我回。

「感謝主我不是。」她說。

「妳以為妳很幽默是不是。」我說。

她於是閉嘴。

我數了數室內的人數，接著我發現那些員工都躲在櫃台後頭，我跑過去那邊結果他們早就全跑了。我手上有七個人質，我想要的就只是台車而已，我於是對窗戶大喊，「幹他媽的就弄台車來給我不會嗎！」

攝影機全都對著我，現在有三台了，我看見某個我在新聞裡看過的人，我對她揮揮手。電話響了，我走過去接起來，有個人想問什麼包裹的事。

「我手上沒有你他媽的包裹啦幹！」我說完就掛掉。

電話又響了，這次是警察，「你得投降才行，梵．谷。」他說，是同一個拿大聲公的黑鬼。

「我他媽絕不投降，老兄，現在你他媽趕快把車給我弄來！」我說。

「車子要來了，那你怎麼不給我們裡面的幾個人交換呢？」他說。

「老太婆，」我邊說邊拿槍指著她，「給我滾出去。要是妳再說半個字我他媽絕對開槍打妳。」

她站起來走向門口速度非常慢，接著她到了外頭便用超快的速度跑過停車場。

「好了，」我對電話說，「你有一個了。」

「車子要來了，梵．谷。」

我掛斷電話我流汗流得跟豬一樣，我早該宰了那個有錢婊子的，全都是她的錯啦，報警逼得我落跑，這也是芮妮莎的錯因為她拿著槍來追殺我害我把槍搶了過來，這當然也是我老媽的錯，懷了我還生了我，也是那個籃球教練的錯，是那個白人老師的錯，是所有人的錯啦幹。

差不多十還十五分鐘之後，電話又響了，是那個條子，「你要的車子來了。」他說。

「也等夠久了吧。」我說，邊看著車子停進停車場，那是台紅色的小跑車，看起來讚到爆，爽啦，我對自己說。

「行了嗎？」條子在電話上說。

「行。」我說，「我要和裡頭這個女生一起出去，我要帶著她和我一起。」

「好喔。」他說，「冷靜點別傷害任何人。」

「我冷靜得要死好嗎，白癡，」我回，「你才是該冷靜的那個。」我掛斷電話，「妳！」我再次拿槍指著那個白人女孩，「妳幾歲？」

「十六。」她說。

「給我冷靜一點就對了。」我說。

外頭的光比我記得的還亮，攝影機都對著我，所有條子也都拿著他們的槍指著我，我又跟那女孩說了一次不要亂動。我們走向那台車，我對那些條子大吼，「敢動試試看啊！敢動試試看然後這個女孩腦袋就會吃慶記啦。」

那台車小到爆那女孩很難爬過手煞車到副駕駛座去，我再次告訴那女孩給我冷靜一點。然後我對著攝影機微笑，接著轉動鑰匙結果碰！我不知道發生了什麼事，我心想搞不好我中槍了，有那麼一秒我三小都看不到接著我全身上下都是某種鬼粉末，再來就有人硬拉著我的頭髮把我拖出車子壓到地上了。我不知道現在是怎樣，有人踹我側邊，有人抓住我的手臂我覺得應該斷了。

「發生什麼事了？」我問。

條子全在笑，「安全氣囊啦，你這低能兒。」其中一個對我說。

我抬起頭並看見攝影機，我又被踹了還有人硬拉著我要我站起來，但我不在乎，攝影機都對著我，我上電視了，攝影機裡頭全都會是滿滿的我，林北上電視了，我說，「嘿，老媽，」我說，「嘿，老妹，看看我，我上電視啦。」

第七章

現在是七月中，而華盛頓悶熱得像一大碗湯。我人待在書房，數著窗外的冷氣機算時間，然後拿起沉重的黑色電話打給我的經紀人，他認出我的聲音，沒有停頓多久就說，「你是發瘋了嗎？」

「沒有，一點也沒有。」我回答，「你幹嘛這麼問啊？」

「你寄給我的這東西，你認真的嗎？」

「對啊，為什麼不是？你會注意到我沒有在上頭掛名。」

「我確實有注意到啦，可是我才是那個得試圖賣掉這東西的人啊，掛我的名欸，我在這座城市還要混啊。」

「看看現在出版的那些垃圾吧，我真的覺得很膩，這是在表達我有多膩多煩。」

「這我懂，孟克，我也很欣賞你的立場，甚至還滿讚嘆這個諧擬，可是誰要出這個啦？出你討厭東西的那些人會受到冒犯，所以他們不會要的，幹，根本就會得罪到所有人好嗎。」

「那些白癡活該被得罪啦。」我望著房間另一頭一張亂糟糟的寫字桌，在比較低的桌面上，就在裝箱的醫學書籍下，有個灰色箱子。

「所以，你想要我怎麼做？」

「廣發出去就對了。」

「直接發還是要解釋一下？你想要我告訴他們這是在反串嗎？」

「直接發吧，」我回答，「要是他們看不出來這是在諧擬，那就去死一死啦。」

「好喔，那我會發出去的，反正會試個幾次啦。」約爾嘆氣，「但僅此而已，這東西嚇死我啦。」

「我懂。」我告訴他。

X X X

我的工具在洛杉磯的出租倉庫裡，而我發覺自己想念起木頭、膠水、清漆的味道，我想念木頭碎片、水泡、鋸屑、紅紅的眼睛。有好幾次，我發現自己站在車庫裡，想像媽的賓士停在別的地方，而這個空間充滿桌鋸、刨子、線鋸、一堆堆木頭。我買了些基本手工工具，做了個鳥籠，還上好漆並送給洛琳放在花園裡，接著我開始去逛北維吉尼亞州的古玩店，在瀑布教堂市和麥克林，最遠到馬納薩斯，這裡買個邊槽刨，那裡買個短刨，還有各種槌子、鑿子、木槌，直到我簡直成了個收藏家。但我並不想當收藏家，於是決定我得打造點什麼才行，而這個什麼最後成了給媽用的床頭櫃。我在使用邊槽刨製作櫃子頂部的斜邊時，想到傅柯，還有他是怎麼從對語言的各種概念提出假設開始的，並宣稱這類概念是受到誤導。不過他並沒有繼續論述這點，反倒是假設起他提出的概念，無論對錯，也都屬於這類例子之一。我邊回想著他關於論述形成的討論，邊退一步檢視起自己，竟然看著刨花一邊從一塊上好梣木上掉下來，一邊想起這種事啊，我都可以感覺到我姐在盯著我看了呢。

✗ ✗ ✗

我只是剛好長得夠高可以灌到籃而已，卻沒有壯到可以在打半場時靠得離籃框夠近好這麼做。我很享受這個運動和看球，但自己下去打就沒那麼喜歡了，我打得實在不太好，我會接球，在運球時尋找可以合理安全傳球的機會，接著傳出這顆合理又安全的傳球，然後移動到位在中距離區域內的另一個位置。某天，那是個晴朗的五月周日，我在我家附近的球場打球，我當時十七歲，覺得這輩子從來沒這麼尷尬過，且之後也不可能會再有這種感覺。我打了大概三十分鐘左右，傳出一顆又一顆安全球，這時我發現自己思考起黑格爾對東方人還有他們對個體自由的態度所抱持的種族歧視意見，但我其實正撞進禁區，所以看起來就像是正要切入籃下，於是球又傳回來給我。我只好狗急跳牆亂出手，這球是絕對不可能進的，整個動作醜到不行，然後我有個隊友問我到底是在想什麼，我回答，「黑格爾。」

「三小？」

「他是個德國哲學家，」我觀察著他臉上的表情，搞不好自己也反映了同樣程度的傻眼吧，「我剛在想他的歷史理論。」

以下回話的順序我現在想不起來了，但基本上就是這些：

「是喔。」

「哲學小子。」

「這就是他打鐵的理由啊？」

「你他媽是外星人哦？」

「那你現在又在想啥？」

「你最好回家再想黑格爾。」

XXX

小說構想：《新愛情神話》41

我們就把這冒犯拋諸腦後吧，這句話是法布里修斯．維恩圖42說的，他在演講中途笑了出來，主題是有關我們一般視為是宗教信仰的傻事，雖然他表達時使用的詞彙，是關於天啟和預言的特定狂熱。確實，所有崇高的主題，不管是宗教、政治、或其他，在身為受到取笑或單單只是遭到輕視斜睨的主體上，其實都是平等的。確實（又一次），我從他身上學到，也同意維恩圖如此貶抑的文字交鋒所擁有的誘惑，正是為什麼有這麼多學生，簡而言之就是跟我一樣的年輕男子，長大都成了白癡。年輕人寧願受到極端的故事娛樂，而非平淡的故事，這點是無庸置疑的，海盜擊敗了會計師，斬首又遠勝屁股的木頭碎片。

而迎合這樣粗俗品味的學術訓練，也只會帶來粗鄙。雄辯式微的根本原因便是雄辯家自身，腦袋空空說著空洞的言詞，假裝自己雄辯滔滔，於是也重新定義了其殺死的東西。

✗✗✗

八月中，付媽和我自己的帳單時，我發覺自己已經差不多準備好要接受美利堅大學那個薪水頗糟的講師職位了。我於是打給我哥，想看他有沒有辦法幫忙。

「我沒錢啦。」他說。

「她也是你媽。」我說。

「我甚至都沒辦法去看我小孩，」比爾表示，「我也有我自己的問題啊。」

「你有車嗎？」我問。

「有。」

「是什麼車？」我又問。

「你到底是要問什麼？」

「很貴嗎？」

出現一陣漫長的停頓，然後他終於開口，「那車其實並不真的屬於我，是公司租的，人家買走我了，我會領到固定薪水，只剛好夠我餬口而已。」

41譯註：此處的構想是翻玩古羅馬作家佩托尼奧（Petronius）的《愛情神話》（*The Satyricon*）一書，故如此翻譯。

42譯註：應是西元一世紀的羅馬元老院成員 Aulus Didius Gallus Fabricius Veiento（生卒年不詳）。

「那你可以改租便宜一點的公寓嗎?」我問，「聽著，比爾，我拋下了我的工作搬回來這裡和媽住，你至少也能做點什麼吧。」

「把房子賣掉跟她搬到便宜一點的地方去啊。」

「房貸已經付清了，也沒有更便宜的地方了啊。」

「但把房子賣掉可以讓你有些現金，你賣掉那間屋子可以拿到三四十萬美金耶。」

「事實上呢，孟克，」他的停頓如果不能說是漫長到不行，那也是頗久，我也能想像他的習慣，在開口前會盯著天花板看，「我接納了一個情人。」接納了一個情人，他是這麼說的，是從櫥櫃裡拿了一個出來嗎?還是用他的存款騙了一個過來?還接納了一個情人了呢。

「所以咧?」我問。

「他名叫克勞德。」

「我才不在乎他姓啥名啥啦，」我告訴他，「他哪裡人?法國人哦?」

「我想要你見見他。」而突然之間比爾的聲音變得截然不同，可是這又不只是戀愛中男人的聲音而已，他的發音變了，也不是說他發出了刻板印象式的咿咿喔喔啦，但也很接近了。

「你幹嘛要這樣子講話啊?」

他的聲音恢復正常，「哪樣子?」

我鎮定下來，試圖將話題繞回重要的事情上，「那洛琳要怎麼辦?」

「什麼叫她要怎麼辦?我們又不欠洛琳什麼。」

「所以，你是在告訴我要把媽的房子賣掉，讓她搬到某個養老院，然後踹走洛琳，害她流落街頭囉？」

「基本上就是這樣沒錯。」

我掛掉電話。

✗ ✗ ✗

隔天早上，電話響起，我正坐在我爸以前的書桌，瞪著房間另一頭的那個灰色箱子。是我的經紀人打來的。

因為很荒唐，所以我信了。[43]

「你先坐下。」約爾說。

「我本來就坐著了。」我回答，雖然我其實站著，邊望著窗外的街道。

「我把稿子發給蘭登書屋。」

「然後？」

「我啥也沒解釋，什麼都沒講。」

「然後？」

「六十萬美金。」

43譯註：此處原文為拉丁文。

「你在跟我開玩笑吧。」我邊說邊坐下來。

「那邊的一位資深編輯寶拉．貝德曼，想要見見利伊先生。」

「跟他們說他很害羞。」我很得意，也準備好要發火了，「告訴我她說了些什麼。」

「她說這很逼真，說這是本重要之作。」

「那文筆她有什麼意見嗎？」

「她說這原始又真誠到不行，她說這是那種三十年後會在學校裡讀的書。」

我無言以對。

「孟克？」

「孟克？這就是你要的，對吧？」

我望出窗外。

「蘭登書屋耶。」

「嘿啊。」

「這真他媽有夠扯的，你知道的吧。」

「你不想接受嗎？」

「我當然想啊，」我說，「就告訴他們史泰格．利伊害羞到彷彿有病好了，還有他都會透過你跟他們聯絡。」

「我不知道這招行不行得通欸。」

「一定行得通。」

✗
✗
✗

我從未感到如此孤立無援，自己一個和媽跟洛琳待在這間屋子裡，但靠著我將從那本恐怖的小書拿到的一點新零頭，我可以請個人過來，並照顧她們倆。也許為了戲劇效果，我這筆意外之財應該得再等久一點才使用才對，有鑑於我哥最近表現出的古怪還有我姐的債（包括她欠的和我欠她的），但是事情就不是這樣子。我一收到錢的消息，就如釋重負嘆了口諷刺又苦澀的氣，或許在我體內某處，我多少覺得受到認可了吧，不過對於一個如此熱切想要尋找並販售這麼羞辱人又枯燥乏味胡說八道的產業，我肯定抱有強烈的敵意。

✗
✗
✗

「孟克？」
「比爾？現在幾點啊？夭壽哦，比爾，現在凌晨三點欸。」
「抱歉，這邊才一點而已。」
「發生什麼事了嗎？你還好嗎？」
「你知道我是男同志多久了？」
「拜託哦，比爾，現在時間太早了不適合聊這個啦，我是說，太晚了啦。從好幾個層面上來看都太晚了，你就是男同志啊，面對吧。」
「你知道多久了？」

我坐起身，打開我的床邊燈，「我不知道耶，好一陣子了吧，我猜。」
「我高中時你就知道了嗎？」
「不知道耶，可能吧。」
「我那時候還不知道，但我當時肯定就是了，對吧？」
「我不知道這些事是怎麼運作的啦，你還好嗎？」
「那你曾經有過任何男同志的感覺嗎？」
「我不覺得。」
「你也知道我愛我的孩子們。」
「我知道啊，比爾。我可以幫你做些什麼嗎？」
「你能想像要是爸知道我是男同志嗎？」
「他肯定是沒辦法好好接受的。」
「那你覺得媽能好好接受嗎？」
「我不知道耶，幹嘛要告訴她啦？」
「幹嘛不告訴她？你覺得我應該因為這樣覺得自己很丟臉嗎？」
「我的意思不是這樣子。」
「那你是啥意思？」
「你想的話就去告訴她啊，但是一來，她是聽不懂你在跟她說些什麼的，二來，你講完過兩秒她就會忘記了。所以，你想的話就去告訴她沒差，對誰來說都不會有太大差別的，除了你之外。」

「所以，你是覺得我只在乎自己囉？」

「我也沒這麼說。不過，基本上呢，我們所有人其實都是這樣子的沒錯。」

「我不需要你這些陳腔濫調。」

「你打來是想找架吵的嗎？」

「沒有，不是，我只是以為我至少可以從我弟那邊得到多一點支持而已。」

「支持哦，你要當男同志又不需要我，啊你的新——」

「伴侶，那叫作伴侶，或男友，你可以說男友沒關係。他叫泰德而且他很棒，我不知道他現在人在哪，可是他很讚。你有在跟誰約會嗎？」

「沒。」

「最近有賣掉半本書嗎？」

「也沒。聽著，我得睡一下才行。」

喀噠掛斷。

✗ ✗ ✗

人類往往會藉著在水下放置某種結構，來試圖改善鱒魚在溪裡的棲地。大家有時會把各種東西扔進溪中，以為魚兒會想要棲息在裡頭，車子的保險桿、購物推車、狗屋，但魚兒通常比較偏好自然的滑順曲線，而非人造事物的堅硬邊緣。更重要的是，假如該結構並不適合，且也不是放在溪裡的正確位置的話，水流有可能會找到一道可供侵蝕的河岸，因而導致弊大於利。

X X X

我在早上走路，一路走到麥佛森廣場，並在那邊搭捷運到國家廣場，我在國家美術館附近閒晃了好幾個小時，獨自到一間咖啡館裡吃午餐，並想像我其實有個生活。我也思索著我一夕之間可說稍微有點錢了，那我也真的暫時不必去教書了，這樣很棒，因為我實在沒辦法逼自己接受美利堅大學那奴隸般的薪水，去替一點也不在乎梅爾維爾、馬克吐溫、柔拉・涅爾・賀絲頓的小鬼上什麼概論課。

由於獲得了一筆我認為算是大錢的財富，我決定去看些比錢還有價值的東西，但當然啦，不是所有東西都比錢還有價值，事實上，大部分甚至都比在上頭塗塗抹抹的帆布或亞麻還沒價值咧，可是某些確實很有價值，而這雖恰當也悲哀，卻已配得上我新獲得的財富了。我想起考克多[44]和他所謂的一切都能解決，除了存在以外，邊想著邊瞪著一幅既引誘著我又冒犯到我的馬瑟威爾[45]，我接著停在一幅羅斯科[46]的晚期作品前，柔軟細膩的筆觸、暗沉的色彩、白色的邊緣，讓我想起死亡，我自己的死亡，我親自創造的死亡。我無法和聖修伯里一樣認為死亡是件宏大的事，死亡就跟人生一樣簡單明瞭到可怕，比起每天起來然後就這麼去過活，你可不能每天起來然後就這麼去死。在畫作中，無論色彩是否在那，我都看見我媽肌膚的奶油色還有我的棕色，我的自我謀殺並不會是盛怒或絕望之舉，而是僅只出於絕望，但我的藝術鑑賞力無法忍受這點。在我整個青少年時期和二十幾歲期間，我已經殺死自己很多次了，甚至還做了些準備，卻總是在寫遺書時收手，我心知肚明我只寫得出敷衍的寥寥數筆而已，我不想見到這種事發生，讓我愚蠢浪漫的概念因缺乏想像力而粉碎。

我試圖拉開距離，讓自己遠離那本新賣出的垃圾小說替我和我的藝術帶來的新關係。事實上我的小說其實也還沒有真的賣掉啦，但我很顯然是不會拒絕那張支票的。我想起我的木工還有我做木工的理由，在我的寫作之中，我的直覺是要挑釁、違逆形式，但我在挑釁違抗時，實則尋求的又是要去承認形式，這其中的諷刺光要闡述就已經夠困難了，遑論要為其辯護了。但是木工，木頭的感覺、木頭的味道、木頭的重量，和文字相比實在是真實上非常非常多，木頭這麼簡單明瞭，真他媽的幹，桌子是一張桌子就是一張桌子。

X X X

人潮從隧道湧入紅線，我實在受不了。我於是走了一會兒，望著天空暗下來，接著開始下起小雨。一開始是暑熱的愉快慰藉，之後卻下得更大。我走到紐約大道，便決定攔計程車。三四台空車經過我，我想起那個老笑話：你會怎麼稱呼想在華盛頓特區攔計程車的兩個黑人？行人。我再度舉起手臂，這次終於有台車停下來，無疑是因為那名衣索比亞司機有名男性同伴，

---

44 譯註：考克多（Jean Cocteau，1889-1963），法國詩人、劇作家、小說家、導演。
45 譯註：馬瑟威爾（Robert Motherwell，1915-1991），美國抽象表現主義派畫家。
46 譯註：羅斯科（Marks Rothko，1903-1970），拉脫維亞裔美國抽象表現主義派畫家，晚年自殺身亡。

讓他覺得夠安全。我給了他們我的地址之後，兩人轉頭看著我，其中一個問，「你是衣索比亞人嗎？」然後另一個說，「你看起來很衣索比亞。」我回答，「不是，我只是華盛頓人。」我閉上雙眼然後開始恍惚。

X X X

媽的橋牌社在我們家聚會，強森太太，殯葬業者萊昂諾・強森的遺孀，在她進門時和我打招呼，彷彿我才十歲一樣，「噢，小孟西，你看起來真結實啊。」她和女兒一起來，女兒大約是我的年紀，幫忙提包包，臉上掛著種疲憊的表情，和我想像我掛著的一樣，「這是我女兒，艾洛依絲。」強森太太說，接著她看見我媽，就叫我們去旁邊繼續聊便開始打牌。

其他人也到了，很快就有八名老太太坐在兩張牌桌邊，她們所有人都關節炎嚴重到沒辦法洗牌，也都老糊塗到記不得上一張牌是發給誰了。而在客廳，八名子女，大約都四十歲左右，則是拿著皮包、披肩、雨傘坐在那，我們面面相覷，也全都將這視為夠適當也夠具說服力的憐憫，接著便全閉上雙眼打起盹來。

X X X

「嘿，華盛頓人，」計程車司機說，「這是你家嗎？」

我付了車錢並搖搖晃晃走上人行道，卻發現洛琳坐在門廊上，「在享受下雨啊？」我問。

她搖搖頭並望向大門。

「發生什麼事了？」

「是太太。」

「媽還好嗎？」這時我在門邊的窄窗聽見聲響，轉頭看見媽拉開窗簾往外望，眼神有些狂亂，接著她便消失了，「怎麼回事？」

「她鎖上也門上門了。」洛琳表示。

假如這是真的，門真的從裡頭門上了的話，那我的鑰匙也無用武之地，「她為什麼不讓妳進去啊？」我問。

「她認不出我。」

我走到窗邊敲起來，媽的臉出現，至少那看起來像是她的臉，又在玻璃後頭閃現狂野的神色，我對她說，「媽，是我啊，孟克。」

「滾開，」她發出嘶嘶聲，「我們什麼也不要。」

我回頭望著聳著肩的洛琳。

「媽，」我說，「拜託，開門吧。」

她放下窗簾，再度消失。

我於是走出門廊，進入院子，進入雨中，遠離房子，並抬頭望著遮蔽門廊的屋頂，以及二樓的窗戶。我記得爸書房裡書桌後頭的那扇窗戶窗門壞了。

我爬上去，洛琳則在門廊觀看，在她的位子上一動也不動。紫薇樹的樹皮很滑溜，我在將自己的體重抬上屋頂時，感受到我的年紀，我打開那扇窗戶爬進屋內，還撞倒一堆放在窗台上的書。接著我抬起頭，看見媽。

她說，「孟西，門口有個人都不離開。」她手上是爸放在他床頭櫃裡的那把點三二手槍，她拿槍指著我然後表示，「你可能會需要這個。」

我慢慢走向她，邊看著她的手在槍乾燥的金屬上顫抖，我把槍口推離我身上，從她手上接過槍，「我會處理那個人的，媽，妳就只管回房間去睡午覺吧。」

我看著她走過轉角回到房間，接著檢查手槍，發現有裝子彈。

✗

✗

✗

我帶媽去看醫生。醫生幫她的胸部照了X光，並告訴我她沒有出現任何肺部感染的跡象，他也做了個電腦斷層掃描，然後跟我說她沒有中風，也看不出大腦有萎縮的情況。她也沒有缺少維他命B-12，不過他確實表示出現了神經纖維糾結的情形，他和她說話，等了一下，然後又和她進行了第二次一樣的談話，而她回答，「我們為什麼又要重來一次？」

我們獨處時，醫生瞪著我看。

「是的？」

「你看見的八成是阿茲海默症的初期階段，這有可能是源於她的動脈硬化、循環變差、各式各樣的原因，我們就是搞不清楚。但這一切其實也是題外話啦，因為要是事情真的是這樣子，那就神仙難救，誰也阻止不了了。」

「那減緩速度呢？」

他搖搖頭。

「所以，你的建議是？」

「目前情況是還沒那麼糟，但一切可能會在一夕之間急轉直下，她認不出你這回事，顯示發病速度還算是滿快的。最後，你得讓她住院才行。」

「我不能在家裡照顧她嗎？」

「這將會非常困難，她真的不應該獨處，她有可能會走失，有可能會傷害自己，也有可能摔倒或發生其他意外。她還有可能會傷害其他人，火災啊，門沒鎖之類的也是有可能。」

她拿著手槍的記憶閃過我腦中。

「在晚期階段，她將會出現行動困難，她會變得不像她，會失去思考、認知、說話能力。到了那時，你最少最少也得請個全職護士才行。」他再度瞪著我，然後說，「我在跟你說的是最後會發生的情況，有可能還要好幾年，這我說不準。」

「也有可能是下周嗎？」

「不太可能，但有機會。」我謝過醫生，隨後帶媽離開。

✗ ✗ ✗

洛琳送媽上床。我則是在車庫，望著接近完工的床頭櫃，我盯著櫃子的邊緣，並想像媽的大腿撞到其中一角然後瘀青，我於是開始處理其中一角的尖端，卻在鋸掉木頭時發現，我這樣反倒是創造出兩個尖端了。我刨掉、鋸掉、撕扯掉木頭，直到床頭櫃的頂部幾乎變成圓形，現在卻小到不實用了，而長方形的錐狀櫃腳，不僅和圓形的頂部不搭，還凸出了櫃面的區域。我於是隨便將三隻櫃腳鬥到頂部，接著翻過來坐在上頭，櫃子搖搖晃晃，但我並不在乎，這至少是在我空洞的恍惚之中，能感覺到的某種東西。

✗ ✗ ✗

我當時大概十二歲左右，爸一如既往到海灘來度周末，我們全家人一起搭船到安納波利斯的市碼頭，並在露天市集買三明治，我買了我最愛的硬麵包捲夾軟殼蟹。那天不太熱，吹著微風，一切感覺都很完美。

比爾朝商店附近的幾個好哥們揮揮手，似乎想要和他們一起走，卻留了下來。爸在看見他揮手時變得冷淡起來。

麗莎坐在船後頭長長的座位上，讀著書，我則坐在碼頭上，腳靠在我們家的船上，邊吃著三明治邊告訴她我有天一定要成為作家。

「但我是不會寫那種東西的，」我說，「我要寫認真嚴肅的東西。」

麗莎聽了大笑，「是喔，比如什麼？」

「我還不知道，但絕對不會是那種廢物。」我回答。

「孟西，管好你的嘴巴。」媽說。

「我只是說**廢物**而已啊。」我說。

「說夠了，孟克。」爸表示。

「這才不是廢物。」我姐說。

媽嘆了口氣。

「就是，我想寫《罪與罰》那種書。」

麗莎又大笑起來，「他只讀了一本書，然後就覺得自己很有文學素養啦。」

「假如孟克說他會做到，那他就會做到。」爸回答，接著他發表了他的看法，是後來確實會成真的那種，「麗莎，妳和比爾會變成醫生，但孟克會是個藝術家，他跟我們不一樣。」

我同時間既覺得受到稱讚，又感覺遭到排擠，我手足們的表情則憤憤不平又嘲諷，但麗莎很愛聽人家說她以後會當醫生，而她也將關注轉移到自己身上。

「那我會變成哪樣的醫生啊，爸？」

「好的那種醫生。」他一如既往表示，她每次問爸都這麼說，這讓她很滿意。

「那比爾呢？」我問。

爸對此則回答，「我不知道。」

我們於是一語不發默默吃著東西。

第八章

我坐在書房裡，邊思索著公眾的概念及其和藝術健全的關係，邊望向房間另一頭的那個灰色箱子。那個箱子，裡頭的內容物我爸認為非常私人，私密到他請我媽要燒掉，但那些內容物對他來說肯定也足夠重要，重要到這麼多年來他有機會時都沒辦法自己燒掉。我爸的私人文件啊，不知為何，我從來無法想像出半點除了地契、合約、一般法律文件之外的存在，但我深知這箱子裡絕對不會有半張這種東西。

✗ ✗ ✗

「爸？」我當時十歲，在聖誕節前後的某個寒夜走進我爸的書房。

「怎麼了，孟克？」他在辦公椅上轉過來面對我，就是那張他要求我不要在上面「像陀螺一樣」到處轉的椅子，「現在很晚了。」

「抱歉。」

「要說，我很抱歉，不是抱歉而已。」

「我很抱歉。」

「你為什麼很抱歉呢？」

「因為現在很晚了。」我說。

「你又沒辦法改變現在幾點。」

接著我發覺他是在跟我鬧著玩，我於是大笑。

「怎麼啦，孟克？」

「我有個問題，要是有人告訴你某件事，他們跟你說那是個祕密，那你還能講出來嗎？」

「可以，但我想你的問題是該講出來嗎？」他轉過頭，短暫望出窗外，「不該，因為你不應該背信洩密。」

「可是如果是——」

他阻止我，「永遠都不要背信洩密。」我再度想開口時，他說，「我看得出來你很困擾，但我也看得出來你很快就要告訴我你守著的那個祕密了。要是你不想要祕密，當初就別接受。」

「好吧。」我開始走出書房。

「孟克？」我轉身面向他時，他看也沒看我問說，「這件事和比爾有關嗎？」

「沒有，爸。」我回答，說的是實話，但也發覺面對他的問題，我的答案只能是沒有。多年後，我會納悶我當年是否在不知情的情況下，意外蒙蔽了我爸對我哥的認識。

那個箱子並不大，沒多深，也不太滿，不過放著以下東西：

ＸＸＸ

一九五五年二月二日

班傑明．艾利森醫師

1329 西北區T街

美國華盛頓特區

親愛的班傑明：

我都沒辦法形容我今早在信箱裡發現你的信時，有多麼驚訝，當然也激動不已，即便信很簡短。你跟我說你會寫信時，我當然有疑慮，絕對不是懷疑你情感的真摯，而是因為你在繁忙的工作和家庭生活中，怎麼會有時間抽空寫信呢。

我才剛從南安普敦回來，我母親病得非常重，看來她似乎是中風了，醫生說是輕微中風，且在生理上我們應該幾乎看不出來。不過在我看來，她感覺變了非常多，不管改變有多幽微，也許只是因為上了年紀吧，她當然是沒那麼敏銳了，如同我們也全都會變得遲鈍一樣。

你過得好嗎，親愛的？自從我們告別後已經過了六個月？我希望你回去時發現家人都安然無恙、健健康康。我要再說一次，以向你保證，我對你太太毫無敵意，她肯定是名美好的女子，才有幸擁有你，你的兒子和女兒也肥嘟嘟又精力旺盛嗎？

我確實有些滿好的消息，我九月會前往美國，我會在紐約和我姐跟她丈夫度一周的假，要是我們到時能想辦法見上一面，那不是會很棒嗎？我很愛做白日夢，我知道。

嗯，親愛的，我就寫到這啦。時間很晚了，而想到你呢，老實說，是件苦樂參半的事。請記得我愛你。

你永遠的，

費歐娜

二月二十五日

親愛的班傑明：

下雨、下雨、下個不停，我們的天空近來能提供的就只有這個，所以收到你的信，可算是露出了一線陽光。接著想當然爾，我打開信並發現你即將迎接第三個孩子了，我絕對是很替你高興，但依舊十分難受。

我母親又住院了，因為我的新工作，我沒辦法去看她。最後，我終於又成了名護士，我擔心我肯定是浪漫化了我們在韓國的時光，因為工作現在感覺實在非常像是工作。我也一直在重新思考我的提議，說要到紐約碰面，有了家庭義務在身，我很確定你反正也非常忙碌，而這整件事對我來說實在是痛苦到無法考慮。

請知道我深愛著你，也想念著你，但我恐怕無法繼續這樣子寫信了。

獻上永遠的愛，

費歐娜

四月二十日

最親愛的班：

我現在已經好幾周沒收到你半封信了，我希望一切都好。我每次寄出信時，都很害怕你可能感冒了或發燒了，而你家裡的其他人有可能會從你的辦公室把信取走。這讓我非常恐懼，因為想像有可能會造成你極大的困擾和麻煩。

我母親的情況恐怕越來越糟了，她經歷一連串的小中風，感覺幾乎不像她自己了，我很肯定她認不出我。這時候寫下這些，似乎能協助我抽離那樣的哀傷，因此我要謝謝你。我哥哥，他負責處理大多數有關我母親的事，也被折磨得不成人形，他把自己弄得精疲力盡，我覺得我沒做什麼事，無法真正幫到他。真希望你能見見我哥鮑比，我們都親暱地稱他為布比[47]。他真的心地非常善良，鼓勵我秋天還是去美國一趟，我認為他覺得母親到了那時肯定已經過世了，想到她會過世我就哭個不停，我哭是因為內疚，因為想到死亡對她來說可能是最好的解脫。

我剛才花太多時間喋喋不休講自己的事啦，我希望你和你的家人都一切安好。昨晚，我不知道那是個夢或是個想法，但我看見我們從前在漢城被迫偷偷摸摸的樣子，唯有當我們被迫得偷偷摸摸，當有人憤憤不平盯著我們看時，我才會想到我們的不同。

總之，我愛你。

你永遠的，
費歐娜

47 譯註：Booby，在英文中也有「阿呆、傻瓜」之意，此處採音譯。

一本非常小的皮革裝幀書，是喬治・艾略特的《織工馬南傳》，找到這本書實在很奇怪，但有朵小花壓在書頁之間，又粉又白，不過夾著這朵小花的那兩頁內容，似乎不特別重要，也沒什麼特別意義。

另外三封信，其中的內容和先前的信類似，只是寄件人的母親過世了。

一張來回火車票，從華盛頓到賓州車站，日期是一九五五年九月十五日。

一張阿岡昆飯店的收據，上面寫說住了兩晚，叫了三次客房服務。

一盒上面印有附近爵士俱樂部字樣的火柴。

九月十八日

最親愛的班傑明：

我從來都不相信我真的會再次見到你，而且誰又能知道這樣的不可能最後的結果會變得如此令人興奮呢？我聽起來是不是很飄飄欲仙？嗯，也許我是吧。能和你見面實在是太美妙了，我親愛的，能再讓你抱一次，人生將美好到令我無法承受。

我對我姐夫的反應很抱歉，我並不知道，我怎麼可能知道呢，他會這麼心胸狹隘、固執己見，但你的國家看來不缺這樣的人。我從前老騙自己，認為那些瞪視、意見、竊竊私語，只存在於戰爭期間那些差勁的士兵之間，是屬於沒受教育、沒有文化的人的領土，可是我錯了。你的日常生活有多麼不舒服，這我只能想像。

早晨時我依舊能清楚看見你的笑容，還有你黝黑的雙手放在我幾乎半透明的胸部上，你沒有嘲笑我真的是人太好了，這對比實在鮮明又美好。我真的非常喜歡和你待在一起，我美麗的戀人，夜晚時請想起我，拜託。

至死不渝的愛，
費歐娜

十月一日

最親愛的班傑明：

我到家時發現你的卡片已在等待。遺憾的是，我也從我哥哥處得知，我母親已經過世了，我在想究竟為什麼，明知事情終究會發生，卻依舊永遠都無法減輕悲慟。話雖如此，我在心底深處依然覺得，我的悲傷多少有點虛假，因為我相信她過世才是最好的解脫，尤其是她。我想這麼想應該很正常吧，但仍然很難表達出來，我猜，這應該又再一次證明了為什麼我覺得我的靈魂和你如此親近。

我得走了。我想念你，也愛你。

你永恆的，
費歐娜

十一月十二日

親愛的班：

你對我的意義遠遠超出你能理解的。很抱歉我已經好一段時間沒寫信了，而以一種古怪的方式來說，我很感激你也沒寫。我接下來得告訴你的事，既美好又讓我極度焦慮。班，親愛的，我懷孕了。我不想要從你身上得到半點什麼，我也想讓你知道，我並不會試圖讓你的人生變得更錯綜複雜。我要從這個地址搬走了，我的信也不會再轉過去了。拜託，就讓這成為我們最後一次聯絡吧，我實在太愛你了，愛到不願傷害你如此深愛的家庭，且我也不想要傷害你，即便我知道這麼做傷害已經造成。所以，請別再寫信來了，因為你的信可能會寄到其他人手上，而不是我。

永遠愛你，

費歐娜

一張來自芝加哥的明信片，日期是一九五六年七月二日。是個女孩，她名叫格蘭琴。

（未署名）

✗ ✗ ✗

親愛的格蘭琴：

妳的母親是名善良、甜美、可愛的女子，但她讓妳和自己消失在我的生命之中，是她錯了。妳得知道，她之所以這麼做，是因為相信這是正確且合乎道德之舉。她有股堅韌，我只能假裝有辦法理解而已。

我想要妳收到這封信，但我並不知道妳人在何方。妳母親在紐約的姐姐不願意接我的電話，所以那是條死路，通知我妳出生的那張明信片，郵戳雖在芝加哥，卻仍什麼也沒告訴我。

無論妳身在何處，我都愛妳，也希望我有幸能成為妳的父親。妳有兩個哥哥和一個姐姐，他們對妳一無所知，但我敢說，妳肯定也會愛上他們的，他們都是很好的人。妳的母親這麼棒，使得妳別無選擇，絕對也一樣棒。我真希望能聽聽妳的聲音、看看妳的臉龐，一張照片或一幅素描都好，我希望妳擁有妳母親的雙眼，我有多愛那雙眼睛啊。

我或許該對妳母親和我的那段關係為恥，但我絕沒有。沒辦法和她在一起，這一切都得在暗中偷偷摸摸進行，最後走投無路，都讓我痛苦不已，我遇見她時已經結婚，還有兩個孩子，可是老實說，我那時就該和她一起離開的才對，但我卻沒有。可是因為我沒有離開，我也擁有了和妳年紀最接近的哥哥，也就是我的兒子，席隆尼斯。我敢說，在這三個孩子之中，我是最愛他的。

真希望我有個地址能夠寄出這封信，這樣妳就能知道妳的父親有多愛妳、有多想念妳、還有他不知道妳是左撇子還是右撇子，妳的髮色是什麼，以及妳是否能原諒他，他又有多抱歉。

這封信沒有署名，箱子裡放著的就是這些東西了。我在其中讀到了我爸的某種聲音，我這輩子從沒直接聽見過，是種溫柔的聲音，是種敞開心胸的聲音，我無法想像那個跑到紐約去偷情的男人。我知道我媽讀過了這些信，但並不知道是在何時，我也知道她想要我讀這些信，知道了這件韻事之後，竟莫名讓我對我爸多了更多同情，也對他產生了更多興趣。就算我考慮上我媽和她的感受，我依然不覺得自己對他生氣，不過我還是頗擔心她承受的痛苦。

我有個妹妹。

第九章

我從小到大都是艾利森家的人。我有艾利森家的五官，我有艾利森家的說話方式，展現出艾利森家的前途，也會擁有艾利森家的成功，我小時候在街上遇到的人，會告訴我他們是我祖父接生的，還有我長得很像我爸和他哥，爸的哥哥也是個內科醫生，直到他在五十歲過世為止。很小的時候，我很享受當個艾利森家人，就像是屬於某個比我自身還更偉大的東西一樣，青少年時，我則痛恨我的姓氏及身分，接著我就只是不在乎了，然後換成世界不在乎了，華盛頓變得更巨大而我祖父接生的所有人都死了。我只藉由故事去認識爸的爸爸，不過存在許多故事，他的其中一個綽號，就叫作超級醫生，因為他在去別人家看完診之後，很顯然還能夠發動他沒電的車子，然後開回家去。

我媽的娘家則姓帕克，他們住在乞沙比克灣，就在我們過夏天之地的南邊。帕克家有些人是農夫，其他人則在這種或那種工廠裡工作，媽的兄姐年紀都大她非常多，在我成年之前就全都過世了，留給我一群表親，我從來沒見過、從來沒聽說過半點消息、但多少知道他們在外頭某處生活著，叫作珍奈爾和提瑞爾之類的。媽也成了個艾利森家人。小時候，我就那麼一次見到了某些帕克家人，我們去河灣附近的某間農舍拜訪，他們嚇壞我了，都是很大隻的人，氣味濃郁，笑聲也很大，要是我當時對人生懂得更多，那我應該會喜歡上他們，並發現他們其實精力旺盛又有趣，但當年，我只覺得他們跟我們不同到堪稱驚人。麗莎、比爾、我站在農舍旁，那裡聞起來像是炭火和臭酸的被子，而我們則是凍僵的紅蘿蔔。

媽似乎對她的家人感到很抱歉。她很少提到他們，即便我確定他們並沒有就這樣輕易地把她排除在外，她是帕克家唯一上過大學的人，而如同常見的狀況，教育可說成了他們之間的隔閡。也許我媽比我願意承認的還更了解我的疏離感和孤獨感，我相信在她大部分的人生中，她也覺得不太自在，且多多少少有點不夠格，我並不記得什麼特定的事件，可以證明我這樣的信念，沒有半點習慣或我聽她說過的什麼話，可以充當證據的。但偶爾也許會有種表情，某種接近畏縮的實質態度，讓我注意到了，但卻不理解我究竟是注意到了什麼。

媽和爸在我看來似乎從來沒有非常親近過，他們組成了一道聯合陣線，我們這些孩子會撞上去並彈回來，他們之間也從未表現得相當深愛，雖然我們三人可說是某種聯繫存在的證據。確實，這麼一想，我覺得他們是刻意疏遠，對彼此冷淡的，這樣的態度將嚴重損害我日後和人建立親密關係的嘗試，但我這麼做當然也是轉了個方便的彎，單把這點當成捷徑，當作我失敗人際關係的所有藉口。我媽將她為人妻母的人生視為一種服務，是種充滿愛的服務沒錯，但依舊是種服務；我爸則是以責任定義他自身的存在，並以軍事般的效率，履行了這樣的責任。

✗ ✗ ✗

在車庫裡，我盯著我那個現在已經成了凳子的床頭櫃，而且還不是多棒的凳子，思考起我媽發現那些信後，她這麼多年來總覺得自己不夠格的想法，竟在幾分鐘內便得到印證。這件家具遭我破壞得支離破碎、以策安全的家具，木頭依舊美麗，觸感，甚或氣味都還在，但這東西不夠格。我想像媽在爸過世後馬上就發現了那些信，就在他請她將信燒掉，不要去讀之後。可是他當然知道她絕對會讀的。我發現自己對他很生氣，就算生氣對象是個活人，也夠蠢的了，接著我在想，究竟哪件事更摧毀信心：是相信你不應該覺得不夠格，但真相是確實如此呢；還是發現，自始至終，你其實都聰明到能夠看得很透徹，看得出你的恐懼實屬正確？這猛然解釋了媽在爸死後突然出現的平靜和沉著，或許他深知她需要的就是這個，而現在她需要的呢，則是解開她糾結的神經纖維，並阻止她新近診斷出來的大腦萎縮。

✗ ✗ ✗

約爾正盡他所能克制他的歡欣之情，但效果還是非常鳥。出版社竟然還真的把這本所謂的小說當成文學來接受，沒有一點反串意味，我對此感到的惱怒和憤慨，他只是嘴巴上支持而已，我都能聽見他在數鈔票了咧。我也能聽見他正在告訴我，雖然沒有這麼直白啦，叫我快長大別當巨嬰，他的原話是，「我們在談的可是一大筆錢啊。」

「這我很感謝你，約爾。」我說。

「編輯想和利伊先生討論稿子，我要怎麼跟她說？」

「跟她說我再打給她。」發現他沒回話之後，我繼續說，「告訴她史泰格．R．利伊獨居在這個國家的首都，告訴她他才剛出獄兩年而已，告訴她他說的是『進去蹲』，還有他還是沒辦法適應外頭。告訴她他怕他會爆氣，告訴她他只會聊書的事，要是她問半個私人問題，那他就會掛電話。」

「你確定要這樣？」

「我很確定。」

「那好吧。啊我是不介意告訴你這樣搞很怪啦。」

「嗯，老大先生，我很抱歉這對你們來說超怪咖啦。」

「你真的有病，孟克。」

「還用你說啊。」

✗ ✗ ✗

我當時七歲。

沿著五十號公路開車到海灘，那是這顆星球上速度最慢的直線路徑。我們會開兩台車去，我哥總是和我爸一台，我媽開車很慢，洛琳和她坐在前座，盯著地圖，所以我們老是晚二十分鐘才到。話雖如此，爸還是會等到我們全員到齊，才打開夏天小屋，他和比爾會先把大包小包從那台威力斯牌（WILLYS）旅行車上拖下來，我爸超愛那台車的，然後把東西都整整齊齊排好，準備好要拿到裡頭去。

那天是六月十六日，是個周六早晨，這點我記的非常清楚。天氣晴朗，但不到很熱，我穿著卡其長褲和一件我總是很討厭的條紋襯衫。感覺好像還沒有人過來海灘這裡。唯一停在車道上的車是提爾曼教授的，這位只要霍華德大學一放假，人就在海灘了。他膝下無子，老婆多年前便過世，但他有沒有人陪似乎沒差。我無法理解他到底幹嘛還要過來，因為他永遠都不會離開屋子，只除了採買雜貨以外。有時，我會看見他坐在門廊的角落，欣賞著他那片海灣的景緻。

「搬那個箱子。」爸邊說邊指著。

我於是抬起箱子，並搬進廚房。洛琳已經在掃地了，媽在收盤子，比爾則在擦早餐陽台窗台上的塵土和葉子。

「葉子是怎麼跑進這裡來的啊？」比爾問，他總是會這麼問。

爸是可以**突然暴衝**的。我認為他大致上是個頗為友善的人，也許是因為他的病人都很敬愛他吧，但和他生活在一起，就像是住在維蘇威火山口，或許這個比喻換作某座休眠中的火山甚或睡著的火山會更好啦。總之，他不會真的爆發，而是會發出轟隆聲或嘶嘶聲，有時你則會錯過整起事件，並發覺自己偵測到某種燒焦味或硫磺味，也可能只是在空氣中看見一些蒸氣而已。對比爾而言，則是他一問這個問題，爸就回答，「沒有屋子是徹頭徹尾乾乾淨淨的。」

要一直到爸走出前門，去搬最後剩下的那些箱子，我們才全都交換起害怕的眼神。

不過，某部分來說，我爸的這個特質，也是我覺得和他如此親近的原因之一，我欽佩他的智慧、他的睿智、他盤根錯結的訊息傳遞系統。比爾保守著他不是祕密的祕密，媽根本沒有祕密，麗莎保守著她永遠不會說出口的祕密，而爸既保守著祕密，卻又無時無刻都在談論著。我深信這點，我確信他曾告訴我們所有人無數次說他娶了錯誤的女人，還有他八成在某個地方還有另一個孩子。

稍後，吃完一頓三明治後，爸和我走到下頭的海灘去，我每走幾步就得蹦跳一下，好跟上他的腳步。我們對提爾曼教授揮揮手。

「為什麼提爾曼教授哪都不去啊？」我問。

「也許是因為他並不想吧。」爸回答。

我思考著這番話，而我猜我的沉默有點太大聲了。

「這有很難想像嗎？」爸問，「不想出門這件事？」

我說我想是吧。

我們走到長長的碼頭上，並往下望著水面，有隻水母游過，有艘小船發動引擎經過，離我們很遠，上頭有個捕蟹人在檢查他的網子。我拍死一隻蚊子，並從我手臂上彈掉。

爸見狀大笑，「牠們吸血，留下發癢，這是樁交易，牠於是可以餵牠的卵，你則是可以想起抓癢感覺有多棒，還有不癢感覺又有多棒。」

「我知道的就只有我恨牠們。」

「藍魚再幾周就會出現了，」他說，「會很好玩的。你覺得你和你哥有辦法自己開船下水去嗎？」

「沒辦法。」

他再度大笑，「那我早上會先幫你們一把再回去。」

✗ ✗ ✗

羅斯科：我是個老人了。

馬瑟威爾：你還沒有那麼老啦。

羅斯科：那我就是個壞脾氣的老人啦。我習慣我找到的這種油漆工刷子了，能讓邊緣近乎柔軟，很好笑吧，嗯？油漆工的刷子欸，我敢打賭那個惡魔希特勒在他還是個討人厭的青少年時用的也是一模一樣的東西，而我現在竟然也拿著一把。我還有一大堆這種粉末狀顏料，我混了又混，但我的顏色真的有這麼不一樣嗎？大家是不是厭倦我畫在板子上的畫了？我比較喜歡我早期的作品，我現在在做的事啊，簡直讓我憂鬱。

馬瑟威爾：工作會讓我們所有人憂鬱嘛。

羅斯科：真是不錯的教訓啊，來自一名真不錯的年輕人。

馬瑟威爾：我自己也沒多年輕了好嗎。

羅斯科：而且還很沉穩，我注意到你這點了。我正計畫要自殺，但你無疑已經推測出這回事了，你也自認你在某種程度上可以理解這種感受。沒錯，你是沉穩的那個，當然啦，畢竟你的畫那麼爛。

✗ ✗ ✗

在思考我的小說時，當然不包括那個令人害怕、但能幫我賺點錢的產物，我發覺自己很遺憾是個刻板印象式的激進派，痛斥著某種東西，或許將之稱為傳統，還宣稱要尋找新的敘事領域，去碰撞形式的邊界，但正是這種邊界定義了我，並允許我在藝術上存在的。然而，事實卻是，並非所有激進主義都是向前看的，且也許我一直以來都誤解了我的種種實驗，我維繫著，彷彿需要維繫似的，我假裝在挑戰的藝術傳統。我重讀了我原本宣稱要草草拋棄的那篇論文，並發覺頓悟就有如辛辣的食物：會不斷回來、不斷回來。

✗ ✗ ✗

寶拉．貝德曼說話帶著股菸嗓，但她聽起來頗為年輕，也夠有精神。我打過去時她很快就接了。

「利伊先生。」她說。

「我是。」

「我很高興我們可以碰面，即便只是在電話上。我只是想和您聯絡一下而已，您當然是知道我很喜歡那本書。」

「我是這麼理解的。」我說。

她停頓，在我們之間留下一段空白，接著才說，「您花了多久寫完的啊？」

「我只花了大概一周多一點。」

她接下來那段沉默在我耳中昭然若揭，就算沒有對我的發音反感，她也很驚訝，因為這完全出乎她意料之外。我才不要為了她在那假掰咧。

「一周，想像一下吧。」

「有什麼妳想要我修改的地方嗎？」

「並沒有，事實上呢，我認為這可說是我好一陣子以來讀到的第一本完美之書。不過我現在就只是想先認識您一下而已，假如您不介意我問的話，請問您是因為什麼原因入獄的呢？」

「我介意妳問。」

我的唐突就算沒讓她徹頭徹尾興奮了起來，顯然也夠讓她樂了，我察覺她的呼吸出現了某種改變，「這是當然，我不是故意要刺探的。」

「那您在監獄中讀很多書嗎？」

我什麼也沒說。

「呃，」她表示，「我們希望春天可以出版，我認為這本書非常適合夏季閱讀。」

「是啊，海灘上的白人會讀得很爽的。」

這話彷彿是手指直接探上了她的脊椎，且假如我人在她（看起來很稱頭）的辦公室，那她可能會一把扯掉罩衫並爬過辦公桌朝我而來吧，也許不是真的這麼誇張啦，但至少在文學上是。

「您認為我可以留一下您的號碼，以防我之後還有其他問題要問嗎？」她問。

「不，我不覺得需要。妳就去找約爾，跟他說妳想和我談，然後我就會打給妳了，一切像這樣處理都會比較順暢的。」

「呃，那好吧。噢，還有，史泰格?我可以叫你史泰格嗎？」

「可以。」

「史泰格，謝謝你。」

「不客氣，貝德曼小姐。」我在她堅持我應該要叫她名字之前便掛掉電話。

XXX

預付金的頭一半匯來了。我發現媽坐在客廳聽馬勒，我爸一向很愛馬勒，但就算是在小時候，我也覺得馬勒很沉重又神經質。她正在聽《悼亡兒之歌》，看起來就快落淚了，我露出微笑。

「你怎麼這麼開心呢，孟西？」

「我剛領到新書的錢。」

「新書？我還真是等不及要讀啦。」

「是啊，妳請讀。」我回答，「但總之，我想帶妳去旅遊，妳想去哪都可以。」我想趁她還能享受，在她還能記得我是誰、她是誰、叉子是拿來幹嘛的時候，帶她去度個假，「妳想要我帶妳去哪呢？」

「噢，孟西，你也知道我一直以來對旅遊的看法。你決定就好了，不管你挑哪裡，我都會很高興的。」

「那底特律。」我說。

蔓延並棲居在她臉上的那表情，實在是有夠經典，也讓我知道她還沒變成植物人。

「只是開玩笑的啦。」我說。

「我就知道。」

「嗯，現在是夏天，所以我們往北走妳覺得如何呢？瑪莎葡萄園島聽起來怎麼樣？」

「那我們怎麼不乾脆去開海灘的屋子來用呢。」她說。

我本來沒想到，但這個主意簡直完美，那房子現在已經閒置三年了，麗莎曾經和她前夫去用，不過離婚後再也沒回去過，「這聽起來真棒，」我說，「我們也帶上洛琳，然後我們明天就走。明天可以吧？」

「可以啊，孟西。」

✗ ✗ ✗

約爾：你到底對她說了些什麼啊？

我：你這話是什麼意思？

約爾：她從沒這麼起勁過欸。

我：我不知道她為什麼會這樣子。

約爾：他們要在《紐約時報》和《華盛頓郵報》上刊全版廣告欸。

我：你在跟我開玩笑吧。

約爾：她想要我問問看史泰格願不願意去上幾個脫口秀，晨間新聞網的東東。

我：笑死。

✗
✗
✗

我打給比爾給我的那個號碼，一個男人接起來。他感覺滿冷靜的，直到我說我是那個弟弟，接著他呢，這位亞當，便相當開心，並告訴了我不少有關比爾的疑難雜症，我相信比爾應該不希望我知道這麼多的。

「那天威廉想去看他的小孩，但鬧出了大事。他的前妻在跟某個恐同症的公路巡警約會還什麼的，他們差點打起來，孩子們也不太能好好接受事實，我恐怕得這麼說。我想他有告訴我他接了幾個新病患，這是件好事。」接著比爾回家了，「是你弟。」亞當離開話筒表示。

「你剛都跟他說了些什麼？」比爾的聲音很嚴肅。

「我們只是在閒聊而已嘛。」

比爾接過電話，「孟克？」

「嗨，比爾。」

「都還好嗎？」

「很好，你呢？」

「還可以更好。」他回答，他聽起來快哭出來了。

「比爾，我打來是因為我明天計畫要帶媽到海灘那邊去，我們會在那待個幾周。我在想，你能不能也過來一趟，我會到巴爾的摩華盛頓國際機場去接你。」

出現一陣漫長的沉默。

「比爾？」

「我也很想去，但我這邊最近還滿忙的，我得去上法院，因為訪視權跟所有那些鬼東西。」

「我很遺憾。」

「謝啦。」

「嗯，我只是想說問問看啦。嘿，那假如你帶亞當一起來呢？」在他能回答之前，我又補上，「我會幫你們買機票，媽狀況不太好，比爾。」

「好喔，孟克，我再問亞當看看。那你過去那邊之後會啟用電話嗎？」

「我想會吧。」

「好喔，那好，我過幾天再打給你。」

「好。」

我掛斷，並瞪著我書桌上的電話，電話又黑又沉，以前是我爸在用，而有時我會想像我依然能聽見他低沉的聲音在電線間嗡鳴。比爾聽起來非常難過，非常失落，我們小時候我便時常感覺到他的哀傷，無論多麼微弱模糊，但這種絕望，假如真的存在的話，這種失落感和格格不入感，卻是全新的，且很難接受。此時我才第一次好好坐下，看著我家的毀滅，這不是什麼奇怪或不自然的事，事實上還比大多數事情都還更自然，但依然是件很難消化的大事。我爸已經過世好幾年了，我姐最近遭人謀殺，我媽跟著她衰老的風箏飄走，而我哥終於找到了他自己，我想應該是吧，但似乎又在過程中失去了其他所有一切。我不會用那個老套的比喻，說我是沉船的船長，這還代表我擁有某種權威，但我其實只是蒸汽輪船上的柴油引擎技工，是修道院裡的婦產科醫生。

✗ ✗ ✗

「你寧願失去你的視力還是聽力？」某天晚上，我們全家坐在屋後的野餐桌旁時，麗莎問。蚊子才剛開始出沒，螃蟹則幾乎全走了。

「聽力，」比爾很快回答，「這世界上有太多東西可以看了，繪畫、風景、臉孔。假如你聽不見，你還是能到處活動，而且你還可以學讀唇語啊。」

「那你呢，孟西？」媽問，她將這類事情視為很棒的話題，也對我們有益。

「我不知道耶，我確實會很懷念聽音樂和蟋蟀聲，但我也會懷念看畫這樣的東西，就像比爾說的。我猜應該是聽力吧，我寧願失去我的聽力。」

「我也是。」媽表示。

「那你呢，爸？」比爾問。

爸剛才都一直用他那種心不在焉的方式，邊思考邊聽我們說話，他盯著麗莎，接著是我，似乎在研究著我們，他再來望向桌子那頭的媽，一面點點頭，之後盯著比爾最久，最後才好好端詳著我們全部，然後回答「視力」，並掛著一個不太算是微笑的微笑，但已經足夠讓我們都大笑出聲，彷彿我們是遭到取笑，而非受到冒犯似的。

✗
✗
✗

我沿著五十號公路開，媽坐在我身旁，不贊成的洛琳則坐我正後方，而在我腦中，我卻在思索著我那本即將出版的小說，其中所有爛到爆的一切。我當初之所以寄出稿子，完全就是因為這很爛，但這回事現在卻像是要殺了我一樣。那很顯然就是在反串，但建構的過程實在太過輕而易舉，使得我發現就算要把這認真當成諧擬看待，也很困難。這部作品無聊得要死，唯一的優點就是簡潔精鍊，完全沒有在翻玩結構甚或版面空間，事實上，這部作品根本就沒有占據半點我認為足以發人深省的藝術空間。除了對於梵．谷自身在空間及其餘層面上感到格格不入的表面關心之外，寫作之中完全沒有半點東西是能夠彈回來讓我自己產生共鳴的，接著我逮到了我的思考方式，並發覺這一切之中最令人哀傷的部分，那就是我把自己當作一個懦夫，在那邊想一堆白癡又假掰的狗屁，以避免真正的指控當面瞪著我看：我是個叛徒。

媽碰了碰我的手臂，彷彿她也看出了我受到的折磨似的，「你還好嗎，親愛的？」她問。

「很好啊，媽。」我望向後照鏡，「妳在後頭那裡也還好嗎，洛琳？」

「很好。」洛琳其實並不真的想來，但我需要她幫忙照顧媽，而且老實說，我也無法想像拋下她一個人，「我是可以上個洗手間啦。」

我們已經上路三十分鐘，大概還要再二十分鐘才會到安納波利斯，「妳覺得妳可以等到我們抵達安納波利斯再上嗎？」我問。

「如果非得要的話，我想我可以。」

「我們得為洛琳停車才行。」媽表示。

我點點頭，並開下下一個出口，結果那個出口什麼也沒有，對車裡的人一點也不方便，我於是沿著兩線道的公路開，直到三十分鐘後，我們遇上一座加油站。我把車停在洗手間的門口前，並關掉引擎，「到了，洛琳。」我下車替她開門，有個一臉油條、身形瘦長的白人青少年隔著窗戶觀察著我們。

洛琳走到門口，打開門，接著又走了回來，並坐上車，「我可以等。」她說。

「怎麼了？」我問。

「我沒辦法進去那裡。」她回答。

「沒有別的地方了。」

「洛琳都說了她不能用那間嘛，孟西。」媽表示。

「我就等到我們抵達吧。」洛琳說。

一小時後，我們到了安納波利斯，洛琳在後頭睡著了，媽也在我身旁睡著，我開過市區，來到海灘。門口的警衛也還真的認得出我，他跟我媽一樣老，但我想不起他，「孟克·艾利森，」他說，「哎呀、哎呀，你甚至都不記得我啦，是嗎？我是梅納德·伯特萊特啊。」

我確實記得這個名字，但我想起的是一個滿身肌肉的魁梧前海軍陸戰隊員，還有鋼鐵般的下巴，而不是這個在我面前說著**哎呀**、**哎呀**的可愛老人。

「我記得你，」我說，「人生待你如何啊？」

「好到不能再好啦。」他說著望向我媽，接著是洛琳，我記得麗莎曾懷疑他喜歡洛琳，「那是？」

「是洛琳沒錯。」我說。
「嗯，我想也是。」
我轉身要叫醒洛琳，梅納德卻阻止了我。
「你肯定是個很棒的駕駛，」梅納德表示，「大家才能都睡成這樣。」
「我想是吧。」
「嗯，那就之後見啦。」接著他對睡著的洛琳揮了揮手。

X X X

小睡對老太太們來說，肯定有恢復效果。一抵達房子並醒來之後，她們便專心致志進行起讓這個地方恢復秩序的任務，開這段短短的車程只是讓我有點累而已，但她們完全不讓我靠近插手協助清理。我於是走出去到屋側，打開水和主斷路器，我再度探頭進去屋內，重新確認了我的一無是處，接著走往後頭，來到潮汐池邊的小碼頭上。我往東看去，望向外頭的河灣，那艘舊鋁獨木舟依舊翻肚在淤積上，並一如既往蓋著塊防水布，稍後，我會搭它出去，就只是漂浮在水面上，邊抽著雪茄。池子的邊緣建滿房子，和我小時候已截然不同，我可以聽見家庭、音樂、狗兒、遠處汽車警報的聲響，然後我走過我們和鄰居的屋子中間，來到路上，再從那裡朝河灣的海灘走去。

✗ ✗ ✗

我在想我扮演史泰格．利伊這回事，究竟要搞得多過火。事實上我有可能會成為萊茵哈特[48]，走上街並發現自己出現在商店的櫥窗裡。我就是我，我大可以戴上假鬍子和假髮去上脫口秀、玩遊戲、說做就做、講講幹話。不，我沒辦法。

我會讓利伊先生繼續過著他的剛出獄隱居生活，他會再和編輯講幾次話，然後就人間蒸發，就像掉進某種洞裡。

✗ ✗ ✗

我沿著海灘走，接著回頭望向道格拉斯家的屋子，那屋子首先是由弗雷德里克．道格拉斯[49]的孫子擁有，自此之後又轉了好幾手。在我小時候，那裡沒人住，我們會走進去，爬上階梯，並從塔樓望著水面，我爸告訴過我，詹姆斯．威爾登．強森[50]曾在那座塔中寫作，想到這回事讓我有點嚇到，但也讓我的思緒萬馬奔騰，尋找著我自己那一行行永遠不會到來的詩句。現在，這棟房子看來則很新，也多少有點陌生，塔頂不再關上遮蔽，而是由玻璃環繞，屋子看來相當整齊，也有冷氣，前頭的人行道旁，停著台賓士旅行車。

我再度走回街上，並停下來看看提爾曼家的老房子，結果有名我剛沒看見的女子坐在門廊，問說我有什麼事她能幫上忙的嗎，但她問的方式，實則是在問我他媽到底是在看三小。

「我很抱歉，」我回答，「我只是剛好想到之前的某個屋主而已。」

「噢，真的嗎？」意思當然是，**喔，是喔**。

「對啊，真的，他叫作提爾曼教授，我從來都不知道他的名字，搞不好真的就叫教授吧。」

那女人笑了出來，她很高，跟我一樣高，接著她走下門廊，和我一起看著房子，接近金黃色的辮子框著她的方臉，「提爾曼教授是我叔叔，」她說，「我們都叫他教授叔叔。」

她還真有趣，我對她露出微笑，「我不是故意要失禮的，但我剛剛沒看見妳。」

「沒關係。」

「教授還好嗎？」我問。

「他三年前過世了。」

「我很遺憾。」

「我繼承了這間房子，一部分的房子啦，我哥和我共同擁有，但他住在拉斯維加斯，從不到東部來。」她說**拉斯維加斯**的樣子，好像我不該相信她一樣。

「我曾開車經過那。」我說，「我叫席隆尼斯．艾利森，大家都叫我孟克。」

「是艾利森醫師的家人嗎？」我點點頭，然後她說，「我叔叔常常提到你爸爸。」

48 譯註：此處典故應是出自勞夫．艾利森（Ralph Ellison，1913-1994）的《隱形人》（*Invisible Man*）一書，書中的黑人主角在喬裝後，一直遭人誤認成一名叫作萊茵哈特的人。

49 譯註：弗雷德里克．道格拉斯（Frederick Douglass，1818-1895），十九世紀美國著名黑人政治家，為廢奴運動之代表人物。

50 譯註：詹姆斯．威爾登．強森（James Weldon Johnson，1871-1938），美國作家暨民權運動家，哈林文藝復興重要代表人物。

「真的啊。」

「我是瑪麗蓮．提爾曼。」她握握我的手，「你是來過夏天的嗎？過完剩下的夏天？」

「就只待個幾周而已，我和我媽還有她的管家一起過來的。說到這個，我最好趕快回去了，我知道她們肯定會有張購物清單在等著我。我們之後再聊吧，好嗎？」我邊說邊往後退了幾步，

「妳有需要我順便幫妳買什麼東西嗎？」

「不如我和你一起去如何？」她問。

「我們是兩層樓有綠色護窗板的那間。」

「我待會就過去。」她說。

「好。」我看著她一次爬上兩階門階進屋去。

回到屋裡，我發現媽和洛琳槓上了，兩個人互看不爽，體現在一陣尷尬的沉默之中，媽跟我說她需要小睡，洛琳也把我拉到一旁告訴我說，媽需要小睡一下。洛琳已經寫好了購物清單，最下頭有幾樣東西，是我媽顫抖的字跡加上的，而這無疑就是兩人之間麻煩的根源，尤其是因為其中一樣東西洛琳早就已經列在上面了。

「她累了。」洛琳又講了一次，這次大聲到讓媽能聽見。

「也難怪。」媽柔聲說，邊環顧四下，彷彿在找一個可以躺下的地方。

「洛琳，」我說，「帶媽上樓，讓她上床，好嗎？我大概一個小時左右就會回來，我也會順便買些吃的，這樣今晚就沒人需要煮飯了。」

「好的，孟克先生。」

洛琳跟著媽走上樓。

「我不需要妳的協助。」媽理智斷線。

「我得幫妳鋪床啊。」洛琳說。

「嗯，那就快去啊，洛琳。有時候妳真的是個手腳很慢的女孩耶。」

我走到外頭，發現瑪麗蓮正走來，她戴著頂草帽，遮住了她的臉，但她的青春活力，依舊閃耀在臉頰上和她眼中。那是股我相信我記得的光輝，卻已從我身上消逝，我看著她自信的步伐，雙眼不禁感到疲憊，她的布包在她身側擺盪。

「準備好了嗎？」她問。

「噢，當然。」我說。

我們上車，我擺弄了一會兒鑰匙，這個情境對我來說極度陌生又令人擔憂。竟然有名七十歲以下的女子坐在我身旁，我覺得這名女子相當吸引人，而且她的短期記憶至少也跟我的一樣好。我感覺就像個老姑婆，並努力對抗，不要表現得太過不自在。

第十章

十天過去。我會自己散步、和瑪麗蓮散步、有次還和媽一起散步。瑪麗蓮認識了媽和洛琳，門口的警衛，梅納德，打了通電話給洛琳。媽告訴我她喜歡瑪麗蓮，我告訴瑪麗蓮我喜歡瑪麗蓮，瑪麗蓮告訴我她也喜歡我。我們四人會一起吃飯，我會和瑪麗蓮吃飯。我會划船到池子上抽雪茄。媽和洛琳槓上了，洛琳會低聲碎念。媽會睡午覺。我去市場時媽會獨自和瑪麗蓮聊天。

「你媽跟我說你有本新書快出了。」瑪麗蓮說。

我的直覺反應是要說媽弄錯了，而我也差點就這麼做了，不過又想到把幻覺賴到一個會頻繁產生真正幻覺的人頭上，實在是很不公平，我於是回答，「嗯，那書還沒寫好，但我希望春天前可以寫完。」

「書名是什麼？」

「我還沒有真的想到，是在翻玩《愛情神話》，」我大笑，「又是我另一次極度商業化的冒險啦。」

「我很樂意讀讀一些片段。」

「我也是。」我說。

她露出一頭霧水的表情。

「寫完之後我也很想讀讀看。」

「事實上，《第二次失敗》推出時我還真的有讀呢，我很喜歡。」

我點點頭，「謝謝妳，恐怕我並沒有太多讀者。」

我們坐在碼頭上，望著池子，我們喝了瓶梅洛葡萄酒，但風味受到我們被迫點起的香茅蠟燭大大影響。我已得知許多有關瑪麗蓮的事，我猜她對我也是，不過他人的資訊似乎總是更重要、更有趣、或者就只是更像是資訊。她在波士頓外長大，有個哥哥，和一對醫師父母，她念瓦薩學院，接著去了哥倫比亞大學，現在則是在量刑指南組織擔任聯邦辯護人，也就是會在全美各地遊歷，對公設辯護人解釋量刑相關的法律。她非常認真看待她的工作，認為這很重要，我也這麼覺得，而在這個層面上來說，瑪麗蓮實在很像我姐。她喜歡某些同事，但不喜歡工作的場所，且滿腔熱血在乎她所代表的那些人的權利，卻不喜歡他們這些人本身。

蚊蚋在我們腳踝邊忙碌得很，「妳會介意我抽這個嗎？」我邊問邊從襯衫口袋掏出一根雪茄。

「不介意，請抽。」

我於是點燃雪茄，並將煙霧吐下她的腿邊，「這會幫忙趕走蚊子。」我說。

「那還真性感耶。」

我靠回來，並凝視著她的雙眼。她的美並不是像那種蠢電影裡一樣，她的臉龐反倒是頗為耐人尋味、充滿經驗、也充滿想法，她因而相當美麗，我希望我的臉上也帶有夠多那樣的東西，好讓我具有吸引力。我們的頭部往空間中的某個共通點偏擺，通常頭部在這麼做的時候，都代表初吻就要發生，於是我們接吻，雖然相當輕，卻堅決又果斷。我們親完分開，無話可說，我很害怕，擔心我最後會不會讓她覺得疏遠，並搞砸一切。

接著，在池子上，我們聽見船槳的點水聲，還有輕柔的笑聲，月光下，洛琳和梅納德坐在一艘小艇上漂過，景象十分甜蜜。但即便我很想替洛琳感到開心，卻只能為我媽覺得難過，她待在屋內，伴著股孤獨，而我很確定那股孤寂正在殺死她。

✗ ✗ ✗

我從來都沒辦法講方言，所以我連試都沒試，且做自己一直以來對我來說也都滿管用的。不過我青少年時，實在是非常想要融入，我會看著我的朋友們，他們平常聽起來和我並沒有多麼不同，但他們走進各種情境時，會搖身一變。

「喲，兄弟，安怎啊？」他們會這麼說。

「你才安怎勒。」某個人會這樣回答。

這對我來說完全不合理，但聽起來隨意又自在，而且最重要的，還很酷。我還記得那些用詞，那些表達方式。

要確欸

安抓

銃啥？

chill

很哈

喲（這本來應該要很容易的才對啊）

是像怎樣？

安怎？

你最好別管。

那還真屌欸。

工三小？

外面他媽熱得跟三小一樣。

要起肖啦。

我有試過，但從沒聽起來自在過，聽起來也從不真實。事實上，在我耳中，不管是誰說的，聽起來都很假，不過我分得出來，其他人方言講得都比我這輩子能達到的還好上非常多，我從來都搞不懂拍掌或擊掌的時機，還有到底是要用哪種方式握手。但當然，除了我之外，根本沒人在乎我的尷尬笨拙，我是後來才學到這點的，可是當時，我卻深信這是定義了我人格特質的重要特色，「你認識嗎，席隆尼斯．艾利森，就是很尷尬的那個。」**講話很像他口吃一樣？聽起來很像白人？甚至都不會打籃球勒。**

✗ ✗ ✗

今天是個寒冷的早晨，我很開心終於得伸手去拿放在我床腳的那條毯子了。天剛破曉，而從那幾分鐘甜美的半睡半醒時刻深處，我聽見洛琳在喊我。

「孟克先生！孟克先生！」

我馬上轉過雙腿，套上我的棉褲，踏進拖鞋，「發生什麼事了？」我邊往樓下喊邊來到門口。

「是你母親。」

我急忙衝下樓梯，並見到洛琳人在廚房裡，她正瞪著窗外，我則四處找著媽，「出了什麼事了？洛琳，媽人呢？」

洛琳一言不發，但指著窗外的池子。在外頭鏡般平坦的靜止水面上，有個人站在淡藍色的小艇中，是媽，她雙臂貼著身側，看來一點也不興奮。

「她在外頭那裡幹嘛？」我問，卻在說出口時便發覺這個問題有多蠢，感謝洛琳，她並沒有回答，「我猜我最好過去帶她。」可是該怎麼帶？我困惑起來，媽在我們的船上啊，我於是盯著鄰居的院子，看有沒有什麼可以強制徵收的，不過都空無一物，「我想我要來去游個泳了。」

✗ ✗ ✗

水是冰的，還很冰。我從來都不是很會游泳，但至少還有信心可以游得到船邊。我停在半途確認方向，回頭看見現在不只洛琳站在碼頭上，還有鄰居，我不認識，他們沿著岸邊聚集成一小群一小群。我繼續游，而以某種奇怪的方式看來，這次運動感覺很棒，媽很討厭水，所以我知道她肯定是發作了，從前爸要是能有辦法說服她上船，那就是件大事，而現在呢，她就在那，獨自一人漂了出去。直到我游到之前，我根本就不可能知道她究竟漂了多遠。

我停下來觀察，發覺我離船隻只剩幾十公分了，我於是側游過去，並從水中伸手，接著在媽拿槳猛拍時，趕緊把我的手縮回來。

「媽，是我。」我說，邊踩著水邊試圖對上她的眼神。升起的太陽稍微落在她身後，我於是繞著船游，當我能夠對上她的眼神時，卻發現裡頭空無一物，她不是媽，但她當然又是我媽，我可以告訴她我是誰，連說上好幾個小時，對她來說卻一點意義也沒有。我注意到漂浮在水面上的繫繩，於是抓住，接著開始一路側游回碼頭，我全程都能看見她，站著，船槳舉起，要是我敢接近，就準備好要再度揮向我。「沒事的，媽，」我一直這麼說著，「沒事的，媽。」最後，我用嚴肅的語氣說，「艾利森太太，船上不允許站立。」她於是坐下，而我可以感覺得到我在水裡的動作瞬間變得更為放鬆。

洛琳現在還加上了梅納德和瑪麗蓮在岸上等著迎接我們，洛琳和梅納德幫忙媽下船並爬上船台的斜坡。瑪麗蓮則負責照看我，我躺在地上，喘著大氣，望著到了這時已經全亮的天空。

「我的天啊。」我說。

「你還好嗎？」瑪麗蓮問。

我盯著她，接著坐起身。池子周圍站滿了人，就連遠處的那側都有，而他們全都在盯著這看，我不是非常介意他們這麼直瞪著看，換作是我，那我肯定也會一臉癡呆站在附近的。可是他們的關注強調了一件已然十分顯而易見的事，那就是媽的狀況已經非常糟了，且無論是我或誰都無能為力。

「你還好嗎？」瑪麗蓮又問了一次。

「我想是吧，我最好去看看媽。」

她幫忙我站起身來，我想我也還真的咳出了一點水。我的棉褲黏在雙腿上，感覺又沉又貼。

X X X

換個話題

「歡迎來到《憑藉英勇和武器》[51]。」

「我想參加節目。」湯姆說。

「嗯，你當然想參加啦。」金髮女子回答，邊拿了份單張表格給湯姆，「填好這份表格交給我，我們再繼續下一步，你可以坐在那邊那張桌子填。」她指著房間另一頭一張巨大的木桌，桌邊坐著另外三名黑人。

湯姆接過表格，走到桌邊，坐下並拿起一支繫在桌面上的筆。他試圖想要看看其他人的臉，但他們不肯抬頭。第一個問題問他的名字，而他在這就卡關了，他想放聲大笑，在那行字下面，

51譯註：此句為密西西比州之格言，呼應這篇故事的主角背景。

用括號框著，表格還問了姓氏與名字，他在適當的地方寫下湯姆，接著試著掰出個姓氏。他考慮要用海姆斯，但擔心他會不知怎地惹上麻煩，更多麻煩，於是他最後寫下，瓦茲特佩，他不知道他為什麼要這麼寫，但他一下子就想出來了，所以他輕聲對自己念了念，「瓦、茲、特、佩。」要是人家問，他會說這是個非洲姓氏，但他知道這其實是個蘇族印第安字，雖然他並不知道意思，他也不知道他是怎麼知道這個字的，不過他很確定要用這當作姓氏。表格還想要他的社會安全碼，於是一組號碼便出現了，即便他知道這也是瞎掰的，451-69-1369，他瞪著這組數字，思考著這究竟是什麼意思，他認出中間那組兩個數字代表巨蟹座的星座符號，但另外兩組，四五一和一三六九，他就完全搞不懂了。他一路鬼扯填下表格，關於他的地址、出生地、教育程度，宣稱他曾念過威廉瑪麗學院、還有興趣，包括用垃圾袋製作揚琴和箱型風箏。他把表格交還給那名接待員，她開開心心收下，接著遞給他一疊紙張。

「假如你能盡全力回答這些問題，那我們就能決定你是否適合參加節目。」她表示，「你有十五分鐘時間，」她盯著她的錶，「計時開始。」

湯姆回到桌邊，第一個問題是：你可否形容屬於小頭水蟲科的昆蟲呢？在這下頭，湯姆就只是寫上「可以」，接著他心想，他這樣子太直白了，於是繼續作答，並且也開始形容了一下，他寫下，「小頭水蟲是爬行的水生甲蟲，牠們很小，呈橢圓形凸起狀，通常是黃色或棕色，且帶有深色斑點。和其他水生甲蟲的差異，在於其類似盤狀的巨大後髖部。」他知道他可以一直寫下去，但他覺得他得繼續作答下一題才對。

（二）請問斐迪南．艾爾伯特．杜孔是誰？湯姆想都沒想就回答，「他藝名簡稱艾爾伯特，一八二九年獲聘為巴黎歌劇院的芭蕾大師，編有多部芭蕾舞碼，包括《村中的誘惑者》、《灰姑娘》、《根特的漂亮女孩》等。」

（三）請闡述均值定理。「本定理為羅爾定理的延伸，指的是若函數 y=f(x) 在 a≦x≦b 之間連續，且在 a＜x＜b 之間的每個 x 值皆可微，那麼在 a 和 b 之間便至少存在一點 c，其針對曲線的切線斜率，將和兩點 A[a, f(a)] 及 B[b, f(b)] 間之直線斜率相等。」

湯姆的腦袋感覺像是火在燒，答案輕而易舉浮現，雖然他並不知道為什麼，但他懂一切，而且他的腦袋快燃燒殆盡了。最後一題問他，他也如實描述了克萊斯勒汽車公司一九七七年時發明的單點連續燃油噴射系統，面對題目要求他描述這個概念在克萊斯勒 Imperial 汽車之中的運作，他的回答詳盡卻無聊，不過答案帶有的無聊，卻擁有撲滅他腦中大火的作用。「時間到。」那名女子從她的辦公桌喊湯姆。

湯姆於是將考卷拿回去給她。

「這樣就可以了。」她說，「現在，你可以回家了，假如你是我們需要的人選，我們就會再打給你。」

「我沒有電話。」湯姆回答。

「噢，天啊。」女子表示。

「我就在這等吧。」湯姆說完走向一張沙發坐下，接待員明顯因為他決定繼續待在辦公室而心煩意亂，她於是帶著湯姆認為是他考卷的東西走進另一間辦公室。他拿起一本科普雜誌，讀起一篇文章，是有關軍方的新坦克，在崎嶇的地勢上能以超過一百四十五公里的時速移動。

湯姆人在NBC電視台的建築中，就在《憑藉英勇和武器》節目的外部辦公室裡，他坐在沙發上，等著那名接待員重新出現在她的辦公桌邊。她也確實再度現身，還有名男子跟著她一起過來，男子身穿灰色西裝，一頭灰髮，臉上咧開大大的微笑，好像被感染了一樣。接待員指著湯姆，灰髮男點點頭，接著走向他，湯姆在對方接近時觀察著他自信的步伐。

「你考試表現得非常好。」那人說。

湯姆點頭。

「你的表格上寫說你念過威廉瑪麗學院，你是哪一年畢業的啊？」

「事實上，那不是真的。我只是想隨便寫點什麼而已。」

「我叫戴米安．布朗克，」那人表示，「我是《憑藉英勇和武器》的製作人。」

「我為在表格上說謊道歉。」

「這你不必擔心，這可是電視啊，誰他媽真的在乎你是在哪念書、你念什麼、還是你到底有沒有念過書啊？」他在沙發上坐下，就在湯姆身旁，「事實上呢，瓦茲特佩先生——」他猛然打住，「請問我可以叫你湯姆嗎？」

湯姆再度點頭。

「事實上呢，湯姆，我們遇到了一個問題。你瞧，我們今晚節目的其中一名參賽者生病了，所以，我們需要快速找人頂替，然後你就出現啦。」

「我能上節目了嗎？」

「一點也沒錯，」布朗克回答，「你就要上全國電視現場直播啦，你也知道我們是碩果僅存的幾個現場直播節目之一。」他看了看錶，「我們差不多再過六個小時左右就要開錄了，所以，我建議你稍事休息，吃點東西，然後放輕鬆。我們的節目是有可能很折磨人的。」

「是的，我知道。」湯姆簡直不敢相信他的好運來得這麼快，他還真的就要登上《憑藉英勇和武器》了，不過在他想到這回事時，他也想起了先他而來的人遭遇的醜陋結局。他們也都是聰明絕頂的人，卻依舊在雞蛋裡挑骨頭的陷阱題手下失敗，還是他們單純就只是頗為粗心大意，所以終歸是不夠聰明呢？湯姆於是決定他要表現得夠聰明才行，他要無懈可擊完美回答每個問題，他會在其他人倒下的地方成功。

「你還好嗎？」布朗克問。

「沒事。」

「嗯，那麼，你七點回來這裡報到。在這裡和我會合，然後我會帶你上五樓。」

「謝謝你，」湯姆說，「實在是非常感謝你。」

「不，是我該感謝你才對，湯姆。」

✗ ✗ ✗

布朗克蒼白的臉上掛著大大的笑容，並且不停用他骨瘦如柴的細長手指耙梳過他的灰髮，「很好，你出現了，要是你沒出現，我還真不知道我們該怎麼辦才好呢。來吧，我會帶你上樓，你可以在那邊讓人梳化，我們甚至還會送你一件全新的襯衫和一條領帶，我敢打賭你絕對沒有料到這小小的福利的。你知道的，這是上電視嘛，所以一定得要上鏡才行，《憑藉英勇和武器》

可不是什麼低俗的節目，我們可是大節目。我真不敢相信你剛剛考試竟然表現得那麼好，走吧。」布朗克抓住湯姆的肩膀，將他轉過來，並推著他朝電梯走去。「這邊走。你興不興奮啊？」

「不。」

「嗯，你應該要很興奮的才對。這對你來說可是個大好機會，你的發展無可限量啊，天空才是極限，你搞不好還會得到一紙唱片合約或是情境喜劇的邀約呢。」

他們搭電梯上五樓，出電梯，走下走廊，朝一扇雙扇門走去，途中經過一個在拖地的黑人，那人在水桶裡擰拖把時，湯姆匆匆瞥了他的臉一眼，並認為自己認得他。門關上時，他發覺對方其實是節目先前的參賽者。

現在，他們站在一扇門前，上頭標示著「化妝間」，「他們在這裡頭會幫你準備妥當的，」布朗克邊說邊調整好他自己的領帶，「我得去關心關心我們其他的參賽者才行，不過你沒問題的啦。你就放鬆，跟著流程走就好，順其自然就對了。」

湯姆點點頭，他回頭望著雙扇門，想要回到外頭的走廊上，並和鮑伯．瓊斯聊聊，但布朗克將他領進化妝間。兩名女子從布朗克手中接手，帶他轉過身，並讓他坐在一面大鏡子前的椅子上。

其中一名女子一頭紅髮，臉頰非常豐滿，雖說湯姆也看不見她其他部分就是了，「你放輕鬆就好，親愛的，」她說，「我們這邊還沒有搞死半個人過。」

另一名女子看起來則病懨懨的，她非常之瘦，雙頰凹陷，看來就像是要在她口中相碰了一樣，「你穿什麼尺碼的襯衫？」她問。

「L號的。」湯姆回答。

「那你知道你的衣領尺碼嗎？」

湯姆搖搖頭。

皮包骨的女子於是吸吸牙齒並說，「你是個大男孩，我看起來你像是十六號半的。」

「讓我來瞧瞧你這張臉吧。」紅髮女子邊說邊抓著湯姆的下巴，並左右擺動起他的頭部，

「你長得還滿不賴的嘛。」她表示，還用拇指順過他的額頭。她接著伸手到椅子旁的推車中，指尖收回來時上頭沾著層棕色的霜狀物。

「那是什麼？」湯姆問。

「你膚色還不夠深，親愛的。」她回答，接著開始將那坨東西抹到湯姆臉上，「這就上電視用的東西啦。」

他在鏡中看著他的橡棕色膚色漸漸變成巧克力的咖啡色。

「現在好啦，」紅髮女子說，「這樣好多了。」

皮包骨女子這時拿著件白襯衫回來，那衣服漿得非常挺，不過湯姆在她的協助下，還是硬塞進去了。結果衣領稍微有點緊，話雖如此，湯姆試了試，卻還是沒辦法將襯衫扣到喉嚨處。

「來，我幫你吧。」皮包骨女子說，她瘦骨嶙峋的指關節於是壓進他的喉結，害他沒辦法呼吸，她和那顆鈕扣奮戰了好幾分鐘，最後終於成功穿過硬梆梆的扣孔，「好了。」她站到一旁。

湯姆盯著鏡子，看見的是另一個截然不同的人。白襯衫對比他臉上改變過後的色澤，令人相當不適且困惑，他覺得自己像個小丑，「我臉上一定得抹這東西嗎？」他問。

「恐怕是這樣沒錯，孩子，」紅髮女子回答，「恐怕一定要。規矩就是規矩，你不會想要讓那些在家裡看電視的人們一頭霧水的吧？現在，麻煩你一下？」

皮包骨女子在湯姆脖子上打了條領帶，鬆緊剛好可以將硬挺的領子收在他的喉嚨上。

「你準備好了嗎？」突然探進房間的布朗克問，「嘿，你看起來還真不錯，一表人才啊。」他在湯姆身旁繞了一圈，「幹得好啊，女孩們，真的很讚，他看起來剛剛好。湯姆，我差點都認不出你來啦。」

「我也是。」

布朗克大笑，「妳們聽到啦，女孩們，『我也是』，這個湯姆真的是很有趣啊。」他住口並將手放在湯姆的肩膀上，「是時候了，湯姆，是時候登上《憑藉英勇和武器》啦。」

湯姆於是起身跟著布朗克走出房間，然後穿過內部走廊前往另一扇門，門外亮著盞紅燈，他們走進去，而在他們眼前，便是《憑藉英勇和武器》的布景。湯姆一口氣喘不上來，他頭一次緊張起來，他得獲勝才行，他就是得獲勝，但他也知道這節目是怎麼運作的，這可由不得他，他得小心翼翼，千萬不能失足才行。他人就在這個攝影棚裡，站在通往他未來的門檻上。

X X X

攝影棚的燈光很刺眼，攝影機立在布景前，就像魁梧的猩猩，湯姆覺得他的妝正在融化，邊在想他的臉上是不是一條一條的。傑克．史培茲[52]在那，就是他本人無誤，他往後梳的油頭亮得跟裝了電池一樣，他圍著個塑膠圍兜，邊看著他的手卡，化妝間那邊的皮包骨女子則邊替他的眉毛上粉。那塊巨大的環形板子也在地板上鋪展開來，上頭不同顏色的正方形在湯姆眼中看來，彷彿他即將面臨的障礙，他的對手坐在攝影棚另一側的躺椅上，有名一頭長棕髮的女子正在幫他修指甲，那人滿英俊的，金髮、輪廓深。湯姆觀察著布朗克和史培茲閒聊，兩人看來似乎在擔心什麼事，一個人先搖了搖頭，另一個人接著跟上，話講到一半時，布朗克指指坐在躺椅上的那個白人參賽者，湯姆突然間覺得極度孤單。他看著觀眾魚貫而入，找到座位，他們全是白人，全是金髮，也全都瞪著湯姆，是片藍眼組成的汪洋。

傑克．史培茲離開布朗克，朝湯姆走來，「我是傑克．史培茲，」他自我介紹，「歡迎來上節目。」他的笑容不知怎地有點太過燦爛、太過純潔，不像真的，他握了握湯姆的手，「我想祝你好運，放輕鬆就好了，我很肯定你會表現很棒，並替你的種族爭光的。」

史培茲走開，換布朗克取代他，「是時候該你過去就位啦。」布朗克說，「你應該要站在紅色的標誌上，有問題的時候，找地板上的紅色標誌就對了，你看過節目，所以你會知道該怎麼做的。反正就聽傑克的指示，還有看著導播就對了，就是那個戴棒球帽的人，作答時請看那台亮紅燈的攝影機。現在，去大顯身手吧，湯姆。」

湯姆走進布景就位，邊小心翼翼踩在紅色標誌上。燈光落在他身上，使他不再能真正看見觀眾的臉孔，但他感覺得到那些眼睛都正盯著他看，也能聽見他們的呼吸。節目主題曲響起，介

52譯註：此姓名應是在諧擬黑桃J。

紹起湯姆的對手，「哈爾．杜拉德，來自印地安納州艾克哈特，是名社工，也在當地的夜店擔任兼職藍調樂手，同時還是個二寶爸，以及家長會長暨社區協會會長。」哈爾．杜拉德對看電視的觀眾揮揮手，「對上來自密西西比州的湯姆．瓦茲特佩。」攝影機於是瞪著湯姆，湯姆也瞪回去，「現在，還有你們最愛的益智節目主持人，《憑藉英勇和武器》的關主，傑克．史培茲。」

傑克．史培茲快步走出，和觀眾打招呼，「我們就直接開始吧，」他說，「杜拉德先生，如果可以的話，請你舉出一種原色。」

「綠色。」杜拉德回答。

棚內的觀眾集體倒抽一口氣。

傻眼的史培茲也清了清喉嚨並表示，「恐怕這並不是可以接受的正解。」

「湯姆，」史培茲問，「請問何謂細胞分裂後期？」

「細胞分裂後期為細胞分裂的一個階段，特徵是染色體從紡錘體赤道來到紡錘體極區，始於著絲點的分裂，終於染色體往極區的移動停止。」

「正確答案，」史培茲表示，「你可以往前一格。」

「杜拉德先生，請問在《聖經》中，是誰殺了歌利亞？」

「那應該是所羅門吧。」

棚內的觀眾再度哀號起來，湯姆望著布朗克，看到他雙手摀住臉。

「答錯了，」史培茲說，「正解是大衛。」他洗出下一張手卡，「湯姆，請說出以下詩句的出處，也請告訴我們作者，並和我們分享一些相關資訊：

『為嬌嫩及纖弱者哭泣
他們的赤腳現正踏過荊棘，
為野蠻人汲水，
聽其命伐木。』」
湯姆停頓了一秒，邊看見布朗克的臉龐閃現短暫的笑容，接著他開口回答，「這些詩句是來自〈悼遭到蹂躪的以色列地〉一詩，作者為約瑟夫．伊本．阿比索爾，生於十世紀中葉。據說他曾就《塔木德》，對哈里發哈卡姆二世進行過阿拉伯版的解釋。他主要以禮拜作品聞名，也就是給加泰隆尼亞人和北非猶太人使用的祈禱書。」
布朗克一臉茫然。
史培茲則搖了搖頭並說，「正確答案，請再往前一格。」他接著宣布要進廣告休息，期間有幾名化妝師衝向他照料他出汗的眉毛。
布朗克此時迅速大步走向杜拉德，似乎正低聲對他大吼。即便他們只隔著兩格，湯姆卻聽不見到底說了些什麼，而他也在棚內的觀眾身上感覺到敵意。
導播舉起手指從五倒數，邊指著傑克．史培茲。
「歡迎回來，」史培茲說，「杜拉德先生，就讓我們來看看你是不是寸步難行吧。請問美利堅合眾國第一任總統是誰？」
「湯瑪斯．傑佛遜。」
「答錯了，」史培茲回答，無法完全藏起他的煩躁，「這也能答錯。」

「湯姆，請問什麼是連續分配區？」

「這是在坡地裝設化糞池系統時，必須建造的一塊區域，擁有一連串沿著土地等高線挖掘的水平壕溝，每一條都比前一條還低。壕溝和壕溝之間會進行連接，以便在上頭壕溝中的穢物，積滿到砂礫填充物的頂部時，將其輸送至下方的壕溝。」湯姆說到這裡本來想停下，卻仍補充，「因此，系統的第一條壕溝得要完全裝滿，第二條壕溝中才會開始出現穢物，此外，也不需要用上分配盒。」

布朗克看起來好像要尖叫出聲了一樣，他一臉焦慮回望心煩意亂的觀眾。

「正確答案，請再往前一格。」史培茲表示。

杜拉德不知道猩猩屬於靈長類，不知道大道的簡寫，也不知道雄性的雞叫作什麼，很快，湯姆就快要繞完整圈了，而且也正要領先杜拉德先生整整一圈。棚內的觀眾全都屏息以待，布朗克把阿斯匹靈當糖果在嚼，史培茲則流汗流得非常誇張，使得揮舞著粉撲的工作人員無論再怎麼努力都沒辦法隱藏。

「湯姆，這是贏得比賽以及三十萬美元現鈔獎金的最後一題，請問拉爾夫．沃爾多．愛默生是以哪些句子開展他的文章〈論自立〉[53]的？」

湯姆沉默了好幾秒鐘，全場一片死寂，面對他那部攝影機的紅燈令他覺得很礙眼，他回答，「他是以這句開頭的：

世事不假外尋。

接著是引自波蒙與弗萊徹開本《誠實人的命運》結語的句子：

『人是照耀自己的明星；靈魂若能，
點化出一個誠實且完美無瑕之人，
則其亦能包攬全數的光芒、影響與命運；
於他將沒有什麼為時過早或時不我予。
我們的舉措或云我們的天使，抑良或窳，
是以悄然步履與我們結伴同行的命運投影。』」
史培茲吸了口氣，正要開口，湯姆卻接口，「接著還有四句如下：
『棄幼於群巖，
哺兒以狼乳；
凜冬同鷹狐，
力壯亦俊足。』」
史培茲的失望在組織語句時一覽無遺，「正確答案。」但他的聲音卻細不可聞，「所以說，這位來自密西西比州某處的湯姆·瓦茲特佩，就是我們的新冠軍了。」
觀眾一聲不響，他們全都死了。

53 譯註：此處引文皆採用《人但有追求，世界亦會指路：愛默生散文精選集》一書中收錄之版本，鄭煥昇譯，二〇二一，商周出版。

第十一章

替媽繼續維持最後一次有意義假期的表象似乎沒什麼意義了，隔天早上，她再度偷溜過邊界，想辦法把自己弄丟在一條路之外的地方。洛琳滿擔心的，但她同時也深陷在，據我所知她從未有過的經驗之中，也就是和男人的戀愛關係，她好像也對自己突來的幸福快樂有點內疚，所以對媽好上加好，對我微笑的頻率也比平常還高。瑪麗蓮則如預期般善體人意，且也同樣不出所料給了我不少空間，某天晚上，早早送媽上床之後，她虛弱的身體裝滿了夠把我迷昏兩次的鎮靜劑，我晃下巷弄，來到瑪麗蓮家。結果是個男人來應門，瑪麗蓮的臉龐就在他身後。

「不好意思打擾了。」我說。

「孟克，」瑪麗蓮回話的方式，可說便證實了我的打擾，「快進來吧，我想讓你認識認識克萊文。」

克萊文在約拇指寬處抓住我伸出的手，並用一種我曾體驗過，卻依舊從未學會應該要有心理準備的方式握了握，然後說，「銃啥啊，兄弟。」

我的思緒萬馬奔騰，針對**銃啥**的適當回應到底是什麼？我應該說，**沒銃啥**，而這就代表了我人在這裡並沒有什麼很好的理由嗎？我也不能說銑好幾件事，因為這樣我接著就會被迫說出這些事情是什麼，所以我回答說，「還行啦。」這不知怎地似乎很恰當，但同時卻也伴隨著，我認為啦，對瑪麗蓮的某種冒犯，「我住在路的上頭那邊。」我說。

「好喔。」克萊文邊說邊一副酷樣走回沙發邊，並繼續翻閱過一疊CD。

「我都不知道妳有伴呢。」我對瑪麗蓮說。

「沒事啦。你有想喝點什麼嗎？」

「事實上呢，我想洛琳應該正要出門，所以我最好回家陪媽了。」這話在克萊文面前聽起來的樣子，**回家陪媽**，讓我好想去死。我感覺自己又像個青少年了，等我離開之後，他會爆笑出聲，然後問瑪麗蓮孟克是哪款名字啊？

瑪麗蓮和我一起走出來到門廊上，她道了歉接著柔聲說，「我之前跟克萊文約會過。」

「但現在沒了？」

「我們有點算是正在分手的過程中吧。」

「這有可能會很難熬。」我回答，「那我們就明天見啦，好嗎？」

「好。」她並沒有往前傾身暗示我們可以吻別，我於是也相當尊重，跟隨著她的引導。我走下門階離開，這時她喊我，我於是轉頭。

「明天哦。」她說。

我點點頭。

✗ ✗ ✗

馬里蘭州的哥倫比亞一直以來都被視為一座規劃完善的城市，直到其人口超越了當初的規劃，這裡便成了一座普普通通的城市，且最初的規劃還反過頭來「大唱反調」。城市的醫院，幸好大發慈悲叫作靜養所，就位在哥倫比亞外頭，此處的職員並不是穿著醫院慣常的藍、綠、白，而是花樣活潑歡樂的工作服及服飾。此外他們還全都年輕又體格健美到堪稱令人痛苦，他們不停微笑，傾身靠向流著口水的病人，也會和一臉茫然瞪著他們的臉龐交談。把我媽視為這類病人的其中一員時，我實在非常難受，而且我就是知道，等我帶她到這地方來辦理入住的時候，她肯定會是處在神智完全澄澈清明的狀態。

「我們永遠都會有至少一名醫師值勤，」那名一身卡其色商務西裝的俊俏金髮女子表示，「我們有七個休憩娛樂區，全都會播放電影，復古老片和新上映的片子都有。食物也非常美味，我建議你去試吃看看，你會很難相信這竟然真的是療養機構提供的伙食。」

「那你們的圖書館棒嗎？」

「我們在休憩娛樂區裡有很多書架。」

「那是好書嗎？」

「懸疑小說啊，各式各樣的書都有。」托麗森小姐，這是她的名字，她察覺了我的擔憂，卻無法確認，「當然了，我們大多數住客的視力都非常糟，糟到在最好的狀況下，閱讀對他們來說也都頗為困難。」

✗✗✗

我開車回家途中，深知自己已經看見我媽的未來和臨終之處了，但我也心知肚明，我還不能把她送到這地方來。我還需要她再發作一次，才能把我推過邊緣。

✗✗✗

槌子的種類跟鋸子一樣多，但對放錯地方的拇指而言都是一樣的。

✗✗✗

「比爾，我今早去看了之後可以讓媽去住的地方。」越過窗戶，我可以看見洛琳的背影和媽的頭部，她們倆坐在門廊上。

「我認為這樣做才是最好的。」比爾說。

我很快火大起來，即便他說的正確無誤，即便他是個醫生，即便他也是我媽的孩子，但他是又憑什麼可以出意見啊，不過我說，「我很高興你也同意。」

在一段短暫卻意味深長的停頓之後，他表示，「我能匯多少就匯多少過去。」他還是值得稱讚啦，畢竟他沒有質問我那間醫院是否適合，也沒有開始對我說教起這種地方應該要提供些什麼才對，「我現在每個月都有一個周末可以去看孩子們。」

他處境之中的不公平此時震耳欲聾，而我因為比爾缺席想對他發火的種種嘗試，也都消融成可憐他了，「那他們還好嗎？」

「我想是吧，唯一的規定是他們來訪的時候，羅伯不能待在家裡。」

「那真是太糟糕了。」

「嗯，畢竟這裡可是亞利桑那州。」

「現在提這個可能不是什麼好時機，事實上呢，感覺什麼時候提都不適合啦，可是我反正還是要講了。」媽和洛琳似乎在門廊上生根了，「我們還有另一個妹妹。」比爾的沉默一如預期，而按照對話規則，現在也還輪不到他發言，「爸從軍時搞過婚外情，所以我們似乎還有另一個妹妹存在。」

「這是媽告訴你的嗎？」

「不完全是，她讓我在爸的文件裡自己發現的。」

「我現在沒辦法處理這個。」他說。

「這是有什麼好處理的？她名叫格蘭琴，我不知道姓氏，她母親則是在韓的英國護士，我也不知道她的姓氏。」

「突然告訴我們這回事，還真像他的作風啊。」

我大笑出聲，「你在胡說些什麼啊？他連到最後都還試圖要掩蓋這件事耶。」但我說著說著，自己也不相信這到底是不是真的，「他要媽把那些文件都燒掉。」

「聽聽這話，」比爾說，「他要**媽**把那些文件**燒掉**，媽都不敢燒開水多久了，就怕會燒起來咧。」比爾是對的，他一如既往犀利，而且也一如既往比較懂爸的想法，我一輩子都沒辦法。

敵人總是比朋友更了解彼此。

「反正，這事我們也無能為力啦。信裡什麼也沒透露，箱子裡也沒其他東西了。」

「那箱子裡肯定還有其他東西的，相信我，再去找找看吧，但不要告訴我結果。」這時有個男人的聲音在和比爾說話，比爾回話，稱呼那男的「親愛的」，我不否認聽到他這麼說讓我瑟縮了一下，而我為這樣的反應感到非常不應該。

「嗯，那我最好去看看媽了。」我說，用媽當作掛電話的藉口，不過我也馬上就注意到這話在聽者耳中很可能帶有的含意，即我才是那個要照顧我們媽媽的人。

我聽得出來比爾生氣了，「之後聊吧，搞不好這個秋天我可以回去一趟，確認一下醫院和一切事宜。」

我允許他發脾氣，「好。」

X X X

我整天都待在屋子附近，瑪麗蓮卻都沒打來。我對自己說謊，試圖不要承認我其實正在等她打給我或直接過來。媽已經躺下小睡，她現在一天要小睡好幾次，並且也已經開始依賴，以維護狀況穩定的假象。她神智最為澄澈清明的時刻，似乎是出現在她第一次醒來時，而在那之後的期間，她世界表層的所有裂縫就會一道道崩毀，沒辦法引導她好好腳踏實地，她只好且走且看。

所以說，媽睡著了。我走出屋後，在碼頭上站了好一會兒，考慮著要不要點根雪茄，接著我回到屋內，卻發現洛琳和梅納德，我最貼切的描述就只有這樣子了，他們在磨蹭彼此掉光牙齒的牙齦。我於是清清喉嚨，讓他們知道我進來了。

梅納德坐在桌旁，「你媽媽還好嗎？」他問。

「不太好，梅納德。」

「她還在睡覺嗎？」洛琳問。

我點點頭，並開始煮水泡茶，「所以，你們這兩個年輕人在偷偷計劃什麼啊？」我問。

他們像年輕人一樣傻笑起來，「我們告訴你也沒差啦。」梅納德說。

「梅納德。」洛琳抱怨。

「反正他終究都會發現的嘛。」

我盯著洛琳，接著望回梅納德，「發現什麼？」

「我們要結婚了。」梅納德回答。

這個消息滿合理的，但這件事依舊令人一樣震驚，「你在跟我開玩笑吧。」

「不，先生，我並沒有。」他說。

我看著洛琳，突然滿心恐慌，「那你們要住在哪啊？」我問他們。

「就住我家這啊。」梅納德說。

「感謝主。」我說。

「不好意思？」洛琳問。

「我是說『當然啦』，我真的很替妳高興，洛琳，真的。也恭喜你啊，梅納德，你得到了一個非常棒的伴侶。」

「這我知道好嗎。」老人表示，接著伸手握著洛琳的手。

「那會是很盛大的儀式嗎？」我問，「還是私人又特別，小而美的那種？」**這我是不會付錢的，搞不好也根本就不會參加。**

「小的。」洛琳說。

梅納德用他蒼老又汙濁的雙眼盯著我，並說，「我希望你當我的伴郎。」

「真假？」**你是發瘋了嗎？我他媽根本就不認識你啊。**

「你們家一直以來對我的琳妮實在是太好了，而且你對她這麼重要，我就是想要你也能參與。」

「你不覺得你應該問問看你的好朋友嗎？」

「我的朋友們全都死光啦。」他說。

所以，這是還能怎麼拒絕呢？我回答，「我很榮幸。」

「我也想要你母親當我的伴娘。」洛琳表示。

「好喔。」

「我們周六就要結為連理了。」梅納德說。

「那離現在只剩兩天耶。」

「我們很老了，沒時間浪費了。」梅納德說完大笑，接著洛琳也跟他一起爆笑。

他們的笑聲真誠、甜蜜、美麗，我也很開心能聽見洛琳發出這樣的笑聲，聽著聽著，我發覺在我父母共享的笑聲之中，我從未聽見過同樣的特質，即便我也毫不懷疑他們深愛彼此就是了。

「那就周六。」我說。

XXX

那次是我大一那年的聖誕假期。爸很興奮我要回家，跟他聊聊我上的課還有各個教授，自我開始閱讀嚴肅文學之後，他就逼迫剩下的家人忍受我們在餐桌上的討論。我十一歲時，他會用簡單的問題刺探我，把我困住，嘲笑我一番；我十四歲時，他會引誘我、纏住我、搞得我一頭霧水，然後再嘲笑我一番；但到了十八歲時，他似乎卻認真相信，我可以替他對各種小說及故事的理解，增添補充點什麼。我告訴他我在某堂課上讀了喬伊斯，比爾哀號起來，一般人可能會認為都在醫學院念了第二年，應該會使得醫生和兒子之間，擁有更多共通背景才對，麗莎當時則正要從瓦薩學院畢業，並採取了某種「你就當我這個女兒死了吧」的態度，即便她其實隔年就也要去念醫學院了。

「我們讀了《畫像》和《守靈》。」我說。

「我看得出來這年頭他們在大學都避免使用完整書名啦。」

我爆笑出聲，爸也大笑，但其他家人，我很肯定，都把他的意見當成是在引戰和秀優越感。

「那你覺得《芬尼根守靈》如何呢？」爸問，然後轉向比爾，「你有讀過嗎？」

比爾搖搖頭。

爸迅速吃了口馬鈴薯，並將他的注意力再度轉回我身上，「所以？」

「我覺得過譽啦。」我回答。

他停止咀嚼。

「或者沒有獲得正確的評價，總之。」

「這是涉世未深的意見，」爸表示，「光是其中的文字遊戲，就使這成為神作了。」

「對啦，」我說，「還有裡面運用的多種語言跟其他什麼的，但還是過譽啊。」

「我會認為，在讀過那本書之後，你就再也沒辦法用同樣的角度去看待虛構作品了。」

「呃，但你又不是真的在閱讀，」我接口，「你是會盯著看很長一段時間啦，但沒有辦法真的讀進去就是了。」

「那就是我的意思啊。」他爆笑，喝了些酒，然後用手肘輕推了一下麗莎，彷彿要她加入話題。

「好喔，」我說，「我在我的報告裡是這麼寫的。」我盯著媽和我的手足，然後覺得好想吐，彷彿我剛受到引誘，劃開了他們的喉嚨似的，我望著我父親興奮的雙眼，「即便《守靈》明顯濫用了各種字母及詞彙空間，且除了大家可能會著重的不管什麼印刷或結構手法之外，本書最重要的特色，實則是其依然遵照著傳統敘事的方式，即本書運用隱喻及象徵等手法層層交疊。不同之處在於，每一個句子，以及每一個字，都會讓你注意到這些手法，因此，這部作品其實只是重申了其看似要揭露的事，這部作品就是自身，也許還是自身的兩倍呢，且還仰賴著傳統敘事的流通，來證明其實驗的正當性。」

爸久盯著我不放，接著望著他另外兩個子女，並放下他的叉子，「我希望你們今晚上床以前，親親你們的弟弟。」接著他便站起身，離開餐桌了。

✗
✗
✗

我當然替我哥和我姐覺得很糟糕，但我為自己感到更糟糕。我並不享受這麼與眾不同，而且我也清楚理解，心知肚明到堪稱痛苦的程度，深知爸對我的評價有多麼不適當及不正確。十八歲時，我發覺我十八歲了，卻沒有那麼聰明或特別，但這事實上卻可能是證明我其實很特別的唯一方式，我發現自己的想法雜亂無章又相互牴觸，我還是個尷尬笨拙的人，而且或多或少，因為沒有更好的字可以形容了啦，我還有點宅。事實上呢，我哥哥，他當時是醫學院的二年級生，他回顧了他的童年，然後當他在走廊上經過的時候，口中竟然碎念著，「臭宅。」

「這又不是我的錯。」我回答。

我說這話時麗莎正好爬到樓梯頂端，她給了我一個堪稱同情的表情，之後便聳聳肩走進她房間了。她關上房門的聲音，老是比一般關門的聲音還要再大聲個那麼一點點，所以她大概也可以算是想辦法成功對我甩了門吧。

可是麗莎和比爾當時的感受一定非常糟，他們那時比我還有成就多了（後來也是），我簡直就還一事無成。我於是將我父親的偏愛當成是不理性的，並認為自己背負了某種疾病，即便這種病就是由他強加的。

✗
✗
✗

《民數記》二十三章、二十四章。

✗ ✗ ✗

王爾德：我很替敘事聲音擔心。
喬伊斯：你這話是什麼意思？
王爾德：寫作在發展的趨勢，這樣所有敘事聲音很快就都會迷失，那我們還會剩下什麼呢？
喬伊斯：一頁頁紙頁。
王爾德：那麼故事呢？
喬伊斯：反正到頭來故事又算什麼？只不過是宣告最後一頁來臨的一種方式而已。
王爾德：你可曾拿著根長長的金屬管，穿越大雷雨過？
喬伊斯：不，我不曾。
王爾德：那你應該要試試看。
喬伊斯：你不開心嗎？
王爾德：不，只不過是在宣告最後一頁來臨罷了。

✗ ✗ ✗

瑪麗蓮在我眼中從沒這麼美麗過。我們坐在她的廚房裡，而從種種跡象看來，克萊文人並不在。瑪麗蓮倒起咖啡。

「我昨天去幫媽看了個地方。」

「怎麼樣?」

「很不錯,乾淨、整潔、宜人,還能怎麼形容一個大家去那等死的地方呢。」

「很抱歉我昨天沒有打去。」

「我想說妳應該很忙。」我說。

「克萊文和我現在正式分手了。」

這消息令我開心,但我並不確定我究竟該作何感想才對。

短暫沉默了一會兒之後,瑪麗蓮說,「話雖如此,我還是得告訴你,那晚我們一起睡了。」

她幹嘛非得要告訴我這件事不可啊?我並不需要知道,而且就算我不知道也能活得好好的啊,要是我不知道,我就不會在乎,但我現在能做的一切,就只有在乎了,我在乎起他對她的意義、我對她的意義、是她在上面還是他、她有沒有高潮,是超過一次嗎?他陰莖多大、我的尺寸、還有她到底為什麼要告訴我。我研究著那張陳年木桌,是歪七扭八的白松木板條,桌緣是斜接的,我認為應該是楓木,還真是奇怪的組合,我的手指沿著面前磨圓的邊緣掃過,「嗯,這種事情就是會發生吧,我猜。」我說。

「我發覺他對我來說什麼都不是。」

我點點頭,「還真是個不錯的覺悟啊。」**不管多晚都不遲**。

她從椅子上站起身走向我,然後彎腰吻我的唇,之後她將我拉起來,牽著我的手引領我走進她的臥室,她在那裡又吻了我一次。我們翻來覆去了好一陣子,邊旋轉邊磨蹭著身體的各個部位,同時伴隨著某種程度的激情,這既令人耳目一新,卻又頗為遺憾相當了無新意,我認為這之中的刺激，至少有一部分僅只是新鮮造成的效果。吻她的頸子時，那邊嘗起來有點鹹鹹的，我瞄到她的床頭櫃，並看見一本胡安妮塔．梅．詹金斯寫的《我們住在貧民窟》。我於是停下動作。

「怎麼了嗎，寶貝。」她說，我喜歡她的聲音聽起來的樣子，尤其是她叫我寶貝時，但看見那本書又讓我想要引戰。

「妳讀過那本書了嗎？」我問。

她回頭望去，「噢，那本啊？有啊，我才剛讀完，還滿不錯的。」

「不錯在哪裡？」我翻下身躺在她身旁。

她很明顯對於我們這段談話一頭霧水，「出了什麼問題嗎？你可以直話直說，早知道我就不該告訴你克萊文的事的。」

「妳喜歡這本書哪裡啊？」

「我不知道耶，那是個很棒的故事吧，我猜。是很膚淺沒錯，但還滿有趣的啊。」

「妳難道沒有覺得受到半點冒犯嗎？」

她盯著我看了好幾秒，然後擺著臉色回答，「沒有。」

「妳這輩子有認識半個講話跟那本書裡一樣的人哦？」我都可以聽見我聲音裡的尖銳了，而雖然我並不想要表露出來，我卻深知一旦察覺到，就再也無法擦除了。

「你到底是哪邊有毛病？」

「回答問題就對了。」

「不認識啊，但那又怎樣？那些方言的狗屁我就只是走馬看花讀過去而已，我不喜歡你這樣子跟我講話。」

「我很抱歉。」我說，真心因為自己聽起來很像在抨擊而覺得很糟糕，「我只是覺得那本書就是愚蠢的剝削垃圾而已，而且我也看不出來一個聰明人是要怎麼樣才能認真看待那本書。」現在要改弦易轍實在是要花很多心力。

瑪麗蓮將最近的枕頭一把拉到她胸口，並把下巴靠在上頭，「我認為你該離開了。」

「我很抱歉。」我說。

「離開就是了。」

我離開房間，走近前門時，能聽見她在哭。但已經無話可說了。

第十二章

由於洛琳昨晚和今天一早都待在梅納德家過，準備她的婚禮，我只好獨自一人照顧媽，我原先都不知道我有多麼仰賴管家，而我也學會當現實決定要「迎頭痛擊你」時，可說是既不懂隱微，也不懂仁慈的。媽今早特別難熬，她知道我是誰、她是誰、以及有場婚禮要參加，卻忘了怎麼穿衣服，所以我只好幫她穿衣服。在她請我幫她穿她的胸罩、連身襯裙、褲襪時，我身為男性對她來說一點意義也沒有。我感覺自己彷彿擱淺在某部配音很爛的超現實義大利電影中，但最後，這一切終於都變得太過真實。

「這套胸罩在扎我，」她說，「幫我找另一套來。」

我想像她後來就是這麼跟洛琳說話的，於是替她拿了另一套來，並幫忙她穿上，還被迫得在胸罩裡調整她下垂的乳房。

「這樣好多了，」她四下張望，「我的鞋呢，黑色有繫帶的那雙。還有我的珍珠，雙串的那副。」

「我找不到那雙黑鞋。」我從她的衣櫃裡回答。

「鞋一定在那，洛琳，妳只是需要找一下而已。」

「媽，我不覺得妳有打包那雙鞋來。」

「鞋明明就在你眼前，」她理智斷線，踩著穿著褲襪的腳步走過來，蹲下並抓起一雙牛血色的無帶跟鞋，「就在這裡啊。」

「妳看起來真美，媽。」我站在她身後表示，她則面對梳妝鏡坐著。

ＸＸＸ

爸某次剛吃完晚餐回來，他出門前的一番討論激起了我的好奇心。他回來後在門口吻了媽，接著便上樓走進書房，我於是跟在他後頭進去，一屁股重重坐在他書桌對面的皮革沙發上。

「那你的晚餐如何呢？」他問。

「一般般，」我回答，用了從他那裡學到的字，「洛琳在蔬菜裡放太多鹽了，一如既往。」

爸大笑。

「那你的晚餐呢？」換我問。

「非常愉快，但恐怕我稍後得買單。」他坐在書桌邊，並開始篩選起他那堆信件，「我們吃了生蠔，甜點則是檸檬派。」

「我喜歡生蠔。」

「我知道你喜歡，也許我們這周過幾天可以全家一起去 Crissfield 海鮮餐廳吃。」

「麗莎會很愛的。」我說，「晚餐是怎麼樣的啊？你們都聊些什麼？」

他盯著我看了好幾秒，「嗯，是我一群老朋友們，其中有幾個已經搬走好多年了，他們現在全都灰髮蒼蒼啦。我們聊頭髮還沒變灰時的那些日子，聊我們以前會做的事，還有我們以前多麼開心。」他停頓，「我們是在聊死掉的東西，孟克。」

我就只是望著他。

他研究著我十歲的臉龐，接著露出微笑，「我相信，我並沒有聽起來這麼老的。」他邊打開另一封信，讀完並扔掉，「變得太老當然是很可惜，活太久沒什麼好處，活著不該成為一種習慣。」說到這裡，他比較像是在自言自語，而不是在對著我說話了，「明晚，就明晚吧，我們出門去找點生蠔給你吃。」

X X X

我們學到，陳述的主題不等同於提出陳述的作者，**無論是在實質上，或者是在功能上**，而這就是，我搞理論的朋友們是這麼告訴我的，所謂宣言功能的特色。我在此所關心的陳述呢，則是那個裝有我父親信件的箱子，那是某種我媽嘗試要告訴我，關於我爸的事嗎？還是說，這背後的設計其實更為精巧，如同我哥比爾想要我相信的那樣，是一則來自我爸的訊息，因為他知道媽事實上並不可能會燒掉箱子，且會以某種方式把東西交給我？我邊幫媽準備好去參加洛琳的婚禮，邊一遍又一遍思考那個箱子裡的內容物，想著萬一我該做些什麼呢，但又是按照誰的要求。我懂爸，所以也許我只是應該要從中學到什麼人生道理而已，而非直接照著乍看之下的意思，擔心起要去追蹤什麼失聯已久的同父異母手足。確實，我知道當事情是有關他所謂「對粗俗、低級、頭腦簡單的原始血緣關係的奉獻」時，他是沒什麼耐心的。

X X X

「所以，媽，妳對洛琳要結婚了有什麼看法？」我們朝車子走去時我問。

「有點突然。」

「她似乎很快樂。」

「我不覺得她知道自己在做什麼，她對關係又懂些什麼啊？她根本就從沒談過，還有這個男孩子啊。」

「他都快七十歲了，媽。」

「噢，是喔，他看起來很年輕。我不知道耶，孟西，我想這是件好事吧，我也不可能永遠待在洛琳身旁照顧她啊。」

「別這樣子講話啦。」我邊說邊關起她的車門。

我將鑰匙插入，發動車子，我們要開車去，即便梅納德他家就在四百公尺外而已，就在社區外頭。

「我覺得他們性交了。」媽說。

我什麼也沒說。

「你覺得呢？」

「我覺得這是他們的事。」

「嗯哼……」

X X X

維根斯坦：巴哈為什麼得賣掉他的管風琴？

德希達：我不知道耶，為啥？維根斯坦：因為他是很怪的巴洛克。

德希達：你的意思是因為他創作的音樂，特色是精雕細琢的繁複裝飾，甚至可以稱得上是怪誕嗎？

維根斯坦：呃，不是，我完完全全不是要說這個意思，我是在玩文字遊戲啦。

德希達：噢，那我懂了。

X X X

我們抵達梅納德家時，洛琳正站在院子裡，回頭吼著他站在門廊上的未婚夫，「你怎麼敢說我老，你這化石！」她是這麼吼的。

一切都不容易，尤其是面對一個人自己站不住腳的居心，無論多麼不可能達成或是怎麼表達的都一樣。一瞬間，罪惡感沖刷過我全身，因為我想到在某種層面上，這全都是我的計畫，我想把洛琳嫁掉，把媽送走，然後繼續過我的人生。確實，我真的想要把洛琳嫁掉，我確實有想要這麼做，這樣她餘生我就不必再照顧她了，但我也認真不想要把媽送走，不過這其實是在自欺欺人，在某種程度上，由於她的狀況，我實在非常想送走她，而且為了我好和為了她好的程度不相上下。**送走**這個詞也讓我很困擾，你可以**犯下**謀殺或**進行**自殺，這些是永久的事，而我無可避免得將她送進哥倫比亞的**療養院**，這個結局也大大籠罩在我的思緒和感受上頭。

媽繼續坐在車裡，我則走向洛琳，問出那個愚蠢卻再恰當不過的問題，「出了什麼問題嗎？」

「對，」她哭喊，「這個老糊塗竟然說我老。」

「我才不是那樣說的，」梅納德冷靜表示，他傾身靠在一根欄杆上，「我是跟她說讓我姪女們去處理食物，因為她需要休息。」

「他又說了一次。」洛琳說。

「說什麼？」我問。

「他說我老。」

「不是，他是說他姪女們比較年輕。」我說。

「他說我老。」她再度哭喊。

「他媽的，洛琳，妳是很老沒錯啊。」我表示。

洛琳臉上的表情難以貼切形容，這麼說就足以形容了。

「先給我等一下，」梅納德邊說邊走向洛琳，「你這樣子真的很沒禮貌，竟敢對我的新娘子這麼說，你憑什麼說她老啊？」他伸出雙臂環抱洛琳，她也擁抱回去。

媽現在也把自己弄出車子了，「要是洛琳算老，那我又成了什麼啊？」她問。

我望著他們每個人的臉，視線最後停留在梅納德身上，「牧師人呢？」

「大家都在屋子裡頭。」他回答。

「好喔，那就走吧，」我愉快表示，「我們就來參加場婚禮吧。」

✗✗✗

D・W・葛里菲斯54：我非常喜歡你的書。

理察・萊特：謝謝你。

✗✗✗

好萊塢某處，懷利・摩根斯坦邊抽著雪茄邊思索著《我有病》的商業價值，他坐在泳池畔，身旁是名來自紐澤西的魁梧男子，他們三十年前曾在帕賽克初等學院當過兩年同學。

懷利露出微笑，重新點起他的雪茄，「他們現在都去看電影了，這種人啊，看來這裡有個癢處，而我打算去抓一抓。」

「想來去打個沙狐球嗎？」

「這也是本他媽超讚的書，這能讓我受到正視。」

「在按摩浴缸裡的那個金髮妹是誰啊？」

「不過我得先去見見作者才行，我想知道是誰的手寫下這本書的，你懂我意思嗎？」

「我要去問她叫什麼名字。」

54 譯註：D・W・葛里菲斯（D. W. Griffith，1875-1948），美國知名導演，代表作為《國家的誕生》（*The Birth of a Nation*）。

X X X

我們一走進屋子，強顏歡笑場合的張力簡直可說是快要滿出來了。那些和梅納德長相相似的臉龐都沒有笑，也很容易判讀，那些臉龐在問，**這個老女傭幹嘛要嫁給又窮又老的梅納德啊？為了他微薄的存款啊？**話雖如此，他們仍是試圖表現出親切客氣，這稍稍超出了稱許，卻又多少還沒達到徹頭徹尾虛偽的地步。他們共有六人，有個女兒和她丈夫、三名姪女、加一位女性姻親，有張桌子放著食物，還有台電視轉到棒球賽。女婿坐著，眼神死盯著球賽，我於是問他是誰在比，他說他不知道，所以情況變得頗為明顯，他根本就沒在看比賽，而是想要滲進螢幕裡，遠離眼前的景象。我在他身旁坐下，觀察著我媽還算是自在地和人閒聊起來。

「這是不會成的。」他說。

我望著他。

「這婚禮，是不會成的。」

「你為什麼會這麼說呢？」

他指著屋裡另一頭，「看到她了沒？那是我老婆，她是梅納德的女兒，她討厭洛琳，我整晚沒睡都在聽她講她有多討厭洛琳。」

我研究著那個女兒，她的眼神射向洛琳的方式。

「我是里昂。」

「孟克。」我握了握他的手。

「所以，你和洛琳的關係是？」

「她替我們工作。」

他盯著我看。

「她是我們的管家。」

「你們的女傭啊？」

「她就像家族的一分子，」我說，試圖導正視聽，「她和我們住在一起很多年了，我這輩子都是。」

「她和你們住在一起啊。」他說，稍微（也不那麼稍微啦）嘲諷著，「那你們是怎樣，很有錢還什麼的哦？」

「不，我們並不有錢。」

「我是電工的助手，你在做什麼的？」

「我是小說家，」我看見他臉上茫然的表情，「兼教授。事實上呢，我今年請假。」

「請假，啊他們還付錢給你嗎？」

「呃，沒有。」

「所以，你是在跟我說，你沒在工作而且也沒差哦。那在我看來，你就是很有錢啦，你家除了她還有幾個僕人啊？」

「只有洛琳而已。」

里昂自顧自笑了起來，然後又盯回電視。

「所以，你要給你家僕人什麼結婚禮物？」

他的問題既突兀又直白，卻讓我湧起潮水般的思緒，我要給洛琳什麼啊？我欠洛琳什麼？我家又欠她什麼？她有存退休金嗎？她這輩子有報過所得稅嗎？「事實上呢，」我回答里昂，「我要給新娘一萬美金。」

里昂盯著我看，轉回去看球賽，又轉回來望著我。他接著站起身，走到屋子另一頭他老婆身旁，我很確定他告訴了她我剛跟他說的事，女兒又告訴了姪女們和那個女性姻親，後者從所有跡象看來，都已經醉醺醺的了，然後似乎出現了一股全新的歡快平靜氣氛。我卻徒留一種糟糕的感受，並不是因為我將洛琳正要嫁過去的家庭視為見錢眼開，也不是因為我其實是在剛剛才決定了我的禮物，而是因為我認真無法理解，怎麼會有人因為區區一萬塊就變得這麼興奮的。我看待我自己的方式，完完全全就像我從來不想要，卻老是那麼做的樣子，尷尬又格格不入，無論多麼不公平或不正確。我於是將注意力轉到螢幕上，並看見有顆球飛過左外野的圍欄，我心想，假如我是那名棒球選手，那不管里昂的想像和杜撰有多誇張，他肯定都不會對我有錢有什麼意見的。問題和我一直以來擁有的一樣，那就是我不是一般人，而我實在是非常想要成為這樣的人，你會拼**布爾喬亞**嗎？

我媽站在一扇大窗附近，酒杯高舉過頭，眾人也以舉杯回應，但我可以看見她的雙眼之中充滿那種令我如此懼怕的空洞。我於是起身走向她，她把那對空蕩的眼球轉向我，並發出嘶嘶聲。

X X X

我祖父人非常好，但並不以有趣著稱。他也知道這點，並以我們家族歷史中最有趣的一句話聞名，他說，「我宣稱自己擁有幽默感，光是這話就足以證明這回事了。」他說這句話時我才十歲，但就算在那時，這其中翻玩的邏輯層次便已令我頗為激動，我記得我爸聽到差點沒笑翻。我祖父比我爸還愛開玩笑，對比爾也比較溫柔，所以老頭子在一個月後過世時，比爾很難承受。但他非常老了，已經八十好幾。

那天爸其實也滿溫柔的，且他大多數的溫柔，也都是導向我哥。他叫我們到他書房的沙發坐下，然後坐在比爾身邊，一隻手放在他膝蓋上，我想比爾和麗莎心知肚明接下來會發生什麼事，但我肯定是不知道的。我觀察著我爸的臉，「孩子們，你們的祖父過世了。」他說。

我記得自己一直緊抓著**過世**這個表達方式，也許我就只是試圖要逃避這個消息而已。麗莎哭了，比爾的臉一片茫然又空洞，然後他倒在爸懷裡，頭靠在他肩上，我往後再也不會看到他們如此親密，之間沒有阻礙，沒有緊張。我懂得還不夠多，不知道要哭，但我理解祖父死了。

那晚吃晚餐時，洛琳停在飯廳，並問爸想不想要她來禱告。

「他媽的當然不用。」他回答，洛琳離開後，他望著媽和我們其他人，「我父親很喜歡這幾句詩，『而漁人帶著他的燈火／和魚叉，在低處潮濕的岩石邊／躡手躡腳，插起到來的魚兒／牠們來此祭拜虛妄之火：／太過開心，追求逸樂／撲滅所有感覺和想法／逸樂止息之後徒留悔恨／單單毀去人生，而非安寧。』[55]」

爸瞥了一眼洛琳離開的那道門，「我希望悲傷不會將我們推往不理性的信念，去信仰某個神，我們並不需要去相信父親已經前往了宏光之中。他時常告訴我，他並不害怕黑暗，我也不怕，而你們也不需要怕。」他的眼神似乎找到了我。

我並不理解我爸為什麼選擇在那一刻去印證他的無神論，也許他覺得自己的原則在動搖，也許他很生氣，也或許他只是在教導我們，他對生死所知不多的知識而已。

而媽，她在開飯這頭幾分鐘的沉默，絕不容錯過，這時則是清了清喉嚨並說，「這可不是關乎你。」

爸對此的回答是，「說得很對。」

然後我們開飯。

X X X

媽理智斷線，「這些人是誰啊？」她大喊，「洛琳，妳這個小蕩婦，妳怎麼膽敢讓這些，這些流氓進來這裡。」

「過來吧，媽。」我邊說邊試圖引導她離開，「她生病了。」我低聲對梅納德和其他人解釋。

「我從來都沒信任過那個洛琳，只為了錢，那女孩啊。」

「看吧，我就說吧。」梅納德的女兒告訴其他人。

「妳又怎麼敢，」洛琳對女兒說，「妳這智障。」

「那智障可是我老婆。」里昂表示。

「他們全都是惡棍。」媽說，並扭開我的手，然後站到一張腳凳上，「你們所有人，都給我滾出我家！」

「妳家？」某個姪女表示。

「我很抱歉。」我說。

洛琳現在哭了起來，而梅納德試著安慰她的景象，讓我相當欣慰。我再度道歉，但當我轉身試圖帶走我媽時，她卻匆匆衝過地毯，進入另一頭的浴室中，我不記得這輩子曾經聽過和那扇門的門鎖喀噠聲一樣的巨響。

我敲起門，「媽？」

「你是誰？」

「是我啊，孟西。」

沒有回應，我再度敲門，「媽？」

牧師竟然抓住這個機會抵達，一把打開大門並說，「我們要開始這個歡樂的活動了嗎？」

「媽？」

「我就知道她是個淘金女。」

「閉嘴啦，妳這巫婆。」

55 譯註：出自英國詩人雪萊的〈寫於勒里奇海灣〉（Lines Written in the Bay of Lerici）一詩。

「這巫婆可是我老婆。」

「大家，拜託冷靜下來。」梅納德表示。

我可以聽見媽正在從櫥櫃裡掏東西出來，我開始害怕起來，於是用肩膀頂門，撞開了門鎖，媽的褲襪脫下來到一半，看見我時尖叫出聲，我拉起她的衣物，並把鬼吼鬼叫的她扛出浴室，離開房子。回到車上時，她開始回過神來。

「我們遲到了嗎？」她問。

「事實上，婚禮結束了，辦得非常棒。」我回答。

✗ ✗ ✗

洛琳和梅納德不知怎地最後還是成功結了婚。那晚洛琳過來收拾她的東西，她要去大西洋城度蜜月，而她一個字也沒對媽說，也不怎麼跟我說話，只說了，「這就是我得到的感謝啊。」

我遞給她一個信封並表示，「我很抱歉，洛琳，希望這能幫上忙。」

梅納德給了我一個淡淡的微笑，是個充滿理解的笑容。

✗ ✗ ✗

我打給比爾，告訴他我明天就要送媽過去了。他說他會飛過來，我說不用麻煩了，不需要他，他說他不管怎樣還是要來。

「我希望你不要，」我說，「這本來就已經夠困難的了。」我在背景中聽見音樂，是妮娜．

西蒙，我想，「我全都安排好了，我會帶她過去，並在那邊陪她待一天。」

「我們可以一起和她閒話家常啊。」

第十三章

有時候，水會非常清澈，清澈到鱒魚會直接朝你的假餌游過來，而你的輪廓在牠們抬頭往上看，穿越水面和空氣時，可說也再清晰不過，牠們會隨之檢視起你的做餌工作，你加了多少黏膠，並觀察你是使用了很不錯的硬梆梆頸羽，還是你用了什麼天然或人造的假餌材料，牠們會用鼻子碰碰假餌，然後游走。偶爾，有條魚會吃下餌，絲毫不在意有一小段線綁在餌的尾端清晰可見，甚至都不在乎你的釣魚線末端是彎彎曲曲的螺旋狀咧，在湍急泥濘的水中躲在岩石後頭的鱒魚，可能會，也可能不會過來吃位在激流深處的幼蟲魚餌，鱒魚能夠帶來很多麻煩，但牠根本就沒辦法去思考，也完全不在乎你的存在。所以鱒魚實在非常像是真理，為所欲為，該怎麼做，就怎麼做。

X X X

我精疲力盡，雙眼像在燃燒，因為整晚一直都睜著，要不是在盯著媽，就是望著我大腿上的那本書，而我大腿後側也因為久坐在那張圓邊的木椅上麻掉了。我完全無法信任這名老太太在洛琳婚禮那晚展現出來的任何一絲穩定，我怕極了當我會醒來，發現她的床是空的，然後，在短暫搜尋了一陣子之後，發現她了無生氣的身軀漂浮在小溪上，或者就只是躺在階梯底部。將她送走這回事，此時此刻似乎變得迫切上非常多，我心急如焚想要知道她是安全的，也心急如焚想要結束我心急如焚的感覺。

媽醒來後，端詳了我好幾秒，然後才說，「早安啊，孟西。」

「早安，媽，妳休息得還好嗎？」

「很不錯，我想。我做了我不喜歡的夢，」她坐起身，撫平身旁的被子和薄毯，「但我半個都想不起來。」

「我也從來都想不起我做的夢。」

「你該不會在那張椅子上坐了一整晚吧，是嗎？」

「沒有，媽。」我邊撒謊邊心想我是要怎麼為了今天去梳洗和著裝啊，我現在又沒有洛琳可以看守著她了，「媽，假如妳願意在這邊等我，我可以幫妳泡點茶來。」

「那樣會很棒，親愛的。」

我離開房間時，她開始哼起歌來，我相信那是首蕭邦，應該是某首波蘭舞曲吧，但我只認得出旋律的音色，認不出曲子本身。我匆匆進入我的房間，在洗手台清洗了一下，並換上乾淨的襯衫和襪子，然後回到她門邊聽著，她還在哼，我也可以聽見她在翻閱雜誌。我於是跑到廚房，燒了水，接著坐在桌邊喘口氣，我的眼睛肯定是閉了起來，而且還不小心睡著了，因為我猛然驚醒，發現媽正把嗚嗚叫的水壺從爐子上移開。

「你累了。」她說。

我看著她把水倒進茶壺裡，並扔進我已經裝了茶葉的濾茶球，再將杯碟放在桌上，然後把茶壺放在我們倆之間。

「這不是很不錯嗎。」媽表示。

「是啊，媽。」

「我最愛的時光啊，總是等茶泡好的時候。」她望著我身後窗外的門廊，「洛琳人呢？」

「洛琳昨晚結婚了。」

「噢，也是。」她似乎欲言又止，接著看來非常哀傷。

「妳會想念她嗎？」我問。

她望著我，彷彿她沒聽到這個問題似的。

「妳剛剛在想洛琳的事，不是嗎？」我又問。

「當然啦，我希望她會非常快樂。」媽倒起茶。

「我希望妳今早打包一袋行李。」我說。

「為什麼？」她用雙手捧著杯子，暖著手。

「我得帶妳去一個地方，是某種醫院。」「我覺得很好啊。」

「我知道，媽，但我想確認，我想確定妳沒事。」

「我好得不得了。」

「你爸可以幫我開個藥還什麼的。」她啜了啜茶，接著瞪著杯子。

「爸已經過世了，媽。」

「嗯，我知道。今早我的窗外有隻紅雀，是母的，非常美麗，母紅雀的顏色實在美妙又低調。」

「我也覺得。」

媽迎上我的目光，「我昨晚肯定是在床上打翻了什麼。」

「我會處理的。」

「我打包一小包就好了嗎？」

我點點頭，「一小包就可以了。」

✗ ✗ ✗

我可以感覺到樹葉想要變色，但天氣依舊頗為溫暖，我成功說服媽和我一起散步下去海灘。今早相當晴朗，只有幾朵雲在海灣外頭尋找著彼此。媽想辦法自已穿好衣服，然而，她的毛衣卻裡外穿反了，這雖然是個連我都有可能犯的錯，仍是為我提供了亟需的動力，要我腳踏實地一點。那早，在收拾她的房間時，我發現幾件她試圖想要藏起來的弄髒貼身衣物。

她穿了卡其長褲和運動鞋，我也看得出來她正試著踩著輕快的步伐，「你還是個小男孩時，海灣還沒這麼髒，」她說，「你以前會從船尾跳下去，並像條魚一樣到處游來游去。你會跳下去然後消失在水面下，而我的心跳就這麼戛然而止。」

「我很抱歉，我不是故意要嚇妳的。」

「噢，我知道啦，你那時候還那麼小。事實上呢，我也很享受看著你、比爾、麗莎像那樣子玩樂。」我們現在來到社區碼頭，她停下來望著一排飽經風霜的布告欄，「我真不敢相信麗莎走了。」

我環抱住她，「我也沒辦法，麗莎很特別，她非常愛你，媽。」

「我知道，我也愛她。」

「麗莎知道的。」

她揉揉我的手臂，「你為什麼沒結婚呢，孟西？」

「沒找到對的人吧，我猜。」

「我想這才是重要的事吧，找到對的人。但是，人生苦短啊。」她停頓，「我真希望我和比爾的孩子更親近，遠距離實在很困難。」

「我懂。」

「你有和比爾聯絡嗎？」

「偶爾。」

「我想我已經好幾個月沒跟他說話了，可憐的比爾，比爾和你爸從來都處不來，真的很令人難過。」

「是啊，很難過沒錯。」

「我不認為班對比爾有多公平。」

「我想妳說的對。」

「但是你啊，你爸實在是為你癡狂，你不在的時候他會聊起你，這你知道嗎？嗯，他真的會，你是他那個特別的孩子。」

「我猜我應該知道，麗莎很顯然相信這點，比爾也是。但事實上，我比較感激妳的公平，超過他的關注。」

「你應該要的，」她對我微笑，「他認為你很特別，還真的是對的。」

「謝謝妳，媽。」

這番對話動搖了我的決心，她神智這麼清明、這麼理性、又這麼像她自己。

X X X

波洛克[56]：你先請。

摩爾[57]：不，你先。

波洛克：不，我堅持。

摩爾：你先請。

波洛克：你先請。

摩爾：那好吧。

X X X

我和媽站在那裡，海灣的微風灌滿我的襯衫，讓我一陣沁涼，我試著思考起她即將面臨的孤獨，在陌生的床上醒來，身旁是陌生的臉孔，吃著陌生的食物，但我反倒想到我自己的孤獨。我默許朋友的信件隔了太久沒有回覆，並想像他們已經覺得我沒救了，但在媽即將到來的日子和人生面前，我竟然想起我自己，而且還這麼自我中心，實在讓我覺得好卑劣。

「我們該離開了嗎？」她問。

「媽，我得告訴妳究竟發生了什麼事。」

「怎麼啦，親愛的？」

我回答時緊抱著她，邊望著水面，「最近，妳的狀況越來越糟了，醫生說過就是會這樣子發展。」我吸了口氣，「妳還記得站在池中的船上嗎？」

媽大笑，「什麼？」

我看得出來她不知道我在說些什麼，「妳自己划到池子上，我得游出去帶妳回來。」我讓她的沉默沉澱，「妳還把洛琳鎖在屋外，並拿著爸的手槍來書房找我，妳在洛琳的婚禮上，也把自己鎖在浴室裡。媽，我很擔心妳會走丟和受傷，所以我今天要帶妳到一個新地方去住。」

她拉拉毛衣的邊緣，「是時候要離開了嗎？」

「我想是吧。」

「我相信你會做出最好的安排的，孟克。」

56譯註：波洛克（Jackson Pollock，1912-1956），美國抽象表現主義名畫家。

57譯註：摩爾，應是指英國雕塑家Henry Moore（1898-1986）。

× × ×

我的第一座桌鋸有個塑膠護套，每一次我將木頭滑過機器，我都會老老實實把護套降下來，讓套子保護我，並在木頭輕鬆切割完成時感到開心，而在那個笨手笨腳的護套讓我不得不關掉電源，或者拿回鋸了一半的木頭重鋸一次時，則是會咒罵起來。不過老實說，刀刃高頻的哀鳴聲，實在讓我很害怕，我可以用雙眼判斷，並聽見半圓形刀片的毀滅性能力，甚至在木頭卡在刀刃處過不去，進而燒焦時聞到。接著我學會在切比較大塊的木板時拿下護套，鋸完再鎖回去，然後我越來越不常鎖回去，越來越不常，直到我再也找不到那東西放到哪裡去了為止，我會就這麼將木板推過鋸子，想都沒想我有可能會失去一根手指，或者刀刃可能會飛出來，鋸爆我的頭蓋骨，而我也開始享受起燒焦的臭味、機器的哀鳴聲、刀刃在木板底部的角落製造出第一個凹痕的景象。

× × ×

所以我們前去媽在哥倫比亞的新家。她在申請入住的全程，神智都如此清明，清明到我都準備好要帶她回去海灘了，不過行政人員一點停頓的跡象都沒有，就只是一路問問題填表格而已。我們走進媽的套房，比較像是間公寓，而不是房間，雖然沒有廚房就是了，媽摸了摸裡頭的系統家具，並微微皺起眉頭。

「妳會想要我從家裡帶點東西過來嗎？」我問。

「那樣會很棒，你決定就好。」

我們走出去回到一樓，而這地方真正的哀傷籠罩了我。我經過某個老太太的輪椅時，她用眼神伸出手來，問我能不能告訴她一點什麼，告訴她我認識她，什麼都好，他們全都很老，某些人似乎精神還不錯，大多數都是女性。外頭，陽光更暖和了，綿延的綠色草皮通往一道熟鐵欄杆，抵銷了空氣中的初秋氣息，我轉向媽，卻發現她正漫步朝欄杆而去。

「媽？」我追在她身後，「媽？」我把她轉過來。

她的表情顯示她一點也認不出我來，我在她的宇宙中是塊空蕩的空白，她讓我帶她回到房間，而那個一路引導著我們，落後在適當距離外的年輕護士，似乎對眼前發生的事再熟悉不過、見怪不怪了。她幫我送我媽上床，送我出房間，並表示她會陪她坐一陣子，我離開時，驚覺所有家具的邊緣都磨成圓的了，且也盡可能使用不硬的材質。我不會從家裡帶半件家具過來。

XXX

比爾和我人在東市場，閒逛過農產品和賣魚的走道，比爾當時是青少年，我則是假裝自己是。爸讓我們肩負的重責大任，是在時令尾聲找條好藍魚，我們就要開學了，因此享受著暑假的最後幾天。比爾正和他一個在螃蟹攤工作的朋友講話，我則在找魚，這時比爾學校兩個穿字母外套的男孩大搖大擺走下走道，朝我們而來，還邊發出他們類似動物的噪音，以宣告他們的到來。

「嘿，是艾利森耶。」比較矮的那個表示。

「哈囉，羅傑。」比爾說。

「準備好上學了嗎？」羅傑問。

比較高的那個看了看錶，接著望著遠處的門口，「走吧，羅。」

羅傑露出微笑，「馬上就來。」他盯著櫃檯後那個瘦巴巴的孩子，「那你呢，露西？」

「別那樣叫我。」那孩子回答。

「所以，你們倆剛在聊啥啊？某個地方有場我不該知道的派對嗎？」羅傑大笑，邊推了推他朋友，他朋友也稍微笑了一下，興趣缺缺，「這是你弟嗎？」他問比爾。

「對。」

「你也是其中之一嗎？」羅傑問我。

我盯著他的臉，接著看著繡在他藍白外套上的G字，我知道這是摔角的獎勵，因為上頭還別著一塊金屬，兩個人形一前一後擺出姿勢，靠得非常近。

「這些人在做什麼啊？」我問。

羅傑一頭霧水，「什麼？」

「你外套上啊，這就是你有字的原因嗎？這是什麼運動啊？」

比爾和櫃台後頭的孩子大爆笑起來。

「三小？」羅傑表示，「這是在摔角啊。」

「你是說和另一個男孩在地上滾來滾去吧。」

羅傑的棕皮膚變成紫色，並朝我前進了一步，他朋友抓住他說，「我們就閃人吧，羅傑。」

比爾和我目送他們離開，他接著快速給了我一個尷尬的微笑，然後似乎就到此為止了。但我受到鼓勵，很想要聊，還到處跳來跳去，「你有看到他的臉嗎？」我問。

「有，我有看到。」

「我惹你生氣了嗎？」

「不，你沒有惹我生氣，孟克。」

「那是怎麼了？」

「沒什麼，你不會懂的。」

「我懂一大堆事。」

「比如說？」

「比如，」我住口並望著一條魚，「這是條好魚，爸會喜歡這尾的。」

X X X

我開車回華府，回到先前是我媽家，是我爸媽家的那個地方。屋裡空氣不流通，又熱，我於是打開飯廳裡的巨型冷氣，並坐在餐桌邊，我坐在我吃飯時一直以來坐的位置，邊想著其他座位。媽和爸以前都分踞餐桌兩頭，我一個人坐在一側，面對我哥和我姐，身旁是張空椅子，偶爾來訪的客人會占據那個座位，但除此之外那張椅子總是在那，空無一人，永遠都不會和其他備用椅子一樣，移過去靠著牆。我傾聽著這間屋子，回憶起我父母的聲音和腳步，卻聽不見他們，我聽見冷氣的嗡鳴聲和周期性的嘎嘎聲，相鄰廚房中的冰箱啟動，還有電話聲。

是比爾，「我待會就到了。」

「你人在哪？」

「華盛頓國家機場，我正要走去搭捷運。」

「你想要我去接你嗎？」

「不用，沒關係。」

「我到捷運中心站去接你。」

「我會搭藍線換紅線，然後到杜邦圓環和你會合，就在，」我可以聽見他在看錶，「就在四點好了。」

「那邊見。」

XXX

我哥的頭髮是金色的。我認出了他的臉，他坐在幾個康加鼓手旁的長凳上，但我滿腦子只想著**這個人看起來跟我哥一模一樣**。我哥的頭髮是金色的。這是我哥沒錯，而他的頭髮是黃色的。他的膚色依舊是淡棕色，他喊我。

「比爾？」

「是我沒錯。」他擁抱我，這本身就是件大事了，而我也很感激這個舉動，但這個擁抱很僵硬，彷彿他根本就沒碰到我一樣。

「嘿，你的頭髮是金色的耶。」我告知他。

「喜歡嗎？」

「我想是吧，很不一樣耶。」我感覺就像個老古板，如同我媽會自稱的，「我在康乃狄克大道那找到了個停車位。」我伸手拿起他的軟皮包包，「很高興見到你。」我們動身時我說。

「你看起來很不錯。」他說。

「有點身材走樣啦，可不像你。」

「我可是每晚都上健身房呢。」

我發出某種恭維般的聲音，並希望這樣不會表現得像是在把他當小孩看，「我應該也去稍微試看看的。」

「媽還好嗎？」

「時好時壞啦。」我邊回答邊想著哪個比較糟糕：好還是壞？她是在狀態好的時候覺得迷失，還是狀態壞的時候呢？我也在想我觀察到的種種症狀，事實上是否並非她的疾病，而是她在處理惡化，是在撤退到一個更安全的地方。

「她知道你是誰嗎？」

「她今天知道。」我告訴他，「孩子們如何呢？」

「很好吧，我想。」他盯著我等待反應，而我回應了之後，他說，「我們會度過的啦，聽到**你老爸是個基佬**實在也是很難接受。」

「你想先回家還是先去看媽？」

「回家，我得沖個澡才行，我很早就起床趕飛機了。」

我於是開車載我們回家，比爾撥弄著收音機。

「工作如何？」

「很好。」

「那麼那個——」我搜尋著他朋友的名字。

「分了。」

✗　✗　✗

我時常會瞪著鏡子裡頭，並思考著以下陳述的差異：

（一）他看來很愧疚。

（二）他似乎很愧疚。

（三）他好像很愧疚。

（四）他很愧疚。

✗　✗　✗

「你還好嗎？」比爾問，他剛沖完澡出來，並回到樓下在休憩室裡加入我，我正在點菸，「你不該這麼做的。」他說。

「嗯，我知道。」我望著香菸末端燃起橘色，然後甩滅火柴，「你差不多準備好要走了嗎？」

「現在有點晚了，你不覺得嗎？」

現在確實快要晚上六點了，「是有點晚了沒錯，」我說，「但今天是她在那的第一天，我想去看看老太太過得如何。」

比爾點點頭。

✗ ✗ ✗

他們告訴我們，媽都沒吃東西。她認不出比爾，還在他接過她的手，並試圖迎上她的目光時抽開手，她也認不出我。假如我們再待個六十分鐘、十五分鐘、五分鐘，她也許會認出我們，但我們沒有。

✗ ✗ ✗

「有關錢的事。」比爾表示。

「我已經處理好了。」我告訴他。

這已成了我的習慣（至少我想要把這變成習慣），要讓這類對話自然而然自生自滅，不要提出半點適當或不適當的意見，就只是這麼閉上嘴，然後讓話語自行蒸發。

✗ ✗ ✗

在視覺藝術之中，唯有表象才是最重要的。至少人家是這麼告訴我的，畫家的作品是在無垠空間中的創作，而這個空間就從畫作的邊緣展開，畫作真正的表面，紙張或是帆布，並非藝術作品，而是作品居住生活的地方，是個保留圖畫、顏料、概念的地方。但是換作一張**椅子**，一張椅子**就是**自身的空間，就是自身的帆布，並以適當的方式占據了空間，帆布占據了空間，圖畫則占據了帆布，然而椅子，身為作品，自身就能填滿空間。提到《我有病》時，發生在我身上的，就是這樣的事，這本所謂的小說，比較像是椅子，而非畫作，我起初在設計時，就不是當成藝術作品在創作的，而是將其當成一種功能性機器，其表象雖是可以看得見的東西沒錯，但更是可以標誌的東西，甚或是個警告，且絕對是個墓碑。而正是憑藉這樣的道理，那晚在電話上，我才能夠在鏡中盯著自己的臉，並接受我的經紀人帶來給我的交易。

「那人名叫懷利．摩根斯坦，他想付你三百萬美金購買電影版權。」約爾說，「孟克？孟克？」

「我在。」

「這聽起來如何？」

「聽起來很棒。你是瘋了嗎？聽起來超讚的好不好，讓我超想吐的欸。」

「但他堅持要見你。」

「跟他說我會打給他。」

「他想見你，他想付你三百萬啊，你至少能跟這傢伙吃個午餐吧。我還沒告訴他史泰格．利伊根本就不存在。」

「別說。史泰格．利伊會去和他吃午餐的。」

約爾爆笑出聲，「你才發瘋了吧，啊不然你是要怎樣？打扮得像個皮條客還什麼的哦？」

「不，我只會戴個太陽眼鏡，然後表現得非常安靜而已，這聽起來如何？」

「付你三百萬，代表我會有三十萬，別搞砸這件事就對了。」

「嗯，好喔，我得掛了。」

「先等一下，蘭登書屋那邊也說各界都非常期待這書，所以他們要試試看能不能在聖誕節前出版。」

✗ ✗ ✗

我講完電話，走進廚房時，比爾問說一切都還好嗎，我告訴他一切都好，他跟我說他要跟個老朋友出去，他說他的朋友等下就要來接他了，他叫我不用等門。

✗ ✗ ✗

我先前沒注意過，那個裝著費歐娜寫給我爸信件的箱子，聞起來有薰衣草和玫瑰葉味。這一次，我沒有真正讀信，反而是注意起字跡本身，寫這些信的手筆，並在其中發現一種純粹，也許反映出了之中的情感有多深厚，我想像那名護士擁有一雙嬌小卻強壯的手，指甲還剪得很整齊，或許是雙織工的手吧。我打開每一封信，接著翻閱過那本耐人尋味小說的書頁，而在《織工馬南傳》中，我找到了一張紙條，上頭寫著費歐娜的姐姐在曼哈頓下東城的地址，她名叫提麗·麥法登。

✗ ✗ ✗

編輯：還真是出乎意料呢。

史泰格：我打來只是想問，稿子我有沒有哪邊需要修改，畢竟你們計畫要提早出版。

編輯：不必，稿子本身就已經很完美了。

史泰格：那我很快就會看到校樣囉？

編輯：這就不用麻煩你了。

史泰格：是有個地方我想要修改的。

編輯：請說。

史泰格：我要改掉書名，新的書名叫作《幹》。

編輯：不好意思？

史泰格：《幹》，就這個字。

編輯：我非常喜歡原本的書名《我有病》。

史泰格：我們下一本書再叫這個名字，這本要叫作《幹》。

編輯：我不覺得我們可以這麼做。

史泰格：憑什麼不行？

編輯：很多人都認為這個字是粗言穢語。

史泰格：這整本書裡面都在**幹來幹去**的好嗎，我才不在乎什麼**很多人**認為這個字是粗言穢語勒。

編輯：這有可能會傷害到銷售。

史泰格：我不這麼覺得。妳想要的話，我也可以退錢給妳，然後把這本書帶去別家出版社。

幹

小說作品

史泰格・R・利伊　著

第十四章

擔憂當然是在於，在否認或說拒絕所謂「黑人」作家的邊緣化同謀時，我最後會落到距離某一條界線非常遙遠且非常「不同」的另一側，不過這條界線頂多也只能說是想像出來的而已。我寫作並不是當成某種見證的行為或對社會的義憤填膺（雖說所有寫作在某種程度上來說，也就只是這樣子而已），且我寫作也不是基於所謂的口傳敘事家族傳統，我從沒試過要解放什麼人，從沒想要描繪出有關**我**同胞生活的次等真實準確圖像，也從來沒有任何人生活的圖像我熟悉到可以去描繪的。也許假如我是在重建時期[58]之後就馬上開始寫作，那我寫作就會是為了要提升我受到壓迫同胞的地位吧，但其中的諷刺卻又十分美麗，我之所以是種族主義的受害者，正是因為我無法體現種族差異，且我的藝術也沒辦法定義成是一種種族自我表達的行動。所以，我不會因為寫了本和那些我認為是種族歧視的書同類的作品，就在經濟上遭到壓迫，但我也必須戴上面具，

58譯註：即美國在南北戰爭過後的重建期，約介於一八六五至一八七七年間。

去扮演那個大家期待我是的人。我已經以那個惡名昭彰史泰格・利伊的身分和我的編輯通過電話了，現在我還要去和懷利・摩根斯坦見面，我辦得到的，這遊戲越來越有趣了，而且能拿到支票也很爽。

傑利、傑利

傑利

一整晚

瞧瞧那個隱形人！[59]

✗ ✗ ✗

那晚比爾沒回家，隔天早上才回來，面帶笑容，還講話講得很快。我整理了一些媽最喜歡的唱片，要跟一台ＣＤ播放器一起拿過去給她，比爾在我眼裡看來很嗨，但我無法想像他是嗑了些什麼，而且我在判斷這種事情上也從來都沒拿手過。我問他還好嗎。

「還好啊，幹嘛？」他這麼回應。

「我哪知，」我說，「你只是好像不太一樣。」

「不一樣?怎樣不一樣？」

「當我沒說。」

「不，我想知道我哪邊好像不一樣了。」他聲音中的尖銳因突如其來而放大。
「我沒有在意有所指什麼。」我回答，「如果你真的想知道，我認為你搞不好是嗑嗨了。」
「嗑三小嗨？」
「我哪知，我也不在乎。」
「這是因為我都沒幫忙媽的事，是嗎？」
「不是。」
「你很火大是因為我整晚沒回家，難道我應該先打個電話嗎？」
「我要去看媽了。」
「這也是我過來的理由啊，」比爾試著讓自己看起來不像是在嗨，「可是我看的出來，我的出現並不迫切受到需要。」
「你進門時我剛好正要出門，我今天整個早上都在等你，於是我決定還是先走好了。現在，你回來啦，所以，我是在問你，你要不要和我一起去探望媽？」
「我得沖個澡，而且我昨天上哪去了是我自己的事。」
「我可以等你。」
「不用，沒關係，你就去吧。她八成在想你怎麼拖那麼久。」

59譯註：此處同樣典出勞夫·艾利森的《隱形人》一書，書中隱形人聽見點唱機中傳出的音樂。

我望著他的嘴唇，並發覺我聽不懂他說的半句話，他的語言不是我的，他的語言擁有一種副詞和疑問詞構成的幾何學，我無法領略。我看得見他意思的形狀，甚至聽得出他的話語代表著某種意思，但我卻完全聽不懂他的實質意思。我於是點點頭。

「你這是什麼意思？」他問。

他在嘲諷我，就是這樣子，他懂我的一頭霧水，還用這對付我。我只好再度點頭。

「就去啊，」我來到門口時，他說，「我錯了，以為你會懂。事實上，我根本就也不期望你懂啦，你就跟爸一樣，你一直以來都是，而且你越長大也越像他。」

我點點頭。

「去啊，去看媽吧不用帶我，時間有種讓意義消沉的方法，並使其成為那所有我們的存在中心寧可拒斥的東西，可是即便是這樣子，我的內裡依然比你那受到汙染的中心更有定見。儘管我經歷了種種迂迴和干擾，但那些都發生在我平靜海灘延伸而出的陸棚外，我忠於本色。」

這次我沒有點頭，就只是離開。

✗ ✗ ✗

我坐在主治醫師的辦公室裡，等待媽第一晚過夜的報告，於是便有機會可以檢視醫生書桌後方那小小的書架，上頭有約翰．葛里遜和湯姆．克蘭西的書，一本約翰．麥唐諾的平裝版，還有各種類似的書。這些書並不會讓我感到困擾，雖然我從來沒有完整讀完一本過，只有稍稍瞥過幾頁，且即便我在其中也沒有找到半點藝術深度的表達、豐富的諷刺、語言或概念的翻玩，我還是發覺這些書寫得都還算可以，就跟一本技術手冊也能寫得還算可以一樣。**噢，所以這就是技術手冊裡的標準A囉**，那麼，胡安妮塔．梅．詹金斯又為什麼會讓我想跑廁所呢？我想是因為湯姆．克蘭西試圖想要賣我他書的方式，並不是藉著暗示他高科技潛艦上的船員，是在描繪再現他的種族吧**（無論這是個多麼適切的比喻啦）**，且他的出版社也不會用這種方式在行銷。假如你不喜歡克蘭西筆下的白人，你還是可以去外頭找找並讀讀其他人寫的。

你要去哪？
密西西比。
你幹嘛要去下面那麼遠的地方啊？
我得逃離芝加哥南邊才行。
幹，啊密西西比不就是芝加哥的南南南邊。
（他們一起大爆笑。）

✗ ✗ ✗

醫生是個看起來很不健康的肥胖男子，不過打扮得時髦又整齊，他的雕花皮鞋擦得閃閃發亮，且他穿的毛衣背心（即便天氣很溫暖）也和西裝完美混搭。他坐在書桌後頭，我把他想像成長得很像湯姆．克蘭西，雖然我對這人的印象頂多也只是看過報紙上的照片而已，接著我想像起他正試圖擠過潛艦的狹小艙口。

「你母親今天到目前為止都過得不太好，我們得給她鎮靜劑，現在她床邊有名護士陪著。我實在不知道究竟該說什麼好，艾利森先生，有時候病人狀況會大起大落，也許明天她會過得比較好吧。」

接著這名肥醫生成了我姐麗莎，她靠回椅子上，點燃那根想像中的香菸，並說出我的名字。我允許我把對於自身幻覺的覺察當作證據，證明我事實上並沒有瘋，但我還是得多注意，因為這緊跟在我哥的語言秀之後出現，所以我還是有點擔心就是了。

「你也無能為力了，孟克，」麗莎說，「回家吧，讓自己有個家，反正都知道媽沒有在受苦，就可以放輕鬆了。事實上，對她而言，每一刻都是全新的，這麼想不就好了，你也知道有個笑話：阿茲海默症哪邊最棒？你可以不斷認識新的人。」麗莎爆笑起來，「所以，快走吧，而且也不要讓比爾害你鬱卒，他也在試著找到自己的路啊，就算他不討人喜愛，那也不是他有辦法的。至少，我從來都沒有多喜歡他啦。」

「妳是怎麼知道媽沒有在受苦的？」我問。

那個胖男，桌上的名牌寫著他是H・布雷索醫生，他回答，「不好意思？」

「我很抱歉，」我告訴他，「我是在跟別人說話啦。」

「你都還好嗎，艾利森先生？」

「嗯，還可以啦。我帶了些我媽喜歡的音樂過來。」我把袋子放在他桌上，並起身準備離開，「你認為熟悉的事物，比如音樂，能幫上忙嗎？」

「我很懷疑，不過還是有可能。」

X X X

我回家時比爾不在，我在飯廳桌上找到一張紙條，上頭寫著：

在樓上的書房裡，你會找到一張解釋了一切的紙條。

我上樓來到書房，在書桌上找到一個信封，裡頭是張紙條，寫著：

幹、你、娘！

比爾上。

X X X

你不是開分員萊因嗎？60

懷利．摩根斯坦飛到華府和史泰格．利伊見面。史泰格對於這頓午餐有點小緊張，所以他

60譯註：同樣典出《隱形人》一書主角遭到誤認的段落。

花了更多時間準備，他站在浴室的鏡子前練習皺眉，在他的額頭上刻出了一道深溝，就在鼻樑上方。他刮掉鬍子，並和鬍子原先的主人道歉，他也試戴某頂帽子，卻都沒辦法鼓起勇氣讓帽子留在原位超過幾秒鐘。

「你到底是想騙誰啊？」他問鏡子。

他該穿圓頭鞋嗎？還是運動鞋？或郡監獄的夾腳拖？他最後決定穿棕色的Weejuns樂福鞋、卡其褲、正式藍紋白襯衫，他手邊剛好都有這些衣物。

他要在華盛頓飯店頂樓的餐廳和摩根斯坦見面，史泰格戴上他的墨鏡，晚晚才出門。

X X X

餐廳的陽台俯瞰白宮的東側草坪，不過摩根斯坦挑了張室內的桌子，事實上，還是個雅座，就在主空間一個光線昏暗的角落。服務生領著史泰格來到製片的桌旁，有名年輕女子和他坐在一起，史泰格抵達時兩人都站起身，他們握手。

「很高興認識你，史泰格，」摩根斯坦表示，「這是我的萬能助理，辛西亞。」

「噢，我實在無法形容我有多麼榮幸，能夠和你這麼聲譽卓著的作家見面。」她發出音調相當高的傻笑聲。

「嗯，請坐吧，請坐，請坐。」

史泰格落坐，並試圖在那人身後打來的昏暗光線中好好端詳他，摩根斯坦比他先前想像得還更大隻，打扮隨興，西裝外套下頭穿著件T恤。而辛西亞也不太像是他的助理，如同史泰格也不是個真人一般。這名年輕女子差不多就是穿著件勒緊的布料而已，就在她無疑是假奶的胸部上方。

「抱歉挑了裡面這裡的桌子還有這一切，但是，幹，啊我就很胖，我需要吹冷氣嘛。」摩根斯坦大笑。

史泰格笑也沒笑。

「你沒有真的那麼胖啦，懷利。」辛西亞表示。

摩根斯坦無視她的意見，「你的編輯很震驚我竟然獲准能見你，感謝你來啊，你想喝點什麼嗎？」他已經在叫服務生了，「嘿，我愛死那本他媽的小說了，我真的是快笑死欸，噢，但也很悲傷啦，別搞錯我的意思，而且還他媽真實到不行。我們可以直接從書裡抄台詞來就好了。」這時服務生來到桌邊，「你想喝什麼呢？」摩根斯坦問史泰格。

「一杯吉布森調酒。」史泰格說。

摩根斯坦皺起眉頭掙扎了一番，然後繼續說，「你也知道，就算你拒絕和我見面，我還是會付錢買這本他媽的小說的，我只是想看看會發生什麼事而已，三百萬美金說話還是滿大聲的嘛，是吧？」

「對，確實是。」史泰格回答。

摩根斯坦給了他年輕的朋友一個一頭霧水的表情，「你知道的，你和我的想像截然不同。」

「不同嗎?你是怎麼想像我的？」

「我也不知道，更硬漢還怎樣的吧，你知道的，更有街頭氣，更……」

「更黑？」

「對，就是這樣，我很高興你說出來了。我見過你筆下寫的那些人，那些真實的人物，草根又好膽的人物，他們在大學裡頭可是沒辦法教你寫這些東西的啊。」他轉向辛西亞，「還是其實可以啊，甜心？」

史泰格冷冷點了點頭。

「嘿，看看菜單看你想吃什麼吧，」摩根斯坦表示，「這裡很不錯，對吧？我他媽有一大堆時間可以挑地方，我在飛機上又重讀了一次那本書，本來還想說要約在 Popeyes 炸雞的咧。」

摩根斯坦爆笑，辛西亞緊摟著他的手臂，也笑了起來，「有看到想吃什麼了嗎？」

「我想是吧。」

服務生拿著吉布森調酒回來，並等待他們點餐。

「我和小姐要大份牛排，五分熟，還有全部那些附餐什麼的，不過馬鈴薯不要加奶油，沙拉醬要田園醬。史泰格呢？」

「我就先從胡蘿蔔薑湯喝起吧，這是冷湯，對吧？」

「是的，先生。」

「我在菜單上沒看到，但我只想要一盤義大利寬麵就好，就加一點橄欖油跟帕瑪森起司。」

「沒問題，先生。」服務生望著摩根斯坦，「喝酒嗎？」

摩根斯坦盯著史泰格。

「我都可以。」史泰格表示。

「幫我們來瓶紅酒。」摩根斯坦說，服務生一收走菜單離開，胖子便轉向他的約會對象，臉上掛著困擾的表情，接著對史泰格說，「你知道的，你真的大大出乎我意料之外啊。」

「這我們剛講過了，你為什麼想見面？」裝硬漢這招有用了，史泰格在摩根斯坦臉上看見一絲細微的退縮及恐懼。

「沒什麼特別的理由啦。」

他們於是靜靜坐了好一會兒，辛西亞低聲對摩根斯坦說了些什麼，接著再度傻笑起來，她邊把玩著自己的一綹金髮邊望著他，頭部傾斜到一旁。

「所以，你服刑了好一段時間，」摩根斯坦說，「我差點也都要進去蹲了，但我的摩特叔叔讓我不用被關。反正也是誣告啦，什麼跨州的商業狗屁，啊你是做了什麼？」

史泰格在此面臨了一個困境，迄今，他唯一說的謊就只有冒名而已，就算坦白說是他寫了那本**他媽的小說**，也算是夠誠實了，「他們聲稱我用瑞士刀上的皮錐殺了一個人。」**他們聲稱**這個修飾語簡直是神來一筆，史泰格自顧自微笑起來，這招可以強調他罪行的性質。

摩根斯坦一瞬間僵了僵，接著似乎鬆了口氣，「我差點都要想說你是冒牌貨了咧。」他和辛西亞一起大笑，她現在用截然不同的目光看起史泰格了，她似乎在胖子背後巴結阿諛，同時卻又對著史泰格露出羞怯的微笑，而她的目光呢，無疑是聚焦在史泰格墨鏡鏡片中她自己的倒影上。

「我可不是冒牌貨，」史泰格重複，「辛西亞就知道我是貨真價實的，對吧，辛蒂？」

辛西亞扭動了一下。

「對啊。」摩根斯坦發出緊張的笑聲。

沙拉和史泰格的湯來了，史泰格嘗了兩口湯，便把碗推到一旁。

「你不喜歡嗎？」摩根斯坦問。

「不，湯很好喝，完全和我想要的一模一樣。」史泰格再度對辛西亞微笑，接著對著摩根斯坦，「但我現在恐怕得走了，我得去某間療養院一趟。」

「是社區服務嗎？我之前也被迫去做過一次，真他媽有夠麻煩的幹，一堆小屁孩。」

「很榮幸見到你們。」史泰格將手伸過桌子，握了握那人的肥手，並對辛西亞點點頭。

「嘿，你在城裡有號碼，可以讓我找到你的嗎？」摩根斯坦問。

史泰格盯著那人看了好幾秒，接著冷笑一聲，便離開了。

✗ ✗ ✗

瞧瞧那個隱形人！

✗ ✗ ✗

搭電梯下樓到大廳途中，史泰格發覺世界在他眼中截然不同，到了大廳，他撞見一幅巨大的海報，是多采多姿的一大坨形狀，問著如下問題：

朱利安·許納貝[61]真的存在嗎？

他閒晃到下一張標示前：

先鋒藝術是什麼？

還有另一張：

一個人的塗鴉，是另一個人的不祥之兆

史泰格一頭霧水，火大不已。外頭，他從臉上一把拿下墨鏡，然後便消失無蹤。

✗ ✗ ✗

下午變得涼爽，下起小雨，我坐在媽的床畔，邊看著人們走進建築物中。她睡著了，我們聽著布拉姆斯的交響曲，第二號或第三號吧，她總是比我還更喜歡。

✗ ✗ ✗

我不只一次感謝過我爸媽沒有把我當天主教徒養大，最後一次時我十三歲，而他們終於回答我說，「我們又不是天主教徒，親愛的。」那個**親愛的**是媽補充的。

「噢，我知道啊。」我說，邊停在門口並回頭，「這和我感謝你們沒有把我當基督徒養大，是不一樣的感謝。」

「噢，這我們知道啊。」爸說。

61譯註：Julian Schnabel（1951-），美國藝術家暨電影導演，代表作為《潛水鐘與蝴蝶》（*The Diving Bell and the Butterfly*）。

「你為什麼要為這個感謝我們呢？」媽問。

「**他心中自有理由**。」爸表示。

「我自有理由。」我說。

「好孩子。」爸說。

「**國王萬歲**。[62]」我回答。

爸爆笑出聲，媽則是早就又回去看書了。

第十五章

我回想起那場愚蠢的爭吵，那終結了我和瑪麗蓮頗為短暫，且反正無疑也會很短命的關係，並不是她欠缺品味或品味令人存疑，才導致我在她的床邊發現那本糟糕的小說時大出洋相的。我之所以會有那樣的反應，是因為那本書提醒了我，我變成了什麼樣子，無論有多麼幽微，而我變成的樣子，就是極度諷刺、憤世嫉俗、自我中心卻又完美復刻的胡安妮塔・梅・詹金斯，就是那本異軍突起，還很快就要改編成電影的暢銷書，《我們住在貧民窟》的作者。

不只是我所處的狀況，也因為我整個人的構成，這似乎讓我成了不適合的候選人，無法發展最為基本的友誼，無論新舊，且浪漫關係對我來說也近乎荒誕。也許我和瑪麗蓮的大吵，除了是時機正好的退縮之外，也可以算是在文學上自命不凡臭脾氣的宣洩吧。

62 譯註：此頁兩處粗體原文為法文。

✗ ✗ ✗

我要求要將小說的書名改成《幹》，我的經紀人與其說很火大，不如說是傻眼，他問我是不是瘋了，我則提醒他當我起初建議他廣發《我有病》時，他就已經覺得我瘋了。

「你說得有道理，」他表示，「話雖如此，你不覺得你這樣有點太過火了嗎？」

「還可以吧，這東西事實上對我來說就是藝術作品，所以得完成我想達成的事才行。」

「你滿嘴屁話欸。」

「也許吧。」

「我不覺得他們會讓你這麼做，為什麼不要叫《他媽的》或《靠》啊？為什麼一定要叫《幹》？」我都能聽見他在搖頭了。

「我就是想要這個書名。」

「萬一他們的律師說不行呢。」

「他們不會說不行的。」

短暫停頓，「啊你是又對摩根斯坦說了什麼？」

「其實也沒說什麼。」

「呃，那傢伙愛死你了，他怕你怕得要死，可是他說，『那個他媽的王八蛋是來真的啊。』」

「他說得對。」

╳╳╳

羅斯科：我真是受夠畫這些該死的長方形了。

雷奈[63]：你難道不覺得你是在追索繪畫的物理極限嗎？你這種看似貧乏的畫法，在消滅的藝術中，成了種冒險，背景和前景就是你的細節，且會讓彼此成為中性。一者會抵消另一者，因此我們莫名其妙便只剩下種種細節了，而這些細節事實上其實並不存在於那裡。

羅斯科：可是底線又是什麼？

雷奈：反正有白癡會買就好了。

羅斯科：就是這樣而已，對吧？

雷奈：恐怕就是如此，他們不看我的片子，而且相信我，我的藝術也和遭到漠視沒什麼兩樣。

羅斯科：但也不會更糟了啊，亞倫。

╳╳╳

約爾：他們說，假如你寫成乾的話，你就可以改書名。

我：乾，我幹嘛要改成乾啊？

63 譯註：Alain Resnais（1922-2014），法國名導，代表作為《去年在馬倫巴》（*L'Année dernière à Marienbad*）等。

約爾：他們說這樣在書衣上就不會那麼冒犯。
我：他媽的當然是不會啊，幹就是幹，不然他們就死一邊去好了。
（稍後）
約爾：他們說可以。
我：真他媽太讚了。

✗ ✗ ✗

頭三周，我每天都去探望媽。開車去哥倫比亞沒那麼遠，而這在我無聊的生活之中，也成了段頗為健康的休息時間，我會每天早上醒來，在車庫變成的工作坊中無所事事，去散個長長的步，在我的書桌前坐上好幾個小時，試圖建構一本新的小說，能夠救贖我失落的文學魂，然後上車去看媽。我回家後，會閱讀，然後用工作折磨起自己，我很孤單，而且很久沒這麼憤怒過了，比我還是個憤怒青少年時還要憤怒，不過我現在有錢又憤怒，我也了解了當你有錢時，要發火變得有多麼容易。當然，也伴隨著罪惡感，還有為了感到內疚所感到的愚蠢，大家都說這是兩種常見的知識分子病之一，另一個是烙賽。

媽近來狀況比較常是在壞的那邊，但醫院的職員看得很緊，所以我很有信心，認為她很安全。諷刺之處在於，隨著她的心智崩毀，她的身體反倒變得更健康了，她甚至還胖了幾公斤，手部的力量也是多年來最強的，但醫生告訴我這會是相當短命的諷刺。當然啦，他的原話不是這麼說的，他說的是，「她的身體不會保持這樣子太久。」他說這話彷彿是要和我保證，彷彿她心理和生理狀態的不協調，理應要比她徹頭徹尾崩毀還更冒犯人似的。

她回神做自己時，我們會一起聽音樂，邊瞎聊著進城去甘迺迪表演藝術中心聽個什麼表演。接著她會漂走睡著，過程算是相當平靜。這一切全都令人非常難過，我也不只一次坐在方向盤後方痛哭失聲。

✗ ✗ ✗

那通電話在早上打來，而這基本上就是我需要的，有件事可以去做。卡爾・布朗特是國家圖書協會ＮＢＡ的會長，他們負責贊助每年所謂的小說大獎，獎項名稱就簡單又假掰叫作「圖書大獎」。

「有人提到您的名字，說可以擔任獎項的潛在評審。」布朗特表示。

「我真是受寵若驚。」

「以我個人而言，我很希望能邀請您擔任評審，評審團共有五人，大約會有三百本小說及短篇小說集參賽。」

我繼續聽著。

「我們的酬勞不高，幾千塊美金還有飛到紐約去參加頒獎典禮，此外您的藏書將會變得頗為豐厚。」

「那不成問題。」

「您有興趣嗎？」

我痛恨獎項，不過由於我總是永無止盡在抱怨美國文學的發展方向，所以當機會就在眼前，可以影響其走向時，我又怎能拒絕呢?所以我回答，「有。」

「嗯，您還真容易說服。」

「那其他評審是誰呢?」

「我還沒成功邀請到所有人，但威爾森．哈奈特已經同意要擔任評審委員會主席了，你認識他嗎?」

「有，我認識，他是很不錯的人選。」

「好喔，那這真是太好了，」布朗特說，「我很期待和您一起共事，此外，當然也請您先不要公開，直到我們正式公布評審名單為止。」

「這絕對。」

「好的。」

✗ ✗ ✗

評審名單

威爾森．哈奈特（主席）：著有六本小說，最近出的書是本創意寫作非虛構作品，叫作《快沒時間了》，有關他診斷出癌症的妻子。結果，他老婆最後並沒有去世，而他所揭露出有關兩人的所有祕密，導致她和他離婚，所以整個文學社群都殷殷期盼他的下一本新書，書名是《我的錯誤》。現於阿拉巴馬大學擔任教授。

艾琳・胡佛：著有兩本小說及一本短篇小說集，她的短篇小說集《瑣碎的追求》曾榮獲美國筆會福克納獎，她的小說《枝微末節》則曾攻占紐約時報暢銷榜第四名。現居上紐約州（很顯然整塊州都歸她啦）。

湯瑪斯・湯瑪德：著有五本短篇小說集，包括《他們來的那晚》、《獄中一夜》、《夜晚有眼睛》，作品受到美國受刑人寫作協會大力推崇，亦擔任聖馬丁出版社旗下「獄中生活」書系之資深編輯，專精無期徒刑受刑人之著作。來自加州舊金山。

瓊・保羅・西格瑪森：在明尼蘇達發展的作家，著有三本小說及三本自然書寫著作，以《和大狗魚一起生活》榮獲數個獎項，另也主持一個文學脫口秀，在明州聖保羅的PBS播映，叫作《反正雪下這麼大，何不讀書呢？》。

席隆尼斯・艾利森：著有五本書，皆為沒什麼人看的實驗性故事及小說，內容咸認相當紮實稠密，通常也很難讀，以小說《第二次失敗》最為著名。是個孤獨的人，似乎甩掉了他所有朋友，每天都會去探望母親，即便她已經記不得他是誰了。沒辦法和他哥說話，因為他是個瘋子，也沒辦法和他姐講話，因為她已經死了。太過不知所措，根本沒辦法鬱卒，喜歡釣魚和做木工，誠徵對此也有興趣的單身女子，現居美國首都。

✗ ✗ ✗

我們五名評審在一場電話會議上彼此介紹認識，其他四人好像人都夠好也夠講理，就像大家在初次認識時慣常會表現出來的那樣，尤其是在電話上。

主席哈奈特聽起來彷彿正在抽菸斗似的，也不是說他嘴裡事實上真的有什麼東西啦，但就只是他好像在品嘗著他的呼吸一樣，「大家，我們眼前正面臨一個艱鉅又棘手的任務，」他說，「他們告訴我，我們大概會有差不多四百本書吧。」

「噢，我的天啊，」艾琳．胡佛表示，她的聲音是年老女性的聲音，「我自己也才剛寫完一本書而已耶。」

湯瑪斯．湯瑪德則說，「他們當然是不會期望我們每本書裡的每個字都有讀過吧，我們還真的是有自己的人生啊，我可不能整個冬天都被關在屋子裡。」

「我認為有很多書你們在讀完頭幾句之後，就可以汰除掉了，」哈奈特回答，「但當然啦，要是這些書裡的其中一本最後出現在另一名評審的名單中，那你就得回去好好看一下了。」

「那種實驗性垃圾我是絕對不會讀半個字的。」胡佛說。

「我很確定我們會發覺彼此的口味，並展現出應有的尊重的。」哈奈特表示。

瓊．保羅．西格瑪森聞言大笑，並回答，「我計畫在冰釣時讀一大堆書。」

「啊你通常會釣到多少冰啊？」湯瑪德問。

湯瑪德和西格瑪森爆笑出聲。

「有什麼這麼好笑的？」換胡佛問。

「我有個問題，」西格瑪森表示，「小說跟短篇小說集是要怎麼互相較勁啊？我是說，假如有本小說有一章很糟，那這就是本有瑕疵的小說沒錯，但假如短篇小說集裡的所有故事都很棒，只有一個很糟，那這依然還是本很不錯的集子啊。你們懂我的意思嗎，有懂我在說什麼嗎？」

「這還真是個好問題。」湯瑪德說。

「這什麼鬼問題啊？」胡佛問。

「有關短篇故事和小說啊。」哈奈特回答。

「噢，對啦，我想我們應該兩種都要讀吧。」胡佛說。

「艾利森，你什麼話都還沒說耶，」胡佛又說，「艾利森？」

「我在。」

「你覺得如何呢？」

「還沒什麼想法，我半本書都還沒看到。我們應該多久開一次會啊？還有是要在電話上還是其他方式呢？」

「這他們讓我們自行決定，」哈奈特回答，「但我有個計畫，我建議我們三周後再聊，就交換一些初步的意見這樣。」

「我們應該幾周後就開個會沒錯，好看看有沒有出現什麼好東西，」胡佛說，「我聽說萊利·塔克有本書要出了，還有品姬·塔瓊。」

「你們知道，有人那天拍到一張她的照片嗎？」湯瑪德說。

「誰？」胡佛問。

「塔瓊啊，」湯瑪德回答，「就登在《舊金山紀事報》上，品姬好像就住在舊金山這，結果甚至都沒人知道咧。」

「我聽說那是本大書。」胡佛表示。

「我也是這麼聽說的。」西格瑪森說。

「那就幾周後再聊囉？」我說。

✗ ✗ ✗

有些人會讓你以為是杜象展示了從什麼東西都能創造出藝術，**藝術品**本身並不存在任何特別之處，使其成為藝術品，最重要的是我們願意稱其為藝術。說出，**這是一件藝術作品**，是種奇怪的以言行事話語，如同國王冊封某個人為騎士，或是法官宣布兩個人結為夫妻一般，但要是後來發現結婚登記的表格填錯了，婚姻因而宣判無效，這時我們就會說，「我想你們畢竟不是夫妻吧。」可是就算藝術作品被扔出博物館，先前稱為藝術的東西，依舊是藝術，可以是遭到拋棄的藝術、避之唯恐不及的藝術、爛藝術、受到誤解的藝術、遭到壓迫的藝術、令人震驚的藝術、失落的藝術、死去的藝術、超前時代的藝術、缺乏藝術的藝術，不過不管怎樣都還是藝術。

這讓我想起那隻待在屋子裡的鸚鵡，牠在聽見敲門聲時會說，「哪位啊？」敲門的人回應，「是水管工。」但門還是沒開，所以工人又敲了一次，「哪位啊？」鸚鵡又問，「水管工。」敲敲敲，「哪位啊？」「水管工啦！」一直這樣持續下去，直到敲門的人敲到抓狂直接闖進門來，卻倒在鸚鵡籠子下方的地毯上，心臟病發過世。屋主回家，發現有人躺在他們家的地板上，「這哪位？」老婆問，鸚鵡於是回答，「水管工。」

此處的問題當然是，鸚鵡究竟有沒有回答女子的疑問呢？答案當然是有，也沒有，畢竟牠就是隻鸚鵡啊。

X X X

羅森伯格[64]：這裡有張紙，威廉，現在幫我畫幅畫吧，我不在乎是畫些什麼，或畫得好不好。

德庫寧[65]：為什麼？

羅森伯格：因為我打算把畫擦掉。

德庫寧：為什麼？

羅森伯格：你別管就對了，我會幫你修屋頂換這幅畫。

德庫寧：好吧，我想我應該會用鉛筆、墨水、油性鉛筆吧。

羅森伯格：隨便都可以。

（**四周後**）

羅森伯格：嗯，我用了四十個橡皮擦，但我還是成功了。

德庫寧：成功什麼？

羅森伯格：擦掉啊，擦掉你幫我畫的那幅畫。

德庫寧：你擦掉了我的畫？

---

64 譯註：羅森伯格（Robert Rauschenberg，1925-2008），美國普普藝術大師。

65 譯註：德庫寧（Willem de Kooning，1904-1997），美國抽象表現主義畫家，生於荷蘭。

羅森伯格：對。
德庫寧：畫在哪？
羅森伯格：你的畫已經不在了，剩下的只有我擦過的痕跡，還有那張紙，而且那張紙本來就是我的。

（把那幅畫給德庫寧看）

德庫寧：你還在上面署名。
羅森伯格：為什麼不？這是我的作品啊。
德庫寧：你的作品？看看你對我的畫幹了什麼好事。
羅森伯格：幹得好吧，嗯？要擦掉畫可是花了不少功夫呢，我的手腕到現在還在痠，我把這稱為「擦除畫法」。
德庫寧：啊不就很聰明。
羅森伯格：我已經把畫賣掉了，賣了一萬美金。
德庫寧：你賣了我的畫？
羅森伯格：不，我擦掉了你的畫，我賣的是我擦掉的功夫。

✗ ✗ ✗

書籍開始抵達，一箱一箱的書。起初我沒辦法打開任何一本，只是將其當成物品而已，封面全都如此吸引人，書衣也讓每一本書聽起來都超棒，是來自功成名就文學偶像的推薦語，告訴我我為什麼應該要喜歡這本書。笨重的書因為笨重受到稱讚，輕薄短小的書因為輕薄短小受到讚譽，老作家很棒是因為他們很老，年輕作家很有才華是因為他們年輕，每個人都令人驚艷、不落窠臼、溫暖、令人膽寒、原創、毫無保留、具有人性。如果有這樣的推薦語，我反倒會覺得耳目一新：

喬・布羅的新小說處理瑣事，且不加粉飾，文筆清楚又乏味，情節發展老套又真實，但這本書卻又沒有什麼令人擔憂的不誠實，角色都跟我們現實生活會遇到的人一樣呆板，因而閱讀本書可說是一趟穿越陳腐與老套的折磨旅程。這本小說平凡卻不枯燥、沒重點卻不是沒意義、讀之無味卻也沒有臭酸。

喬・布羅是名中年作家，有個家庭，且沒有什麼可供辨識的特色，他住在一間房子裡，差不多就跟他上一本小說一樣聰明。

於是，我打開第一本書，而我超愛。事實上，我享受的是閱讀啦，那本書爛死了，但我確實很享受閱讀這本書，所以我讀了一本又一本，我花了一晚和隔天大部分時間讀了三本，三本都了無新意、結構嚴謹、情節發展也很好預測。我於是認為也許我只是厭倦了，我對小說如此熟悉，就像醫生看到血也見怪不怪一樣，我得聯絡聯絡我那個純真的內在自我才行，也就是我能夠受到無聊和陳腔濫調驚豔的那個部分。

✗
✗
✗

我正出門要去探望媽時，電話響了。

她說：「想幹炮嗎？」

「琳達？」

「你是怎麼猜到的？」

是**琳達．梅洛里**。我思索著她的名字，而當她在說話時，她說了些我不記得的事因為我根本沒在聽，我發覺我的人生需要毫無來由幹一炮才行。我的心靈需要新的罪惡感來源，因為媽每況愈下的狀況讓我的安排很站得住腳，但就算我已決定要去追求那樣的罪惡感，我同時也在試圖緩解，方法就是提醒自己琳達同樣也是在利用我而已。我在她的隻言片語中聽見她人在華盛頓。

「妳待在哪？」我問。

「什麼？」

「妳人在哪？」

「我一樣待在五月花號飯店。」

「我七點會到，妳覺得這樣如何？」

「這樣很好，」但她一副半信半疑的語氣，「是孟克嗎？我是在跟孟克．艾利森說話，對吧？」

「對，七點。」
「七點很可以。」

✗ ✗ ✗

媽的失禁越來越嚴重，且即便她似乎還足夠健壯，可以到處移動，她卻選擇不這麼做。我抵達時，負責的護士和一名護工正在換床單，我媽同時也還躺在床上，她腰部以下全裸，護工將弄髒的床單抽走時，護士則邊從我媽身上擦掉那團亂。我轉身走回走廊上，卻還是看得見媽的頭部轉向我，且她空洞的雙眼也對著我的方向，她和從前那個女人如此截然不同，過去那個女人有次曾告訴過我，聆聽馬勒讓她在眼淚奪眶而出之前能夠看見色彩，「我在第四號交響曲中看見秋天，」她說，「灰綠色讓道給紅色和赭色，天空暗下，夜晚感覺涼爽。」一個根本不知道馬勒是誰的女人正擦著這同一個女人沾滿屎的屁股，而她曾說過這番話。

✗ ✗ ✗

跟琳達·梅洛里幹炮超後現代。她實在是自我中心到令人分心的程度，數著她的高潮次數，卻半次都沒感覺到，她會擔心自己在做愛時看起來怎樣、當她開始高潮時表情怎樣變化、她是否太緊、太鬆、太乾、太濕、太大聲、太安靜，而且她還覺得有必要在整個活動的過程中表達出這些擔憂。

「我的頭髮灑落在枕頭上看起來美嗎？」她問。

「看起來很不錯啊，琳達。」

「我這樣動還可以嗎，會太快嗎，還是太慢？」

「妳覺得怎樣舒服就怎麼動吧。」

於是我懷疑她真的這麼做了，因為她對著我的臉尖叫，而這多少有點嚇到我了，且我的反應肯定也是表現出來了，因為她接著說，「這樣太大聲了嗎？我很醜嗎？噢，我的天啊，我真不敢相信我竟然那麼做了，噢，我的天啊。」

「沒事的，琳達，妳還好嗎？」我問。

「幹嘛，我看起來不好嗎？你射了嗎？」我翻離她身上，她靠在我背後。

「沒有。」

「我真不敢相信我剛那樣尖叫。」她轉向床頭櫃，拿了根菸點燃。

「別擔心。所以，妳高潮的時候會尖叫，這樣很棒啊，不是嗎？」

「我覺得我應該高潮了吧。是啊，那樣會很棒，對吧？」

她把沒拿菸的那隻手往下探向我的陰莖，我還硬著沒錯，但離性奮還很遠。

「先生你準備好啦。」她說。

去見琳達一向都是個爛主意，這次也依然不例外。我不能就這麼穿上衣服閃人，雖然我得充滿罪惡感承認，我完完全全就是想要這麼幹。我一點也不討厭琳達，事實上還足夠尊重她，不會想可憐她。奇怪的是，她的種種焦慮還可以說是滑稽惹人愛呢，話雖如此，當我頭一次思考起這個尷尬的想法時，我也理解我的判斷僅僅是出於合理化而已，不是為了更看得起她，而是為了更看得起自己。

「我們要不要來看個電影？」我問。

「你不想再做一次愛嗎？」

「恐怕妳把我累垮啦，」我說，「妳身材真的很好耶。」

「真的嗎？」

「真的啊。」

我於是拿起遙控器打開電視，琳達把頭窩在我的胸口，而我因為一件事頗為難過，那就是我不喜歡她洗髮精的椰子香味。螢幕上的第一個畫面是條野貓正將一隻兔子分屍，「轉台啦。」她說，我也照做，「轉台。」我照做，「轉台。」我照做並把遙控器交給她，她卻拒絕，還說，「不，你給我拿好，轉台。」最後，她要我停在某部黑色電影上，裡頭的演員我都不認識。她接著挑逗似扭動起來，彷彿要喬得更舒服的樣子，然後馬上開始打起呼。

第十六章

這簡直就是搞失蹤或偷懶編輯的季節。那些小說裡有一大堆都笨重到沒必要，有六本厚達九百頁，十二本超過七百頁，且其中每一本在編輯稍微關心一下之後，都應該要，也應該能變成一本很不錯的四百頁小說才對。有本紮實稠密到不可思議的小說，來自一名專寫紮實稠密小說，過著深居簡出生活的知名作家。有本精雕細琢，尤其簡潔俐落的小說，來自一個名聲同樣精雕細琢的作家。還有一套某個已逝作家的小說集、一書架有關老爸虐童和老媽酗酒（還有顛倒過來）的出道作、某個銷售平平的作家在學術小說上的全新（卻極度老套）嘗試、二十八本美國中產階級「小孩到底要歸誰」的家庭小說、四十本成長小說、三十五本婚姻觸礁後的新生活小說、三十本犯罪小說、四十本所謂的冒險小說、六十本「對啦我們就是基督徒我們就委屈」小說。絕大多數的書，我都把重點放在書名上，而非故事或寫作本身，話雖如此，我還是找到三十本我希望是由我寫出來的書，其中十本是因為我可以寫得更好，另外十本我則必須難受承認換作我來寫也不會寫得更好，最後十本呢，就只是真的很讚、匠心獨具、嚴肅、發人深省。

第一次開會時，有一位評審，我不會指名道姓說是誰啦，那人表示，「我希望在初選名單中見到麗塔·托藤的《除非我死》。」問她原因時，她回答，「有兩個原因：一是因為麗塔是我本人的好朋友，二是因為她在《紐約時報》上有篇非常尖酸刻薄的書評。」

我指出，我們也可以認為光靠這些理由就足以淘汰她了啊。

湯瑪斯·湯瑪德聞言嘆了口氣，「我是湯瑪德，」（因為我們是在電話會議上，所以他先表明身分還真的是滿友善的）「而我認為托藤的小說真的是膨風到爆，雖然是惡劣的膨風啦，但還是在膨風。」

另一名評審：「我也想要看見理查·沃迪曼的書出現在其中一份名單上。」

「你難道不是他同事嗎？」有人問。

「幹嘛，是歸是，而且即便我不認為這是他最棒的書，我還是想要讓他知道我很認真看待他的作品。」

「我們怎麼不等到所有書都寄齊了再說呢？」我問。

「這樣聽起來滿合理的。」威爾森·哈奈特表示，「我會建議我們這麼操作，我們每個人都交一份二十五本書的名單，然後看看有沒有哪邊重疊，之後再來討論名單，並讓每本至少有兩個人提到的書進入下一輪，最後再順其自然看怎麼樣吧。」

湯瑪德：「這樣聽起來很不錯，已經有幾本書我願意粉身碎骨了，內容都還滿不加矯飾的。」

西格瑪森：「嗯，對啊，用我的標準來看，這次的自然書寫作品都還滿貧乏的啦，不過還是有幾本不錯的，像是托比·朗克富根那本就很令人驚豔。」

胡佛：「我聽不懂你們剛說的一切，但是，當然可以啦，我很驚訝能看到有這麼多出自大家手筆的書，我們何不就直接進入下一階段，將他們都放到初階名單上呢？」

艾利森：「好喔。」

X X X

聖誕節來了又去。媽的身體隨著她的心智徹底崩毀，也變得更加強壯，我的編輯打給我的經紀人，帶來令人興奮的消息，說《幹》會提早出版，因為大家都很感興趣的關係。而就算到了那時，當我聽說我會在三月看到成書，我也猜都沒猜到一月時，我竟然會打開一個署名給席隆尼斯．艾利森的泡泡墊信封，並在其中發現一本裝訂好的《幹》校樣，還要求說考慮一下讓這本書得「圖書大獎」。

困境：我拒絕承認我本人，席隆尼斯．艾利森，同時也就是《幹》的作者，史泰格．R．利伊，可是書都寄來了，我又不能判我自己不符資格，因為這樣我就會穿幫了啊。

解決方法：無視這回事，哪個腦子正常的人會考慮頒獎給那本小說的啊？

X X X

就是說嘛。

X X X

我成了個隱士。我有一疊來自朋友的信，都沒有打開過，還有一疊各大學的人寄來的信，要不是謀職的人請我寫推薦信，就是學生要申請校系，我的推測是這樣啦，因為每一封我都沒拆，我對這些信覺得很愧疚，比私人信件還更內疚。另外有三四封來自幾個單位的信，我想他們是邀我去朗讀吧，我幾乎很少朗讀，因為我覺得這整個活動滿白癡的，「他媽自己去讀書不會啊。」我總是想這麼大喊，然後就這樣坐下來，有一次，我還考慮乾脆帶幾箱書去，讓聽眾在我一語不發閱讀時也跟著默不作聲閱讀，再指出他們其實根本就不需要我啊。我並不是什麼多受歡迎的朗讀者，這件事從來不會讓我難過，但我現在都能想像起，我甚至連回都不回那些邀請，肯定是會讓我更「熱門」啦。

我坐回書房的沙發上，閉上雙眼想像起史泰格・利伊的朗讀會：

地點：東聖路易公共圖書館、蘭辛公共圖書館、伍斯特公共圖書館、費城、達拉斯、傑克孫維的 Borders 書店、波士頓、紐約、芝加哥的水石書店。

史泰格的打扮：寬鬆拖地的黃色羊毛長褲、鬆袖的黑色絲質襯衫，袖口還要有好幾顆鈕扣、灰色的鯊魚皮西裝外套，開雙岔，雙排扣，還要有條黃色手帕從胸前的口袋露出頭來、灰襪、有流蘇的黑色樂福鞋。

或是

黑長褲、黑襯衫、黑毛帽、太陽眼鏡、黑軍靴。

或是

顏色鮮豔的達西基[66]、白長褲、涼鞋、紅土耳其帽。

會由一名年輕白人女子介紹史泰格，她是圖書之友社的代表，貝琪．昂格，「我實在很開心您能來這裡為我們朗讀，」她私下表示，「我們聽說您很害羞，噢，我用『害羞』這個字並沒有什麼特別的意思。注重隱私，我要說的是注重隱私才對。」

「我比較喜歡『深居簡出』。」他的聲音幾乎細不可聞。

「深居簡出，那好哦。」這名圖書之友站起身，走向講台，她清清喉嚨，室內的所有人也跟著一起，「感謝大家今天前來，」她再次清清喉嚨，「我很榮幸要來介紹我們的貴客，史泰格．利伊先生，我知道有許多人都跟我一樣殷切期盼利伊先生的朗讀，所以我會長話短說。利伊先生著有一本一鳴驚人的出道作，」她望著觀眾、喘了口氣、再盯著雙手，然後才說，「《幹》。」觀眾中爆出一陣竊笑和竊竊私語，「這本出道小說是異軍突起的暢銷書，目前已經盤踞排行榜冠軍第三周了，我相信利伊先生應該是住在華盛頓特區。我在閱讀時，這本書對我來說實在是意義重大，開拓了我對於黑人生活的眼界，也協助我理解這些人的痛苦。所以，請和我一起歡迎史泰格．R．利伊先生吧。」

史泰格起身走向講台，點點頭感謝昂格小姐，然後面向觀眾，前排有幾名年紀較大的保守派白人女性，感覺似乎很緊張，目光凌厲，史泰格開口，「感謝各位邀請我來。」他的聲音幾

66譯註：設計源自非洲的寬鬆套頭式襯衫，以非洲產布料或具有非洲風格的布料製作，於一九六〇年代間成為黑人運動分子的必備服裝。

乎細不可聞，觀眾集體往前傾身，緊抓著他的聲音，死盯著他看，史泰格吸了口氣然後說，**「幹！」**觀眾於是猛跌回他們的座位上，「這是個真實故事。」又一次，他的聲音再度細不可聞，但觀眾確實聽見了，也喃喃著他們的贊同，「這本小說雖然不是根據真實事件改編，卻是個真實故事，描繪在美國身為黑人的樣子，而這看起來並不怎麼體面。」

「說得好。」後頭有個打著蝴蝶結的白人男子表示。

「在我入獄服刑期間，」他望著那些保守派的女士們，「我學會文字是屬於所有人的，還有我可以使用上帝賜予我的語言天賦，在這個道德淪喪的社會中立足，獲得一席之地。」

掌聲。

「《**幹**》**！**就是我對我們這個美好國家的貢獻，在這裡，一個黑人前科犯，光是靠著講述有關他不幸同胞的事實，就可以發大財。」

掌聲、掌聲、掌聲。

史泰格打開他的書，「《**幹**》**！**」觀眾再度跌回去，接著又往前傾，聽他說話，「『老媽看著我和塔德崔絲並叫我們「人沼」……』」

X X X

《幹》，雖然書名如此，還是獲得了肯雅．鄧斯頓青睞，或者隨便哪個幫她做這類決定的人啦，入選了她的讀書俱樂部選書。出版社的辦公室洋溢興奮氣氛，因為這代表我們可以莫名其妙分到一大筆錢，然而，其中一項條件，是史泰格．利伊得去上《肯雅．鄧斯頓秀》才行。

這是件壞事，且害我滿心恐懼和怨恨，恐懼是怕會穿幫，怨恨則是恨我自己，可是那筆錢不只可說是可觀，簡直就是差不多讓我的預付金加倍了，**我需要錢啊**[67]。

「你要怎麼辦啊？」約爾問。

「你的意思是史泰格．利伊要怎麼辦吧。」我說。

「我想我的意思確實是那樣啦。」

「我想作者會在指定時間出現在攝影棚吧。」

「我的媽啊。」

X X X

我探望完媽回家，心想，我以為她的身體依然維持良好狀態，其實不過是我的想像而已，這是在和她的心理崩潰相比啊，所以我當然會受到誤導。我媽正在死去，一想到她死了搞不好還更好時，我感覺到一股我認為應該算是正常的罪惡感，這話在我腦裡聽起來，就跟寫在紙上看起來一樣糟糕，我哪位啊，憑什麼知道她在自己的世界裡正在享受著哪些快樂啊，但我當然心知肚明，那一段段稍縱即逝的回神片段，肯定令人疲憊又殘忍吧。那晚，我穿上我的運動鞋，出門跑步，下定決心要保持好自己的身材。

67譯註：此處原文為法文。

身體成長緩慢，卻迅速凋亡。68

X X X

X X X

少去看一次媽既簡單、困難、令人焦慮、欣然接受、又恐怖。我一直以來都是那個盡責的兒子，是個好人，家庭的磐石，但我得創造一點小空間才行，從某種程度上來說，這是次測試，因為我很快就要去紐約了，要去開頒獎典禮的會，還有史泰格・利伊要上電視。我在屋裡踱步，堅信今天會是媽在過去十二天中，唯一神智清明的那天，她會一臉哀傷對著那個幫她換尿布的年輕護士問，「我的孟西人呢？」我用力甩掉這股罪惡感，以你可以甩掉罪惡感的最大力道啦，罪惡感是難聞的古龍水。我討厭人家身上的三件事，我討厭男人在外的誇張幽默感，我討厭明顯且放縱的自我貶低，我也討厭醒目的罪惡感。我很自豪我這輩子只有犯過後面兩種而已。

隔天，我才驅車前往哥倫比亞。媽的情況搞不好更糟了，反正顯然是沒有好轉，且假如她昨天真的神智清明，也沒有殘留半點效果，房裡也沒有半絲回音。她雙手扭攪在一起擺在大腿上，人坐在椅子上，瞪著一片空無。

X X X

回家路上，我在超市停留，買我最近習慣吃起的伙食，優格、水果、乾燥湯包。我扛著三個袋子，其中一個只放了顆哈密瓜，走出超市往停車場走去，有個人站在人行道邊緣，是名與我年紀差不多的男子，不過他還是更老一點，而他被人生擊墜。他指著我唱著：

麵包和酒
麵包和酒，
你背負的十字架遠遠不比
我的還要沉重……[69]

我站的地方距離他就只有一點五公尺，我都能聞到他骯髒輕便大衣的磨損破舊，並數算他眼周的皺紋了。我覺得我有點嚇到他了，他往後退，幾乎無法察覺地弓起背，彷彿準備好要幹架似的，我對他點點頭，並說，「你說得對。」然後我把我那袋哈密瓜給了他，我交給他這麼重的東西，他於是走開，還疑神疑鬼回頭瞥了兩次。我尋找著我的鑰匙，接著又望回那人，但他已經不見了，就像被吸進了什麼洞裡一般。

68 譯註：此處原文為拉丁文。
69 譯註：出自煙槍牛仔樂團（Cowboy Junkies）的歌曲〈Bread and Wine〉。

席隆尼斯、孟克、史泰格．利伊一同前往紐約，搭同一班航班，且也遺憾地坐同一個座位。我思考起這拙劣的偽裝可能會失控，而我也會滑進貨真價實的雙重人格情況之中，不過當我在亂流中慢慢啜飲果汁時，我也想辦法把這整件事化約為僅只是在逢場作戲而已。我是在演戲，簡單又明瞭，而且我的報酬豐厚又值得。所以，**我們**抵達了那裡，裝扮成我自己，曾是我媽眼裡的孟西，曾是我自己眼中藝術家的那個人，我入住阿岡昆飯店，如同國家圖書協會的職員所安排的，放下行李，然後小睡了一下。

ＸＸＸ

那天下午，在評審委員會的會議上，我坐在聞起來有大蒜味的艾琳．胡佛，還有不知為何聞起來有魚味的瓊．保羅．西格瑪森之間。我們人在一間寬敞的會議室裡，有扇窗能俯瞰庭院，我們一本書討論過一本書，西格瑪森和湯瑪德在他們的好惡上是最為情緒化的，威爾森．哈奈特幾乎圓融到令人煩躁，而艾琳．胡佛則是有一搭沒一搭地參與。也許我的參與才是最讓人困擾的吧，因為我細心傾聽，鮮少發言，討論約一小時後，發生了一件糟糕的事，且發生的方式就像場伏擊，彷彿經過策劃及排練，是專門準備好衝著我來的：艾琳．胡佛竟然提起了《幹》。

「你們全都讀過《幹》了嗎？」她問。

所有人都讀過，除了西格瑪森之外。

「那你呢？」哈奈特問我。

「我有稍微翻一下，」我說，「不怎麼吸引我。」

「噢，我覺得那本真的寫超棒的。」胡佛表示。
「真的是很好贍的作品。」湯瑪德的意見。
「這我也得同意，」哈奈特說，「我認為這是我好長一段時間以來讀過最強勁的非裔美國小說。」
「我也很期待要讀。」西格瑪森附和。
「我想這至少會進入我們的二十本名單內吧。」哈奈特說。
「我也這麼覺得。」胡佛也附和。
「那我想我該去好好讀一下啦。」我回答，我的心情從來沒有這麼沮喪過，我的雙腳感覺灌了鉛、腹中空洞、雙手冰冷，沒有什麼事情能比這還更令我害怕或不舒服了。我寧願讓《國家的誕生》的劇本進入名單，也不要讓這本小說進。
我回到房間，火冒三丈，到處踱步，接著看了《春風秋雨》70，然後又開始踱步。我點了晚餐送來房間，卻半口都沒吃。

70譯註：《春風秋雨》（*Imitation of Life*），本片改編自美國作家范妮．赫斯特（Fannie Hurst，1889-1968）一九三三年的小說，以一黑一白兩對母女的人生際遇描寫當時的種族、階級、性別議題，有兩個版本，此處未說明是一九三四年版或一九五九年版。

ＸＸＸ

隔天早上，一夜無眠之後，我沖澡，穿衣，然後搭計程車去我在爸的文件中找到的那個地址，前往費歐娜的姐姐，提麗・麥法登至少曾一度住過的那間公寓。信箱上的姓氏仍是麥法登，所以我按了門鈴，大門嗡嗡打開，我於是走進樓梯井，這裡的褐石肯定曾見識過狀態更棒，也更乾淨的日子，不過這座建築物依然維持在不錯的狀態。我走上四樓，發現門半開著，所以還是敲了敲。

「進來啊，」有名男子喊，但一看見我，他就問，「你誰啊？」他是名打赤膊的禿頭白人男子，打了個唇環，還有個巨大的刺青覆蓋在他的左肩和左胸上。他也很肥，大概再吃一塊餅乾就有一百三十五公斤了吧，他穿著一隻靴子，且正忙著要穿上另一隻。老實說，他嚇到我了。

「我名叫席隆尼斯・艾利森。」

「那他媽又怎樣？」

「我想說你也許可以協助我。」我瞪著他的刺青，那是幅場景，是在一處森林中，有隻老虎在和一條蛇打鬥。

「如果你是要錢，那我他媽就把你打到連你媽都不認得。」

「請問你是光頭黨嗎？」我問，這問題就這麼脫口而出，我實在是很好奇。

「幹他媽快滾出我家。」他邊說邊把自己拖起來，一腳穿著靴子，另一腳只掛著襪子。

「我要找提麗・麥法登。」我說。

「是喔，那你晚了十年啦，」他回答，「她掛了。」

「我很遺憾。」

「幹破你娘。」他坐回去，不管是出於什麼原因，搞不好他累了吧。

「你是她兒子嗎？」

「他媽關你屁事啊？」他惡狠狠瞪著我看。

「事實上，我是在找她妹妹，費歐娜。」

「也掛了啦，」他回答，「幹，老兄，管你想找誰，你都太晚來了啦。」現在，他似乎覺得很搞笑，「啊你想找她們幹嘛？」他表現得像是聞到了銅臭味一樣。

「我在找你表親格蘭琴，她也掛了嗎？」

他停下綁鞋帶的動作，坐直身子，「沒，她沒掛，你想找她幹嘛？」

我決定單刀直入，「看樣子她似乎是我同父異母的妹妹。」

「我就知道，」他邊說邊微微搖頭，「我就知道她流著黑鬼的血，我媽不肯承認，但我就是知道。」

「那你知道她人在哪嗎？」

「有可能哦，你找她要幹嘛？」

我盯著牆上的耶穌受難像，就在卍字旁邊，「事實上呢，這是私事。」

「嘿，是我知道她人在哪，你可不知道。」

「也許你可以直接告訴我她的姓氏就好。」

他對我露出微笑，一個字也沒說。

「要多少錢？」我問，「一百塊美金？」我從口袋掏出錢，「還是兩百？」他的表情文風不動，「我這邊有兩百五，要是地址正確，就全給你。」

「萬一我直接踹爆你屁股幹走錢勒？」

「那跟直接帶我過去比起來，也不會簡單上多少吧。」

一個下流又邪惡的笑容浮上他醜陋的嘴臉，讓我討厭起他。我不確定他正努力綁著鞋帶是為了要痛扁我一頓還是要帶我去找格蘭琴。

「我們走吧。」他說。

於是我們從他住的建築走了幾個街區，來到另一棟褐石建築。對一個胖子來說，他的步伐還算穩健，雖然他喘起氣來令人憂心，一想到萬一他倒下來，我還要試著幫他做CPR什麼的，我就寒毛直豎。一下子我又在擔心他會轉過身來痛扁我，或是我們會撞見幾個他的新納粹朋友，然後他會把我丟下來等死，在此先稍微暫停一下，我要指出假如我的心情在此之前算是灰暗，那到了現在也變成是一路往下到堪稱陰沉了，而我認為這樣的心情本身就很有害，攻擊我的力道和眼前的糟糕情況不相上下。這人事實上其實也和我有關係，他是我同父異母妹妹的表親，這在我看來呢，也使他一度成了我法律上的同父異母表親，這當然不是什麼很親近的關係，但也近到足以讓我覺得還滿噁心的了。

「她住在三樓，」這名光頭黨表示，「她姓韓利。」他說完伸出指關節泛紅的手，打開要求現金，我把錢給他，並目送他走開。在轉角處，他回頭瞥了我一眼，臉上掛著同樣的獰笑。

我走上門階，在信箱上找到**格蘭琴・韓利**這個名字，並按下門鈴。

「請問是哪位？」有名女子接起對講機。

「韓利太太嗎？」

「你哪裡找？」

「我名叫席隆尼斯・孟克，我想和妳聊聊。」

出現一陣漫長的停頓，接著大門嗡嗡打開，我迅速伸手推門，進入建築物中，這裡和她表親住的地方比起來，淪落到更淒慘的狀況。我先前沒注意到，但今天已經變得頗熱，所以在走來走去和爬樓梯了這麼久之後，我早已流了不少汗，也多少有點狼狽。我於是紮好襯衫，深吸一口氣，然後敲門。

✗ ✗ ✗

假如存在什麼家族特徵，那我也沒看見。格蘭琴事實上是名頗為迷人的女子，肩臀都寬闊，也滿高的，還有一頭過肩的淺棕髮，和一對黃綠褐色的眼睛。角落有個嬰兒在哭，而在開門之後，她便轉身過去照看。

「是格蘭琴嗎？」我問。

「對，那是我的名字沒錯。」她的語氣有點尖銳，「我能幫上你什麼忙嗎？」我聽得出她的腔調。

「我爸是班傑明・艾利森。」我說。

她現在正抱著那個孩子，所以孩子的臉靠在她肩膀上。她望著我，但她背對著窗逆光，所以我無法判讀她的表情。

「妳媽媽是叫作費歐娜嗎？」

「對。」她走近，並盯著我的臉看，「所以，你就是我哥哥囉。」她露出微笑，而我能察覺出那麼一絲她和她那個光頭黨表親的相像，「那麼，我們家老頭過世了嗎？」

「對，他過世了。」

這似乎讓她稍稍放鬆了一點，她在桌旁坐下，搖著嬰兒。

「假如這麼說有差的話，」我說，「我爸從來都不知道妳身在何方。他在大約七年前過世，我本來也不知道妳和妳媽媽的存在，直到我找到一些信件為止。」

她瞪著我看。接著我發覺她是在檢視我的穿著，我環顧公寓，也發現她的生活條件不太好，這地方還算是乾淨，卻依然有著艱困日子的傷痕，那張保麗板桌子在明亮的郊區廚房中，也許還能說得上時髦，但在這裡就只是本日誌而已，各種凹痕和污漬標誌著回憶。而光是瞄一眼沙發，我就知道坐墊反面肯定更加骯髒。

「這是我孫女，」她說，「我在我女兒去工作時照顧她，接著換我去工作。明天還是會一樣，而後天更是一成不變。你是在做什麼的，艾利森先生？」

「我是作家。」

「那還真棒。」她看著嬰兒的臉龐，並用手指碰了碰，「作家啊，那你有去上大學嗎？」

「我有。」

「真不錯，我想你在大學裡應該學到很多吧。」嬰兒這時發出聲音，看來像是又要哭了，她於是噓了噓要她安靜，卻多少有些粗魯，「支持黑鬼的大學基金，我總是這麼稱呼的。」

我不喜歡這名女子，但她的酸言酸語並沒有，也不該讓我感到意外，「總之，」我說，「我爸在他過世前寫了封信給妳，我最近剛找到，所以才追蹤到妳這裡來。」我把那封信放在她面前的桌上。

她盯著信，卻沒有伸手拿。

我在離我最近的椅子上坐下，研究著她的表情。這時一股巨大的孤獨感籠罩住我，而我實在很難分辨這究竟是同情格蘭琴的反應呢，還是就只是我自己的感覺。我同樣也覺得該負上責任，無論這錯得有多離譜，我都覺得我該為這屋裡的貧窮負責。

「所以說，你是我哥。」

我點點頭。

「那我還有其他兄弟姐妹嗎？」

「妳還有另一個哥哥，而妳姐姐已經過世了。」我望著那扇骯髒的窗戶，「我來這裡的用意，不是要來搗亂，讓妳心情不好的，我爸刻意留下他的信件讓人找到，而最後讀到的人就是我。從我能判斷的看來，他深愛妳媽，我覺得他也很想找到妳，卻不知道該怎麼找。」

「你不就找到我了。」

她說的很對，而對此我沒有半個能讓她滿意的答案。

「爸想要妳拿著這筆錢。」我掏出我的支票簿和筆。

「什麼錢？」

我分不出來她是驚訝還是覺得受到冒犯，但我扭開筆蓋，邊繼續說，「沒錯，韓利太太，我爸留了筆錢要給妳。」然後我寫了張十萬美金的支票，並交給她，而且毫不猶豫，這讓我自己也滿意外的。我先前從沒寫過這麼大張的支票，差得遠了，而這感覺非常怪異，令人頭暈目眩。

「我的天啊，」她表示，卻沒有看那張支票，「給錢，這樣如何？所以這樣就一切沒事囉，是嗎？」她環顧她家，似乎在好好飽覽一番，似乎在要我注意她的生活條件。

「我不這麼覺得，」我站起身，「但我來這裡要做的就只有這件事而已。嗯，那就祝妳好運了。」我邊說邊轉身走出她的公寓。

她來到門邊，並在我身後打開門，「這一切是真的嗎？」

「千真萬確。」

第十七章

現在，假如你沿著寬闊的公路搭起你的小帳棚
衛生委員會會說，「抱歉，你不能待在這。」
「快點，快點，快走開。」這句叫喊陰魂不散
不能留下，不能回頭，也不能遷徙，所以我他媽到底是該何去何從？[71]

我選擇走回飯店，因為已經沒剩下錢搭計程車，且也拒絕下沉到更低處的地鐵隧道裡頭。

然而，這番運動對釐清我的思緒來說也沒什麼幫助，一想到我新發現的家族分支，對於我假扮成史泰格．利伊的困境來說，就會產生出全新層次的諷刺和共鳴，坐在格蘭琴的公寓裡，讓我想起我姐的診所、那些坐在等候區裡的女子、她們大腿上的嬰兒、扯著地毯絨毛的學步幼兒。

71譯註：出自雷．庫德的歌曲〈How Can You Keep Moving (Unless You Migrate Too)〉。

我停在一間小藝廊的櫥窗前，盯著正面展示的相片，那些照片令人相當鬱卒，是冰冷的廣角描繪，對象是個不知名卻刻板典型的水濱區。影像中沒有人影，只有船隻、起重機、水泥、水，攝影師名叫布羅克頓，我心想他把那些人怎麼了，他是怎麼如此徹底地清乾淨他的畫布。

我繼續走，而在某間倉庫上頭，我看見一座告示牌，這之所以吸引了我的注意力，完全只是因為牌子看起來非常新而已：

維持美國的純粹

✗ ✗ ✗

史泰格・利伊離開他的飯店房間，是一三六九號，他打扮隨意，穿著黑鞋、黑長褲、黑高領毛衣、黑西裝外套、留著黑鬍子、戴著黑費杜拉帽。史泰格・利伊從腳趾到頭頂、從左肩到右肩、從此時此刻到時間的兩頭，全都一身黑，他搖擺走下鋪了地毯的走廊，來到電梯，然後再度下降，到更下頭，更下頭。

來自底層的祈禱

電梯門關上，金屬門的邊緣相碰，裡頭有名年紀更大的黑人男子，穿著套樸素的棕色西裝。史泰格按下大廳的按鈕，接著打量起面前亮起的電梯面板，觀察著樓層的標示以遞減的順序點亮。那人看也沒看史泰格，便開口問說，「你是工程師嗎？」

「工程師？」

「對，我就是這麼問你的。」他語帶挑釁。

「不是，先生，我不是什麼工程師。」

「那還真是太糟了。」老人表示，這時電梯門滑開。

那人走出電梯時，史泰格說，「事實上，從某種程度上來說，我其實是。」但那人已經走了。

難道不能笑著說出真理嗎？

艾琳．胡佛走進電梯，按下按鈕，即便先前很顯然已經有人按過了。她沒有和史泰格對到眼，但他覺得她正在注意他的膚色、他的全身黑、他的身材、他長長的手指、他的大腳。她噴太多香水了，聞起來有梔子花的味道，她碰了碰掛在她脖子上的心形綴飾，接著轉向史泰格，露出懷疑的微笑，並問，「請問我認識你嗎？」

「我不這麼覺得。」

「你身上有種似曾相識的感覺。」

「真的嗎？我想我可能就長著張大眾臉吧。」

「對啊，肯定是這樣沒錯。」

電梯門打開。

中庸之道最為安全72

史泰格搭地鐵，從地底下，到攝影棚，並在列車轟隆駛過時，發覺他的胃也轟隆作響，他好餓，其他人的胃也轟隆作響著。他和其他黑人困在一塊，即便外頭是個美好的一天，他們仍是在世界下方巡航，前往各自的目的地。

✗ ✗ ✗

在攝影棚，有個名叫陶德．懷斯的男子來迎接史泰格，他是名年輕男子，穿著體面，史泰格在握手時發現他手很軟，但懷斯相當有自信，他是節目製作人，而當他打響指時，就會有人跳起身來。他臉上掛著大大的笑容，手指邊耙梳過頭髮。

「我們很高興您能出席，」懷斯表示，「假如您沒辦法來，我都不知道我們該怎麼辦才好了呢。對方告訴我們，您有可能不會出現，但您本尊就在這，真是太好了，我好愛那本書。來吧，我帶您去上妝。」

「不要化妝。」史泰格說，語調扁平又陰沉。

「可是這是要上電視啊。」

「反正我都會在隔板後頭。」

「這確實，您也知道我剛剛沒有想到這回事。」懷斯抓住一名經過的助理，「去找塊隔板來，馬上。」接著對史泰格說，「我有一大堆事要照料，黛娜會負責照顧你的。」

黛娜先前都是隱形人，直到此刻，她比懷斯更年輕，是黑人，相當瘦小。她在此時出現，準備好要帶史泰格到休息室去，懷斯走開，黛娜領著史泰格走過一條走廊，她的高跟鞋喀噠喀噠敲著木地板。她沒提起書的事，只是打開門，接著在史泰格進去後把門關上，史泰格坐下。

門再度打開。

✗ ✗ ✗

「孟克？」走進來的是約爾，「這真的是你嗎？」

「閉嘴啦。」我回答。

約爾在我身旁的沙發上坐下，並瞪著我的鬍子看，「這還真不是什麼非常厲害的偽裝。」

「夠厲害了，反正我又不會上鏡頭。」

約爾搖搖頭，「你這是在走鋼索啊，兄弟。」

我用雙手摀住我留了鬍子的臉，我好想哭，我覺得好迷失，好孤單，我盯著約爾，「你依然是唯一知情的人吧？」

「辦公室那邊甚至根本就沒半個人知道。呃，伊莎貝拉，會計師知道啦，但反正她差不多也不會講半句英文就是了，她完全沒把事情湊起來。」

72譯註：本章此前三處楷體字原文均為拉丁文。

「這一切全都是為了錢。」我說。

約爾點點頭，大笑起來。

「也搞不好不是。」我又說。

他停下來，直視著我的雙眼。

「意思是？」

我搖搖頭，「我也不知道。」

✗ ✗ ✗

「利伊先生，還有十分鐘。」黛娜在門外表示。

✗ ✗ ✗

我轉向約爾並問，「現在要跳進我的洞裡躲起來，是不是太遲了？」

「看樣子是。等之後，等一切穿幫之後，你會回頭檢視這整回事，然後笑死的啦。這其中的諷刺啊，而我知道你聽到這話肯定會很想死，但諷刺就在於這八成也會帶動你其他作品的銷售。」

「一切什麼時候才會穿幫？」我搖搖頭，「永遠都不會有人知道是我寫了這本垃圾的，你懂嗎？」

「好啦，好啦，冷靜點，你最好融入一下角色。」

而他說得對，我一擔心起穿幫，史泰格·利伊就從我身上滑走了。我於是閉上雙眼，再次變起魔術召喚他，邊伸手進口袋，掏出墨鏡並戴上。

「幹！」我說。

X X X

「我需要秩序！」有人大喊。

黛娜領著史泰格來到隔板後的椅子上，肯雅．鄧斯頓走過來，她看起來就跟電視上的她一模一樣，貨真價實的本尊，也許稍微重了一點而已。

「史泰格．利伊，孩子，你現在可是家喻戶曉了。」肯雅表示，她擁抱史泰格，好像她真的認識他，並把他當朋友喜愛似的，「這書真的很猛，真的很猛啊。」

「時間快到了，鄧斯頓小姐。」有名年輕女子提醒。

「時候到了，」肯雅說，「時候到了。」接著她便走到隔板另一側。

X X X

我是否藉由消滅了自身的存在，反倒確立了史泰格．利伊的主體性呢？還是其實是那本書為他帶來了生命？他就在那，供公眾審視，而公眾愛死他了。假如我厭倦了憋氣，萬一我需要浮上來吸口氣，那又會發生什麼事呢？我得殺了史泰格，滅口他嗎？而我甚至認為史泰格擁有能動性，這究竟又代表什麼呢？而我也能用這些問題來反問我自己，到底又代表什麼？當然啦，這什麼意義也沒有，但回過頭來，反而又代表一切。

✗ ✗ ✗

節目主題曲狂轟濫炸，觀眾跟著唱起來，介紹肯雅・鄧斯頓出場，觀眾怒吼，肯雅相當興奮，極度興奮，她露出大大的微笑，簡直就是燦笑，「我們今天的節目很榮幸邀請到史泰格・利伊，他著有一本即將推出的小說，這本書鐵定會暢銷，我也得知電影版權已經售出，而且你們敢相信嗎？這竟然是史泰格的第一本小說而已。不過我還是得告訴大家，我們今天的貴客比較害羞，而他同意上節目和我們相伴的條件，就是他要能一直待在隔板後頭才行。所以，請和我一起歡迎史泰格・利伊的剪影，他著有——」她停頓，「我該怎麼說才好呢？反正我就繼續下去，直接說出書名，然後就順其自然吧。歡迎史泰格・利伊，《幹》的作者。」

掌聲。

「你好嗎，史泰格？」

「很好。」

「這書真的很猛。」

「確實。」

「你願意和我們分享一下，這個故事的靈感是來自何處嗎？」

「不願意。」

「拜託嘛，這是真實故事嗎？請和我們分享一下，你的人生經歷過些什麼，才促使你寫出一個這麼扣人心弦又栩栩如生的故事的呢？」

「我不覺得是這樣子。」

「嗯，書中的語言絕對是很生動鮮明，我讀來感覺彷彿身歷其境，至於興不興奮呢？我覺得我在閱讀過程中，好幾次都像是要爆開來了一樣。」

「謝謝妳。」

「谷・詹金斯是有特別根據什麼真實人物塑造的嗎？」

「沒有。」

「要讓你侃侃而談不太容易啊，是嗎？」

「沒錯。」

「嗯，那也許在我們廣告休息回來之後，你會願意回答幾個來自觀眾的問題。」

✗ ✗ ✗

「你他媽到底是發生什麼事了？」肯雅爆氣表示，「那個婊子養的他媽三小都不肯說，這他媽算是哪款訪問啦？」

懷斯於是跪在史泰格身旁，「拜託，您得試圖稍微敞開心胸一點才行，跟我們說些什麼都好，叫他們趕快去買本書來看啊，隨便說點什麼都可以。」

四五

一二三

「我們回到節目現場啦，今天的來賓是作家史泰格・利伊，他來這裡是要和我們討論討論他的第一本小說，《幹》的。史泰格，你現在有比較想要說點話了嗎？」

「不想。」

眾人一陣恐慌，出現尷尬的沉默，焦躁不安的觀眾也發出噪音，黛娜對著她的拳頭竊笑。攝影機從一側推到另一側掃視著觀眾，然後又回到肯雅身上。

「呃，我們事前就已經收到警告，說我們的來賓非常害羞，而他也確實是這樣沒錯。所以現在可說是個大好時機，能讓我來朗讀一下擷取自這本才華洋溢小說的段落。」肯雅於是打開《幹》，並開始朗讀：

我愛克麗歐娜也恨克麗歐娜。我腦袋裡有兩個小黑鬼，黑鬼A和黑鬼B，黑鬼A說，冷靜點啦，老兄，你也知道你沒半毛錢，所以就讓這女孩回學校去上完數學課英文課社會研究這樣她才可以離開去闖啊，就讓她有個機會，一個去當她總是在講那個護士的機會嘛。但黑鬼B大爆笑起來，說，（**消音**），就帶這婊子回她家然後（**消音**）她個一次、兩次啊，她有種在你面前跟那個吉普車黑鬼講話，（**消音**）他媽的勒，要是她要像這樣子洗臉你，那她就吃不完兜著走了，之後你可以到外頭找到那個吉普車（**消音**）然後（**消音**）死他，現在呢，就把這個（**消音**）帶回家爽一下啊。你記得這（**消音**）有多讚的吧，她叫得那麼騷包，好像在哭，好像很痛一樣，黑鬼（**消音**）最好是會痛啦，學校去（**消音**），她才不會變成什麼護士勒，她一輩子撿角啦。

我們走回她家路上我看見有幾個傢伙在打球，我好久好久都沒打球了，我心想，我一度超會打的，我可以從弧頂直接灌籃所有招我都會，我也超會跳的，可是（**消音**），當你一開始啥屁都不是還有個（**消音**）搞到你不能繼續待在學校那你是要怎麼進大學並拿到一大筆錢啊。而且我才不要去吸教練（**消音**）換上場機會勒，我練好之後直接過去然後幫湖人隊試訓就行了，我馬上就能融入的，Showtime王朝，我和魔術強森，我甚至都不需要練球勒，林北就是這麼強。

克麗歐娜打開家門我們進去之後她轉過來對我說，「現在把錢給我吧。」

「慢點嘛，寶貝，」我換成油條的聲音說，「妳怎麼不給我看看寶寶是睡在哪的呢？」

「你明明就知道寶寶睡在哪，寶寶就睡在我房間而我們是不會進去裡面的。現在，錢給我拿出來。」

「嗯，那妳可以給我點冰水嗎？」我問。

她大大嘆了口氣並重重踩著那雙大腳朝廚房的方向走去。

我在沙發上坐下卻發現這東西是新的，我用手摸過身旁的坐墊然後心想，（**消音**），這他媽是哪來的啊，全新的欸？

克麗歐娜拿著杯水回到客廳交給我然後就站在那裡不動。

「妳換了張新沙發。」我說。

「所以？」
「妳和妳老媽是哪來的錢可以買這東西的？」
「甘你屁事啊。」她回答。
「我覺得這還真的關我的事，」我說，「假如我孩子的媽去外面賣屁股換錢買家具，那就會是我的事了。搞不好妳根本就不需要半毛錢。」
「你應該每個月都要給我錢養雷克索的。」
「應該又不等於必須。」我邊說邊環顧客廳，「（**消音**），你們這邊還真多好（**消音**）欸。」
我啜了口水結果是溫的，「我說要冰的啦，臭婊子。」
她就只是瞪著我看。
「我很抱歉，寶貝。」我說，「我一開口就講錯話了，過來這邊坐我旁邊嘛。」
她依然就只是盯著我看。
「坐下。」我又說了一次。
她的大屁股於是碰一聲重重坐在我旁邊我的手臂伸過去摟著她她卻全身僵硬起來。
「來嘛，克麗歐娜，放鬆一點，又沒人在家。」我用我的手指碰了她一邊大（**消音**）並說，「我的寶寶就是在這吃晚餐的啊。」
克麗歐娜不想但她還是傻笑了起來。
我又摸了摸她的（**消音**），「真是對大（**消音**）欸，」我說，「我想喝喝看我寶寶在喝的東西，你想要我喝喝看我孩子在喝的東西嗎？」

她的眼皮現在已經爽到閉起來了而我覺得她的意思是想於是掀起她的衣服並望著她穿的那件大得要死的奶罩，我試著從背後解開那鬼（**消音**），可是（**消音**），我就是解不開所以我說，「幫我一下，他媽的。」

克麗歐娜雙手伸到背後，一手從頭上穿過領子另一手則是從背後伸上衣服然後就解開了。那對巨壺就這麼重重晃出來跟大枕頭一樣，跟沙袋一樣，我握著並用力吸直到她呻吟起來而我則是低聲說了些什麼，我甚至都不知道自己在說（**消音**）呢，但我擠了又吸擠了又吸。房間另一頭的時鐘說現在是一點我想起我應該要到撞球間去跟阿黃還有提托會合才對，所以我得加快進度啦，我把她推回去並解開她的褲子，同時繼續吸著那對（**消音**）她也繼續呻吟。要把褲子脫下她的大屁股實在是很難，但我還是成功了接著就把東西塞進去她裡面，整根，啪！就像這樣她大叫起來（**消音**）我實在覺得自己有夠（**消音**）的，我啪死她，老兄，我啪死她然後她開始哭，睜開眼睛看到我她就開始哭，說要我放開她，可是我現在正爽啊所以我對她微笑。

「天啊，我還真是超愛這段的。」肯雅邊說邊搖頭，「現在，我知道待在家裡的某些觀眾會認為其中的某些語言有點粗俗，不過讓我告訴你們，這樣才夠真實啊。擁有這樣的才華啊，孩子，你們難道不覺得我們應該原諒今天的來賓這麼內向的嗎？」

觀眾於是鼓掌、贊同、支持、允許。

我從擋住我的隔板後頭望出，看見約爾站在後台，他輕輕鼓起掌，邊對我點頭，也微微聳肩，接著他竟然對我比了個讚，這讓我整個崩潰。我低頭盯著我的腳，在我的皮鞋上想像我的倒影，肯雅．鄧斯頓還在隔板另一頭嘰嘰喳喳，但她說的話一點都不重要。我起身走開。

X X X

X X X

走衰運的老爸站在雨中

假如說這世界是玉米，那他買不起半顆，

主啊、主啊，染上了布朗渡船頭的憂鬱。[73]

第十八章

我飛回華盛頓，滿心受挫，並且這輩子從來沒有這麼想自殺過。我考慮把我的頭塞進烤箱裡，但是由於媽一向都偏好電而非瓦斯，我只能指望把自己烹死而已。我也思索起讓爸的手槍派上點用場，但多年的閱讀，使我理解一塊金屬可能會卡在身上的地方，實在是有太多不夠致命的了，而這會害我落到什麼樣的下場呢？**就跟現在一樣**。而且還有股不斷嚙咬著的恐懼，擔心從為期三年的昏迷醒來之後，我會發現手腕上的身分識別手環寫著**史泰格．R．利伊**。我因為這個想法打起哆嗦，我身旁的女子於是以為我是在回應她，她剛問說要不要吃薄荷糖，她應該是澳洲人，我想，接著她說，「你只需要說不要就好了啊，老兄。」

我道歉，「我剛剛人不在這。」我說。

「我也不喜歡搭飛機。」她表示，「你看起來心情不太好。」

73譯註：應是出自美國民謠歌曲〈Brown's Ferry Blues〉，這首歌有多個版本，原唱眾說紛紜。

我點點頭，不想多聊，但我剛已經失禮過一次了。

「對啊，你看起來心情滿不好的，真的。你感覺好像想把頭塞進鱷魚的嘴裡一樣。」

「那是個好方法嗎？」

她大笑，「乾淨俐落啦。」她表示，接著靠回座位上打量著我，「你還行啦，老兄。」

「妳這話是什麼意思？」

「我意思是，我滿喜歡你的。當然啦，要是你下飛機就跑去自殺，那我就得換成說我曾經滿喜歡你的，過去式，你懂的。」

「我懂。」

「你應該來澳洲看看才對，」她說，她不是什麼身材多魁梧的女性，但她聽起來很大隻，「沙漠裡有些地方，你會以為簡直就是地獄。之後你就可以回來這裡，然後一切相較之下就會好得不得了啦。」

「妳這麼覺得嗎？」

「我老爸以前都說，**沒有什麼東西是糟到看到某個更糟的東西以後，不會變得更棒的**。」

「還真是個詩人啊，妳父親。」

「他也是有點混蛋啦，不過還是讓我愛上了活著。光是他一直都在，假如你懂我意思的話。」

「我懂。」

她再度問我要不要吃薄荷糖，這次我接受了，並感謝她，結果她說，「這真的是難吃到爆。」

就在我把那東西放進嘴裡時。

「也不算是太難吃啦。」我回答。

✗ ✗ ✗

結果和其他評審的電話討論，令人氣餒、火大、又沉悶。他們每個人呢，全都愛上了史泰格・利伊的《幹》。

「非裔美國人多年來寫出的最棒小說。」

「一部真實、生猛、毫不粉飾太平的作品。」

「如此鮮明生動、如此寫實逼真。」

「慣常黑人擁有的能量和兇殘，在故事中如此耳目一新。」

「我認為這會入選學校教材，即便語言粗俗，畢竟就是那麼強勁。」

「一本重要之作。」

在所有黑面孔人員之中
我所認識最棒的人
是我們軍團的挑水夫，貢加・丁。[74]

74譯註：出自吉卜林（Rudyard Kipling）的詩作〈Gunga Din〉。

✗ ✗ ✗

屋裡很冷，媽的情況沒變，人生也一成不變。我出了本新書，但是沒半個人，謝天謝地，知道那是我的書，而那本鬼東西賣得很好，非常好，超爆好。我讀了很多我認為寫得還不錯的書，但我的評審同儕們半句都聽不下去。而因為我們必須這麼做，我們於是選出了五本入圍決選的書。

這些書是：

（一）《傳統》，齊娜・利斯納著

（二）《基督山》，J・辛曼著

（三）《離開月球》，荷黑・傑瑞托著

（四）《戰士的幸福》，董奇克著

（五）《幹》，史泰格・R・利伊著

我們會從決選作品中篩選，握手達成共識選出一名贏家，就在最後一次會議上，時間則是在二月於紐約舉辦的頒獎典禮之前。

✗ ✗ ✗

上刺刀！[75]這聲叫喊在夢中朝我襲來，但即便這讓我嚇壞了，我還是沒有醒，反倒是繼續作著夢，心知肚明我事實上是在作夢。納粹士兵在追殺我的這個想法本身就已經夠恐怖了，但我的恐懼因為我的認知變得更加複雜，即我知道這一切全是場夢，可是我卻沒辦法真正醒過來。

我躲在茂密的灌木叢中，時間是黃昏，遠處有座法國農舍，中間隔著一片草場，而在那後方則是某種果園，德國人正從果園過來，遵照命令上好了刺刀。他們燒掉房子，越過草地，邊用他們的武器戳進一堆堆乾草之中，有名女子從燃燒的屋內跑出，摔倒，開始哭，我看不見她的臉，但她拿著一幅畫，即便相隔頗遠，天光又越發黯淡，我仍能清楚看見那幅畫。那是《星夜》。士兵從女子手中搶過畫，並將畫刺穿，我覺得腰部一陣劇痛，於是緊抓腹部，而當我低頭望向我的手時，我發現上頭沾滿鮮血，但我仍一直告訴自己，「這是個夢，這是個夢。」士兵後方，男聲合唱著納粹黨歌〈霍斯特．威塞爾之歌〉，接著那幅畫便付之一炬，而我感受到的熱氣讓我尖叫出聲，士兵於是聽見我，辨認出我的位置，並朝我而來。我這時發覺，我正坐在散兵坑中，手邊還有一挺點五〇口徑的機關槍，我於是忘記我在流血和燒傷，開始射擊，大舉屠殺士兵，他們就像許許多多罐子一樣倒下。其中一名士兵，雖然中彈了，仍一路流著血爬到我的散兵坑，背景的〈霍斯特．威塞爾之歌〉此時也由〈星墜阿拉巴馬〉取代，那名受傷的男子盯著我，盯著我衣服上自己的血，然後問，「請問你叫什麼名字？」而我並不知道。

✗ ✗ ✗

我打給比爾，但比爾不在家。比爾從不在家、從不在他的辦公室、也從不在任何地方，他

75 譯註：此處原文為德文。

也從不回撥、從不留言、從不寫信。我在想比爾是不是死了，我在想這是不是有差。

✗ ✗ ✗

某個周二，媽在我差不多要離開前，似乎有好幾分鐘變回了她自己，她從她身處的黑暗中抬頭望向我，並說，「孟西，我們都是如此虛榮的生物，困難的部分在於看見我自己，看見我都成了什麼樣子。我會看見那麼幾秒，然後我就不知道我身在何處了，我多希望能告訴你我就在這裡頭，往外望出啊。周四我打算要擁有美好的一天，所以周四請務必要來。」我要離開時，護士告訴我，有幾個媽的老朋友曾過來探望她。

「他們站在她的床腳，但她的視線就只是這麼穿過他們，望出窗外，」那名女子和我回報，「接著他們就離開了。其中一人還有再回來過，但情況還是一模一樣。」

「那我媽知道妳是誰嗎？」

護士點點頭，「大部分時候知道，但這還滿常見的，畢竟我對她來說又沒有半點意義，我就只是家具而已。」

✗ ✗ ✗

周四，一如媽所料，她對我露出微笑，是那種確實是她的微笑，並要我放點音樂，「來點好聽的，」她說，「來點拉威爾吧，」她的雙手飄浮在空中，「拉威爾很好跳舞。」我播起音樂，她閉上雙眼，「偶爾，我相信你爸對我感到厭煩，我想我讓他覺得煩躁，但他從來沒說過什麼，從來不會讓這點表現在他臉上或他的語氣之中，但我相信我確實看見了，在他移動的方式，他翻頁的方式裡。我知道他愛我，因為不然的話他幹嘛要這樣隱藏他的感受呢，噢，我們實在度過了美好的時光，孟西，你爸和我處得很不錯，但依然存在一些時刻，那些我覺得自己如此渺小的時刻。」她嘆了口氣，但依舊緊閉雙眼，「有次我對他提到，說我覺得他對我感到厭煩，但他搖了搖頭，露出微笑，並疑惑起我這想法是哪來的。」她深吸一口氣，露出哀傷的笑容，「我總是對自己承諾，我才不要變老，並且聞起來像工業用酒精呢，可是我還是變成這樣了，不是嗎，孟西。」

「我沒聞到啊，媽。」

「你真是討喜，就像你爸。」

「我們一生中總是會對自己做出各式各樣的承諾。」我說。

「那你對自己承諾了什麼呢？」

我望著她平靜的臉龐，「我曾對自己承諾，我的藝術不會妥協。」

媽睜開眼睛，並回答，「這承諾還真棒啊，你確定我聞起來不像工業用酒精嗎？」

「確定，媽。」

媽於是再度閉上雙眼。

✗ ✗ ✗

我再度打給比爾，還留了言，音訊全無。

X X X

所以，我成功想辦法拿我自己，那個作家，去重構我自己，接著再解體我自己，最後留下的成果則是兩個身體，兩個身體，之間沒有疆界，卻到處都是牆。我會逮到自己全裸站在鏡子前，並發覺我沒什麼好隱瞞的，而這之中的欠缺，正是強迫我轉頭的原因。不知怎地，我竟開始套弄起我自己的

雞雞
肉棒
屌
懶叫
肉棍
陰莖
陽具
性器官
懶趴
傢伙
傻屌

生殖器
雞巴
東西
小傢伙

而現在得付出代價了。我得拯救自己，找到自己，但這卻代表，在那電光石火的一瞬間，這竟如此清晰明瞭，代表失去我自己。

✗ ✗ ✗

另一份關鍵字（關鍵詞）清單：

回音
死亡
時鐘
雷鳴
震驚[76]

76譯註：此處原文為拉丁文。

水波眼
阿拉伯式紋飾
夜之迷宮
你也是嗎，布魯諾？
物種
夜間
無賴
$C_5H_{14}N_2$
道德堡壘
〈倫敦鐵橋垮下來〉
也許是因為熱吧
跳舞的玩偶
私刑
清真·沙拉勒·哈施罷斯

✗ ✗ ✗

所以，我成功讓我的想法越發天馬行空。我推想，因為沒有更好的詞了，但搞不好根本就不存在更棒的詞，我推想假設我出門上街來到，比如說，華盛頓的十四街和T街附近好了，那我就會發現一個從所有層面看來，都是史泰格．利伊的人，接著我就可以殺了他，也許先帶他回家吃頓飯吧，不過最後還是都會宰了他。可是事實上並不存在一個這樣的人，一方面卻又存在，而他就是我，我不只創造了他，也造得夠讚，使得他簡直成了所謂的藝術作品。我感覺就像神在審視希特勒、所有恐怖分子、所有國會議員。我下定決心，絕不能讓評審委員會選擇《幹》當作這個國家最聲譽卓著文學獎的得主，我得打敗我自己，以拯救我自己，拯救我自己的身分。我得將矛一把扔進我自己造物的嘴裡刺穿，永遠滅口他，殺了他，將他壓進一個黑暗的洞裡，並迫使世界承認他根本從未存在過。

✗✗✗

所以，我成功想聖誕節和新年以我總是希望的方式度過，波瀾不驚。一月中，《幹》登頂紐約時報暢銷榜冠軍，又有兩個讀書俱樂部選中這本書。

我好幾晚徹夜未眠，假裝在檢視著我的筆記，要寫一本**真正的**小說。

我瀕臨神智不清的時候，想起了伊卡路斯的神話，並對我自己指出，即便伊卡路斯確實栽到地面，他爸代達羅斯事實上卻成功飛起來了。我於是認定芝諾實在太慢才講到他的重點了，且泰利斯的理論也站不住腳。我同樣也堅信瘋狂沒有替代品，假如你把紫色裡頭的藍色全拿走，你剩下的並不真的是紅色，只是看起來像是而已。

《紐約時報》一月十七日

《幹》

史泰格・R・利伊著

蘭登書屋，一一〇頁，售價二十三點九五塊美金

韋恩・韋克森書評

針對默默無聞的利伊所寫的這本新小說，各界如此興奮期待，實在很難撰寫一篇稱得上客觀中立的書評，不過重點就在於此，這本小說如此坦蕩、如此生猛、如此毫無粉飾到駭人聽聞、如此真實，根本就不可能客觀評論。要在那樣的層面上討論本書，就跟比較亞馬遜原住民的醫藥信仰和我們先進的生醫科學無異，這本小說必須要用自己的專有名詞去探討：**這是黑人的玩意**。

梵・谷・詹金斯的人生可說根本就是純粹的動物性存在，這我們全都辨認得出來，我們的年輕主角沒有父親、在貧民窟裡裝硬漢、拒絕接受教育和理性，視其為瘟疫一般，而這對他來說相當自然，甚至可說情有可原。他冷酷、殘忍、迷失，讀者害怕他，這部分是相當清楚的，但是他又如此真實，使得我們非得同情他不可。他是那個骯髒哈利[77]會開槍打死，然後我們會說「很好，你射中他了」的貧民窟小子，接著卻又會感受到一股失落，至少是失去了我們自己的純真。

梵・谷有**四**個小孩，是四個不同的媽生的，他沒在養小孩，沒工作，也沒野心，只除了他正處在淪為罪犯的邊緣以外。他的母親，也就是他在小說開頭的夢境段落中狂捅猛捅的人，幫他安排了工作，他於是去幫一個有錢黑人家庭工作，那家人有個正妹女兒，且也很快淪為梵・谷日益猖狂為非作歹的目標。

> 書中的角色描繪得如此鮮明，使得讀者時常會忘記《幹》其實是本小說，這比較像是晚間新聞，貧民窟躍然紙上，而由於讓我們得以一窺貧民窟的人生百態，我們也因此欠作者許多，還也還不完。本書文筆令人目眩神迷，對話真實到不像對話，且徹頭徹尾掏心掏肺，對於所有曾在街上見過這些人，並自問過「這人到底是發生什麼事了？」的感性讀者來說，《幹》絕對是必讀之書。

✗ ✗ ✗

就說這是方便的諷刺吧，或是自欺欺人的合理化都隨便，反正錢我要留著。

✗ ✗ ✗

紐約，和我評審同儕們的午餐，是在某間空間雖小卻頗為昂貴的義式餐廳吃的，離當晚晚一點要舉行頒獎典禮的飯店不遠。我幾乎沒怎麼吃，我幾個月前就已經將我的食慾拋諸腦後了，但其他人對於能免費吃吃喝喝似乎格外感激。我們閒聊，我於是發覺他們全都是攜伴來參加活動的，和他們的老婆、女友、老公一起，所以我覺得自己更加孤單了，甚至還到了顯眼的地步。

---

77 譯註：一九七〇至一九八〇年代新黑色動作驚悚電影《骯髒哈利》（*Dirty Harry*）系列的主角，皆由克林・伊斯威特（Clint Eastwood）飾演。

我起初還滿有耐心傾聽著他們要淘汰掉《幹》之外的其他四本決選作品，但隨著情況越發明朗，顯然他們可悲的討論正要將這本最為令人作嘔的小說，視為明顯比對手都還要更優秀時，我也越發氣餒起來。我於是開口，從提到其他一兩本書的長處開始，但很快就變成是在專門針對攻擊《幹》了。

「也不是說那是本爛小說啦，」我說，邊啜著酒，接著將玻璃杯放下，「那根本就不是小說嘛。那是個失敗的概念、未成形的胎兒、灑在沙子裡的種子、沒有手指的手、沒有母音的字。那本書冒犯人、寫得爛、種族歧視、又無腦。」

威爾森・哈奈特、艾琳・胡佛、湯瑪斯・湯瑪德、瓊・保羅・西格瑪森就只是盯著我看，沒人說半個字。

「那不是藝術。」我說。

艾琳・胡佛回答，「我還以為身為非裔美國人，你會很高興看見你的同胞之一獲頒一個像這樣的獎項呢。」

我無言以對，所以我說，「妳是發瘋了嗎？」

「我不覺得我們需要訴諸人身攻擊。」威爾森・哈奈特表示。

「我還以為你同胞的故事能夠擁有這麼生動鮮明的描繪，你會很高興呢。」胡佛又說。

「他們是我同胞的程度，就跟艾伯特和卡斯特羅[78]是你們同胞的程度差不多啦。」我回，邊思考我搞不好引喻失當了。

「讀了那本書，我學到很多，」瓊・保羅・西格瑪森表示，「我沒有太多和有色人種，和黑人相處的經驗，所以《幹》對我來說是件好事。」
「我在說的就是這個啊，」我回答，「大家會讀這垃圾，然後覺得裡面寫的是真的。」湯瑪斯．湯瑪德笑出來，「這是我這輩子讀過最真實的小說，這只可能是真正受苦過的人才寫得出來，這貨真價實啊。」
「我同意。」哈奈特說。
「噢，我的天啊。」我嘆氣，邊靠回椅子上，望著外頭。
「我說我們就來投票吧。」西格瑪森提議。
「我覆議。」胡佛表示。
「我不想投票。」我說。
「恐怕我們有人覆議了。」哈奈特說，「所有贊成《幹》贏得本年度『圖書大獎』的人，請舉手。」
想當然爾，他們四人全都舉手了。
「我想我們的贏家出爐啦。」
「我想這就是民主吧。」我邊說邊露出可以詮釋成微笑的表情。
他們也回以笑容，接著點起甜點。

78譯註：艾伯特和卡斯特羅（Abbott and Costello），美國喜劇雙人組，活躍於一九四〇及一九五〇年代。

✗ ✗ ✗

回到房裡，我大字躺平在床上，思索著下一步該怎麼走才好。史泰格．利伊還真的會獲頒「圖書大獎」，我思考起最初創造出史泰格時的動機，並再度對我所身處的世界感到憤怒和不滿，我下一步該怎麼做於是也變得相當明白。我著裝打扮，並在過程中哼起歌來，我已經很久沒有哼歌了，音樂已經離開了我，我在哼唱之中感受到媽的精神，在我的簡潔俐落中感受到我姐的精神，在我惡作劇般的傲慢中，則是感受到我爸的精神。我甚至感受到一點我哥的什麼，我於是心知肚明，今晚我將會穿幫。

✗ ✗ ✗

塔斯基79：我不是認識你嗎？

卡納普80：你是有可能沒錯。

✗ ✗ ✗

頒獎典禮

我們所有評審，不只是評小說的，還有評詩、非虛構作品、兒童文學的，都和重要的貴客坐在同一桌。這是件好事，因為我再也無法忍受看到我的同事了，和我同桌的有波士頓總醫院的董事長、通用磨坊的執行長、通用汽車的副總裁、奇異公司的行銷長，他們全都帶著配偶。

自我介紹完之後，我表示，「我覺得我實在是特別不通用啊[81]。」

這話讓他們笑開懷。

我坐在通用汽車的老婆和奇異公司的老公之間，而讓我鬱卒的是，他們竟然想跟我聊天。最後，通用磨坊終於望向桌子這一頭，並用一種演戲般的低語問，「所以，你會告訴我們是誰贏得大獎嗎？」

「會啊。」我回答。

他們再度爆笑。

「過程沒那麼令人精疲力盡吧，有嗎？」

「總共要讀大概四百本書。」我說。

「哇喔，我覺得我這輩子讀過的書都沒有這一半多。」

「你當然有，親愛的。」

「我也不知道。」

---

79 譯註：塔斯基（Alfred Tarski，1901-1983），波蘭裔美國邏輯學家暨數學家。

80 譯註：卡納普（Rudolf Carnap，1891-1970），美國分析哲學家。

81 譯註：總醫院之英文為 General Hospital，和後三間公司的名稱中皆擁有「general」一字，故出此言，唯 General Electric 台灣多譯為奇異公司，特此解釋。

「那決定得主時經歷了一番廝殺嗎？」

「事實上其實沒什麼懸念啦，」我回答，「我會說超過一個月前就已經決定好了。」

「我知道是哪本得獎。」

我聞言盯著波士頓總醫院的老婆。

「假如我答對了，你會告訴我嗎？」

「不，我不會，」我說，「這得照著正確程序來才行。」

「噢，你們這些藝術家和你們的正直啊。」

這話讓我猛然爆笑起來，害得他們全都瞪著我看。

「是**正直**那個字啦，」我說，「這總是會戳到我笑點。」

他們全都點點頭，彷彿在說，「作家嘛。」接著他們面面相覷，然後似乎更冷靜了一點，因為他們也許心有靈犀，「**黑人**作家嘛。」不過這番觀察無疑是我的焦慮在作祟，壓倒了理智啦。

眼前正在頒其他類別的獎項，大家也會鼓掌，不過一如既往，他們引頸期盼的其實是小說類。威爾森・哈奈特從他的桌邊起身，走到空間前頭，露出微笑，並開口表示，「我知道一件你們不知道的事。」

觀眾怒吼起來。

我望著空間另一頭，並看見我的經紀人，約爾。他也看到我，並用眼神問我究竟是什麼狀況，我也回以眼色，告訴他好戲上場，千萬別轉台哦。

「這是個繁重的任務，」哈奈特說，「主辦單位告訴我，我們今年的收件數比往年都還更多，這話我是信了，畢竟我們讀了超過五百本小說和短篇小說集。」

觀眾聞言倒吸一口氣，**全體一起**。

「不過這是一項充滿愛的工作，我們的決定很困難沒錯，但我相信肯定也會有很多人有志一同。入圍決選名單的書籍，在我們眼中當然都是一時之選，每一本都以各自的方式非凡閃耀，遺憾的是，其中四本卻是在和一本怪物之作較勁，而那是真正的美麗，我們作家會這麼說。」

「你們真的會這麼說嗎？」通用磨坊太太問。

「無時無刻。」

哈奈特這時莫名笑了起來，「我很肯定我可以繼續說下去，讓你們無聊死，但我還是直接宣布獎落誰家好了。本年度的『圖書大獎』小說類評審委員會，評選出的得主是，史泰格．R．利伊的《幹》。」

吹口哨、歡呼、掌聲滿場飛，「讚啦，讚！」

「我希望利伊先生有親自到場。」哈奈特表示。

我站起身，並開始接近空間前頭。

但地板此刻卻不知怎地變成了沙……82

82譯註：同樣典出勞夫．艾利森的《隱形人》一書。

我舉步維艱，暈頭轉向，彷彿被下了藥似的，照相機的閃光燈亮起，眾人竊竊私語，而我不敢相信我竟然正走過沙，走過如夢般的沙。我右邊是「新小說」學會的成員，還有琳達·梅洛里，搞不好還有我中學的圖書館員，左邊則是我父親，我母親和那個我深知絕對是費歐娜的女子站在他兩側，我哥、我姐、同父異母的妹妹在他們身後。還有其他我認識，現在卻認不出來的人，而他們全緊挨在我四周，推著我往前，照相機的閃光燈使我目盲，閃光缺席的時刻整個空間則一片漆黑。

「啊，我們的其中一名評審走過來了，」哈奈特說，「也許艾利森先生有聽說什麼我們新科得主下落的消息也說不定。」

我已經走到一半了。

「也許這是什麼黑人的玩意嘛。」哈奈特表示。

全場爆笑。

我人生、我過去、我所處世界的所有臉龐，都變得跟不真實的哈奈特、各種企業、他們的老婆一樣真實，而他們全都在跟我說話，說著來自我喜愛小說的對白，但當我試著對自己重複這些對白時，我卻結巴起來，一句也想不起來。接著還有個小男孩，也許是我小時候吧，他舉起一面鏡子，這樣我才能看見我的臉，結果那卻是史泰格·利伊的臉。

「現在你破除幻覺啦，」史泰格說，「破除幻覺的滋味如何啊？[83]」

「我知道那幾句對白。」我大聲回答，卻心知肚明我是在對空氣說話。

我來到他身邊時，哈奈特摀住麥克風，並問我是在幹嘛。

「答案是痛苦又空洞。」我說。

「這人需要幫助。」哈奈特表示。

我望著那些臉龐，每一張臉，來自時間，和時間之外，不過我最直接面對，開口的對象，是我媽，「玫瑰永遠都會聞起來很香的。」我說。接著光線前所未有地亮，不是閃光燈，而是接連不斷、如潮水般滾滾湧上的光浪，我盯著瞪著我的電視攝影機。

我盯著那面鏡子，那男孩依然舉著。但他只舉到大腿邊，所以我只能想像玻璃上映照出的影像。

我挑了台電視攝影機，猛瞪著，然後開口，「哎唷喂呀，我上電視啦。」

ＸＸＸ

我不預作假設的[84]

83譯註：本句同樣出自勞夫・艾利森的《隱形人》，下方的回答亦同。

84譯註：此句是牛頓的名言，原文為拉丁文。

to 139
擦除
Erasure
作者：帕西瓦．艾佛列特 Percival Everett
譯者：楊詠翔
責任編輯：張晁銘
美術設計：黃梵真（湯湯水水設計工作所）、簡廷昇
校對：李亞臻
內頁排版：蔡煒燁
法律顧問：董安丹律師、顧慕堯律師
出版者：大塊文化出版股份有限公司
105022台北市松山區南京東路四段25號11樓
www.locuspublishing.com
讀者服務專線：0800-006689
TEL：(02) 87123898　FAX：(02) 87123897
郵撥帳號：18955675　戶名：大塊文化出版股份有限公司

總經銷：大和書報圖書股份有限公司
地址：新北市新莊區五工五路2號
TEL：(02) 89902588　FAX：(02) 22901658
初版一刷：2025年8月
定價：新台幣500元
ISBN：978-626-433-042-8
Printed in Taiwan

國家圖書館出版品預行編目 (CIP) 資料

擦除 / 帕西瓦 . 艾佛列特 (Percival Everett) 著 ; 楊詠翔譯 . -- 初版 . -- 臺北市 : 大塊文化出版股份有限公司 , 2025.08

面 ;　公分 . -- (to ; 139)

譯自 : Erasure

ISBN 978-626-433-042-8(平裝)

874.57　　114009615

LOCUS

LOCUS

LOCUS

LOCUS